SUÍTE EM QUATRO MOVIMENTOS

A marca FSC® é a garantia de que a madeira utilizada na fabricação do papel deste livro provém de florestas que foram gerenciadas de maneira ambientalmente correta, socialmente justa e economicamente viável, além de outras fontes de origem controlada.

ALI SMITH

Suíte em quatro movimentos

Tradução
Caetano W. Galindo

Copyright © 2011 by Ali Smith
Todos os direitos reservados

Grafia atualizada segundo o Acordo Ortográfico da Língua Portuguesa de 1990, que entrou em vigor no Brasil em 2009.

Título original
There But For The

Capa
warrakloureiro

Imagem de capa
Maxwell deitado, 2013, de Gustavo Rezende, pintura eletrostática sobre bronze, 41 x 21 x 12 cm. Foto de Marcelo Arruda.

Preparação
Ana Cecília Agua de Melo

Revisão
Jane Pessoa
Márcia Moura

Os personagens e as situações desta obra são reais apenas no universo da ficção; não se referem a pessoas e fatos concretos, e não emitem opinião sobre eles.

Dados Internacionais de Catalogação na Publicação (CIP)
(Câmara Brasileira do Livro, SP, Brasil)

Smith, Ali, 1962-
    Suíte em quatro movimentos / Ali Smith ; tradução Caetano W. Galindo. — 1ª ed. — São Paulo : Companhia das Letras, 2014.

    Título original: There But For The
    ISBN 978-85-359-2423-7

    1. Ficção inglesa I. Título.

14-04992   CDD-823

Índice para catálogo sistemático:
1. Ficção : Literatura inglesa 823

[2014]
Todos os direitos desta edição reservados à
EDITORA SCHWARCZ S.A.
Rua Bandeira Paulista, 702, cj. 32
04532-002 — São Paulo — SP
Telefone: (11) 3707-3500
Fax: (11) 3707-3501
www.companhiadasletras.com.br
www.blogdacompanhia.com.br

para Jackie Kay
para Sarah Pickstone
para Sarah Wood

A essência de sermos humanos é que nós não buscamos a perfeição, por vezes nos dispomos a cometer pecados em nome da lealdade, não levamos o ascetismo até um ponto em que ele impossibilite o contato amistoso, e ficamos preparados para no fim sermos derrotados e derrubados pela vida, o que é o preço inevitável de ligarmos nosso amor a outros indivíduos humanos.
George Orwell

Pois apenas quem vive sua vida enquanto mistério está de fato vivo.
Stefan Zweig

Eu odeio o mistério.
Katherine Mansfield

*De longitudes, em quais mais nos basear
Que a hora dos eclipses negros, e o lugar?*
John Donne

A cada piscar de olhos nascerá uma nova graça.
William Shakespeare

O fato é, imagine um homem sentado numa bicicleta ergométrica num quarto de hóspedes. Ele é um sujeito bem comum, se ignorarmos que por cima dos olhos e também por cima da boca parece estar usando aquelas abas que fecham caixas de correspondência. Olhe mais de perto e os olhos e a boca dele estão separadamente cobertos por pequenos retângulos cinzentos. São como as faixas de censura que os jornais e as revistas punham por cima dos olhos das pessoas em outros tempos, antes de poderem baralhar ou pixelar digitalmente um rosto para apagar a identidade da pessoa a quem pertence aquele rosto.

Às vezes essas faixas, ou barras, ou tarjas, também eram colocadas por cima de partes do corpo que as pessoas não deviam ver, como medida de proteção para o público. Via de regra, elas deviam evitar que a identidade da pessoa da foto fosse definida. Mas na verdade o que faziam era deixar a foto sugerir que alguma coisa ilegítima, desagradável, indelicada, ou coisa pior, tivesse acontecido; elas eram como que prova de alguma coisa indizível.

Quando esse homem da bicicleta mexe a cabeça as tarjinhas se mexem junto com ele como os antolhos de um cavalo se mexem quando o cavalo mexe a cabeça.

Parado ao lado do homem sentado de modo que eles fiquem da mesma altura está um menininho. O menino está lidando com a tarja cinza por cima dos olhos do homem, com uma faca de cozinha.

Au, diz o homem.

Eu estou tentando, diz o menino.

Ele tem cerca de dez anos. Sua franja é longa, ele é bem cabeludo. Está com um jeans de boca larga bordado de amarelo e roxo no cós e uma camiseta azul e vermelha com um Snoopy na frente. Ele força a coisa dos olhos do homem até ela saltar e voar pelos ares quase comicamente e cair no chão com um estrondo metálico.

Essa camiseta é a primeira coisa que o homem da bicicleta vê.

O Snoopy estampado está de pé sobre as patas traseiras e com uma condecoração no peito. A condecoração traz a palavra herói. Sobre o Snoopy há mais palavras, em amarelo e com as letras que são sempre usadas com os personagens do Snoopy. Elas dizem: é a hora dos heróis.

Eu tinha esquecido completamente dessa camiseta, é a primeira coisa que o homem diz assim que o menino arranca a coisa que estava por cima da sua boca.

É, essa é bacana. Mas sabe aquela laranja que diz abrace um beagle?, o menino diz.

O homem faz que sim.

Toda vez que eu uso, é esquisito, mas as meninas sempre me tratam superbem, o menino diz.

O homem ri um sim. Ele olha para os pés, onde os dois retângulos cinzentos caíram. Pega um deles. Sopesa-o com a mão. Toca os pontos sensíveis em torno dos olhos e nos cantos da boca. Larga o retângulo no chão de novo, estende a mão à sua frente e a flexiona. Olha para as mãos do menino.

Eu tinha esquecido como as minhas mãos eram, ele diz. São.

Beleza, então a gente já fez isso agora. *Agora* posso te mostrar?, o menino diz, quer aprender *agora*?

O homem faz que sim.

Bacana, o menino diz. Beleza.

Ele pega duas folhas de papel em branco do chão. Dá uma para o homem. Senta na cama e mostra a outra folha de papel erguida.

Então, ele diz. É assim, ó. Você pega uma folha normal A4 e aí dobra no meio. Não, assim. De comprido. E deixe os cantos bem certinhos, pra ficar bem alinhado.

Beleza, o homem diz.

Aí desdobre pra fazer que nem um livro, o menino diz.

Beleza, o homem diz.

Aí dobre um canto, o menino diz, o de cima, e aí dobre o outro. Pra ficar assim, que nem um livro mas com a cabeça triangular. Aí dobre a ponta dobrada pra baixo na sua direção e vinque. Pra ficar que nem um envelope. Aí dobre um canto de novo pra ficar com uma pontinha assim sobrando embaixo. Aí a mesma coisa com o outro. Mas de um jeito que fique uma ponta rombuda, e não pontuda. Quanto mais rombuda melhor.

Peraí, peraí, peraí, o homem diz. Aguenta aí.

Isso, um triangulozinho saindo pela abertura, o menino diz. Aí você dobra o triangulozinho por cima dos cantos dobrados. Aí dobra pra fora, não pra dentro, pro triângulo ficar de fora. Veja se ficou tudo bem retinho. Aí pegue por cima e dobre pra fazer a primeira asa. Aí vire e faça a mesma coisa com a outra asa. Veja se ficou igualzinho, senão perde o controle.

O homem olha o avião que tem nas mãos. Ele vinca as dobras e depois abre as asas. Por fora, por cima, parece uma folha simples de papel dobrada. Por dentro, por baixo, ele se encaixa apertado em si próprio com uma surpreendente elegância, como um origami, como uma pequena máquina.

O menino ergue seu avião e o aponta para o outro lado do quarto.

E fica assim, ele diz.

Ele voa direto e direito, bem certinho, da mão do menino até o canto.

Aerodinâmico mesmo, o homem pensa. Sólido, pra uma simples folhinha de papel. Parece bem mais pesado do que antes das dobras. Mas não é, né? Como é que poderia ser?

Aí ele mira o seu avião para o outro canto junto à porta. Ele segue sua rota de voo com exatidão. É quase insolente, aquela exatidão.

O homem ri alto. O menino concorda com a cabeça e dá de ombros.

Simples, o menino diz. Está vendo?

LÁ

estava um homem que, entre o prato principal e a sobremesa de um jantar, subiu as escadas e se trancou num dos quartos da casa das pessoas que estavam dando o jantar.

Lá estava uma mulher que tinha conhecido esse homem trinta anos antes, conhecido de passagem durante duas semanas no meio de um verão quando tinham ambos dezessete anos, e não o tinha visto mais depois disso, apesar de terem ocasionalmente, por mais alguns anos, trocado cartões de Natal, esse tipo de coisa.

Neste exato momento a mulher, cujo nome era Anna, estava parada na frente da porta trancada do quarto atrás da qual o homem, cujo nome era Miles, em teoria estava. Ela estava com o braço erguido e a mão pronta para — para o quê? Esmurrar? Bater discretamente? Aquela casa linda, toda arrumadinha, toda sem gracinha não ia tolerar barulhos; cada rangido era uma afronta a ela, e a mulher que era sua dona, exalando desaprovação, estava só meio metro atrás. Mas era seu o punho que lá se erguia, como um clichê anos 1980 de uma revolucionária, pronta para, bom, nada silencioso. Sovar. Estapear. Sentar o braço.

Expressão esquisita, sentar o braço. Ajoelhar o pescoço. Ela não lembrava muita coisa dele, mas eles nem teriam sido amigos pra começo de conversa se ele não fosse o tipo que gosta de um trocadilho fraco. Será que ele era, ao contrário de Anna neste exato momento, o tipo de pessoa que saberia o que dizer para uma porta fechada se estivesse parado diante de uma tentando fazer alguém do outro lado abrir? O tipo que conseguiria se virar para aquela criança esticada de bruços até onde toda sua pequena pessoa alcançava, dedos dos pés descalços na madeira do piso do corredor térreo e queixo nas mãos sobre o quinto degrau, deitada lá e olhando, e de cara ia soltar o tipo certo de piada, *como chama o cogumelo que ganhou a corrida? Champignon*, assim de cara ia começar a falar sobre coisas tipo de onde é que me surgiu a expressão *sentar o braço?*

A mulher parada atrás de Anna suspirou. Ela deu algum jeito de fazer um suspiro soar cavernoso. Depois o silêncio ficou ainda mais estridente. Anna limpou a garganta.

Miles, ela disse para a madeira da porta. Você está aí?

Mas o balido da sua voz fez com que ela mesma ficasse de alguma maneira menos lá. Ah, olha, é isso — o que faltava era a boa inadequação daquela criança. Meio menino, toda menina, ela tinha se alçado pelos cotovelos, subido escada acima e estava prestes a martelar a porta.

Bang bang bang.

Anna se sentiu atravessada por cada baque como se a criança estivesse martelando em seu peito.

Apareça apareça onde quer que esteja, a criança berrou.

Nada aconteceu.

Abre-te, sésamo, a criança berrou.

Ela tinha se esgueirado por debaixo do braço de Anna para bater. Olhou para ela de lá debaixo do braço.
Isso abre a pedra do lado da montanha, a criança disse.
Eles dizem isso na história, por isso a pedra simplesmente abre.
A criança encostou a boca na porta e falou de novo, dessa vez sem gritar.
Toc-toc, ela disse. Quem está lá?

Quem está lá?
Havia vários motivos naquele momento específico da vida de Anna Hardie para ela estar se perguntando o que significava, para ela, estar *lá*.

Um era o emprego, de que ela acabava de desistir, naquilo que ela e os colegas chamavam rindo de Relações Póbricas, naquilo que ela e os colegas só meio rindo chamavam de Centro de Permanência Temporária (ou, alternativamente, Centro de Temporariedade Permanente).

Outro era que Anna tinha acordado em plena meia-noite umas semanas atrás aos plenos quarenta anos, de um sonho em que viu seu coração batendo no meio do peito. Ele estava com muita dificuldade de bater porque estava todo coberto de uma gosma feita do que pareciam ser aquelas sujeiras que a gente tira do canto do olho de manhã quando acorda. Ela acordou, sentou e pôs a mão no coração. Aí levantou, foi até o espelho do banheiro e olhou. Lá estava ela.

A expressão a fez lembrar de uma coisa que o Denny do *Evening News*, com quem ela trabalhou em uns artigos sobre uniões do bairro e com quem teve uma breve união, disse um tempo atrás, no segundo e último almoço dos dois. Ele era um querido, o Denny. Tinha se posto diante dela na cozinha dela, na primeira vez deles, e lhe apresentado seu pênis de um jeito

17

bem querido, melancólico e esperançoso ao mesmo tempo, um tanto lamentando a ereção e ao mesmo tempo orgulhoso dela; ela gostou disso. Ela gostou dele. Mas foram só dois almoços, e os dois sabiam disso. Denny tinha mulher, o nome dela era Sheila, e as duas meninas e o menino estavam na Clermont High. Anna fez um bule de chá, colocou leite e açúcar na bandeja porque não sabia direito como ele tomava, levou tudo para cima e se meteu de novo na cama. Era uma e quinze. Eles tinham pouco menos de meia hora a mais. Ele perguntou se podia fumar. Ela disse beleza, já que era o último almoço. Ele sorriu. Aí ele se virou na cama, acendeu o cigarro, mudou de assunto. Ele perguntou será que ela sabia que ele conseguia resumir as últimas seis décadas de jornalismo em seis palavras?

Manda ver, ela disse.

Eu estava lá. Lá estava eu, ele disse.

Era um lugar-comum, ele disse. Na metade do século xx toda reportagem importante dizia assim: *Eu estava lá*. Hoje em dia: *Lá estava eu*.

Logo iam ser sete palavras, Anna disse. O novo século já tinha acrescentado uma sétima palavra. *Lá estava eu, galera*. Ela e Denny riram, tomaram chá, vestiram as roupas de novo e voltaram a seus diferentes empregos. A última vez que eles se falaram tinha sido uns meses atrás, sobre como lidar com aquela história dos meninos do bairro que tinham dado urina para as crianças do abrigo em garrafinhas de limonada, para elas beberem.

Em plena meia-noite, uns meses mais tarde, segurando o coração, sentindo nada, Anna se olhou no espelho do banheiro. Lá estava ela. Era a coisa do lá-estava-ela.

Lá estava ela de novo, então, duas noites atrás, sentada diante do laptop numa noite de verão com os ruídos de Wimbledon vindo das tvs dos vizinhos pelas janelas abertas de todas as casas ao redor. Wimbledon estava na TV dela também. O som da TV dela estava baixo. Fazia sol em Londres e a grama de Wimbledon ainda estava bem verdinha, só um tantinho ralada. A tela da TV cintilava sozinha atrás da tela do laptop. Barulhos de pocs e uhs e ahs, estranhamente desconectados das fontes, acompanhavam os barulhinhos que ela estava fazendo no teclado. Era como se o mundo inteiro lá fora fosse trilha sonora de TV. Quem sabe era uma nova psicose, Psicose de Tenista (PT), em que você passa a vida achando que uma plateia está sempre te olhando, profundamente tocada por cada movimento seu, reagindo a cada reação sua, cada momento momentoso, com alegria/empolgação/decepção/*Schadenfreude*. Era de imaginar que todos os tenistas profissionais tivessem uma coisa assim, e quem sabe em alguma medida todo mundo que ainda acreditava em Deus. Mas será que isso significava que as pessoas que *não* tinham isso de alguma maneira estavam menos *lá* no mundo, ou então *lá* de um jeito diferente, porque se sentiam menos observadas? Dava na mesma rezar pro deus dos tenistas, ela pensou. Dava na mesma pedir para *aquele* deus em vez de qualquer outro pela paz no mundo, pra cuidar da gente, pra fazer todos os passarinhos que já morreram, que já viraram pó via pequenos morrinhos de penas e ossinhos ocos esfarelados, ressuscitarem, empoleirar todos eles na soleira daquela janela naquele exato momento, os pequenos na frente e os grandes atrás, e fazer todos cantarem um coro empolgante de "Bye Bye Blackbird", que era uma música que o pai dela gostava de assobiar quando ela era menininha, e que ela não escutava fazia muitos anos. Ninguém aqui pra me amar ou me entender. Ah quanta história triste eles me contam. Era isso a letra? Alguma coisa de histórias tristes, pelo menos. Bem quando ela estava para procurar a letra na internet um e-mail chegou fazendo plim na caixa de entrada dela com um trinadinho eletrônico.

O e-mail novo era um bem comprido que Anna quase pensou ser um daqueles de por-favor-transfira-dinheiro-para-esta-conta-porque-eu-estou-morrendo-e-preciso-que-você-me-ajude. Mas ela segurou o dedo acima do delete quando algo ali chamou sua atenção. Estava endereçado a ela com o primeiro nome certo mas a inicial errada do sobrenome. *Cara Anna K.* Era ela e ao mesmo tempo não era, o nome. Mais: alguma coisa ali fazia ela se sentir em super-8, em polaroide. Aquilo lhe dava uma sensação como a que a palavra verão dava. Acima de tudo aquilo lhe lembrava um velho volume da Penguin com a lombada toda rachada, de um clássico de Kafka, isso, Franz Kafka, que ela tinha lido no verão quando tinha dezesseis ou dezessete anos.

Cara Anna K
Estou te escrevendo porque eu e meu marido estamos sem saber o que fazer e estamos pedindo a Deus que você consiga nos ajudar.
Dez dias atrás nós convidamos Miles Garth, que eu acredito que você conheça, para um jantar aqui na nossa casa em Greenwich. Ele é amigo de uma pessoa que nós conhecemos, de fato nós mal sabemos quem ele é, e é por isso que essa situação é tão difícil e de fato insustentável como você pode imaginar. Para encurtar a história o sr. Garth se trancou no nosso quarto de hóspedes. Eu só agradeço o quarto ser suíte. Ele não quer sair do quarto. Ele não somente se recusa a destrancar o quarto e ir para sua própria casa, sabe lá onde. Ele se recusa a falar com viuvalma. Agora já faz dez dias, e o nosso inquilino insustentável só se comunicou através de 1 folha de papel enfiada por debaixo da porta. Nós estamos enfiando pacotinhos chatos de peru e presunto quase transparente por baixo da dita porta para ele, mas não podemos lhe dar qualquer coisa mais dimensional por conta do tamanho do espaço entre a dita porta e o piso. (A porta do nosso quarto de hóspedes, e na verdade todas as portas do primeiro

andar são supostamente do século XVIII embora a casa propriamente dita seja dos anos 1820, você pode entender a minha preocupação, e as dobradiças ficam por dentro. Tenho motivos para crer que ele também travou a maçaneta da porta do séc. XVIII com uma cadeira.) Eu/nós não tenho/temos a mais remota ideia de por que o sr. Garth decidiu se entocar na nossa casa, certamente não tem nada a ver comigo e nada a ver com o meu marido ou a minha filha. Como você pode imaginar dez dias é bastante tempo no fim das contas. Nós tentamos os colegas de trabalho dele mas nada funcionou.

Nós não queremos no entanto ser desagradáveis. Nós no presente momento estamos empregando uma abordagem de mansinho, também aconselhados pelos conselhos da polícia.

É por isso que eu/nós estou/estamos entrando em contato com você enquanto um dos poucos Próximos que pudemos localizar para o sr. Garth. Tivemos a sorte de encontrar esse seu endereço de e-mail na agenda do celular que ele não levou para o nosso quarto de hóspedes mas deixou com o paletó e as chaves do carro na nossa sala de estar.

Nós colocamos o carro dele temporariamente na frente da casa de um amigo mas ele não pode ficar lá indefinidamente (a princípio tinha ficado eu acho ilegalmente numa Vaga de Morador).

Se você puder ajudar meu marido e eu de qualquer maneira ou de qualquer modo eu/nós ficaria/ficaríamos muito grata/gratos. O número do nosso telefone está embaixo dessa mensagem. Eu agradeceria muito se você pudesse entrar em contato o quanto antes nem que seja apenas para informar que recebeu esta mensagem mesmo que não possa ajudar de fato nessa situação.

Muitíssimo obrigada mesmo e eu/nós espero/esperamos uma resposta sua.

Att.
Gen Lee
(Genevieve e Eric Lee)

Quem era Miles Garth mesmo?
Miles.
Ah.
Quando a gente foi pra Europa.
Anna leu tudo de novo.
Ele se recusa a falar com viuvalma.
Naquela noite ela percebeu que em vez de pensar (como fazia toda noite quando o dia escurecia e toda manhã quando o dia clareava) no trabalho, e nos rostos, um depois do outro, das pessoas que tinha decepcionado, ela estava obcecada por essa imagem, uma alma que perdeu seu par, viúva de outra alma.

Antes de ir dormir ela digitou o seguinte, e enviou.
Cara sra. Lee,
Obrigada pelo seu e-mail. Que situação mais estranha. Mas eu receio que a senhora possa estar batendo na porta errada, já que eu não conheço realmente Miles Garth ou a vida dele, pois só convivi brevemente com ele e há muito tempo, nos anos 1980. Não sei se posso ajudar. Mas se vocês acharem que sim, estou disposta a tentar. O que vocês querem que eu faça?
Grande abraço,
Anna Hardie.
Agora tinham se passado dois dias.
Miles, ela disse para quem quer que estivesse do outro lado da porta. *Você está aí?*

Onde exatamente estava Anna, então, que tinha entrado num trem lotado naquela manhã ao lado de um cara com um casaco impermeável que estava assistindo pornografia na tela do celular? Ela tinha atravessado a capital passando por cartazes na estação do metrô que anunciavam O *Orgulho e*

Reparação Desta Temporada e por debaixo de anúncios no vagão do metrô com a imagem de um cesto de lixo de cozinha com um balão que saía da sua boca dizendo *É Meu Direito Comer Lata* e embaixo palavras que diziam *Negue os Direitos ao Seu Cesto de Lixo*. Ela tinha decidido caminhar entre as estações e viu a catedral de St. Paul se erguer à superfície da margem do rio como um pedaço de cartilagem envelhecida. Havia passado de trem por um lugar que tinha a cara que o futuro tinha quando ela era criança. Agora ela estava andando por uma rua quente de verão com lindos prédios e casas chiques envelhecidas tentando lembrar de novo o que Greenwich significava, que tinha alguma coisa a ver com a hora. Quando chegou ao endereço certo, uma criança com um vestido de um amarelo bem forte por cima de uma calça jeans estava sentada no último degrau pegando pedrinhas de uma elegante linha de pedrisco que flanqueava a porta. Ela estava assobiando um pedacinho repetitivo que parecia um pouco aquela música do *Mágico de Oz* e jogando as pedras num bueiro da rua, supostamente tentando acertar entre as barras da grade. A tampa do bueiro e a rua em torno dela estavam pontilhadas de pedrinhas brancas.

Oi, Anna disse.

Eu sou brusca, a criança disse.

Eu também, Anna disse.

Mesmo?, a criança disse.

Mesmo, Anna disse. Totalmente. Que coincidência. Você não está com calor com esse monte de roupa?

Não, a criança disse se esticando para tocar a campainha. Porque parece que eu não estou fazendo justiça a mim mesma quando não uso tudo.

Mas foi uma mulher branca, vestindo tons beges e brancos veranis, quem abriu a porta. Ela afastou a criança e estendeu a mão para apertar a mão de Anna.

Genevieve Lee, ela disse. Pode me chamar de Gen. Muito obrigada por ter vindo.

Ela conduziu Anna para a sala de estar, ainda levando-a pela mão. Quando ela soltou a mão, Anna dobrou o casaco e o colocou no braço do sofá, mas Genevieve Lee ficou lá encarando o casaco por um tempo incomum.

Desculpa. Me dá medo, Genevieve Lee disse.

O meu casaco?, Anna disse.

Eu agora fico com um medo horrível de que se alguém tira o casaco na minha casa talvez nunca mais saia daqui, Genevieve disse.

Anna pegou o casaco imediatamente.

Mil perdões, ela disse.

Não, tudo bem, pode deixar aí por enquanto, Genevieve Lee disse. Mas como você pode imaginar, nós estamos de fato sem saber o que fazer aqui com o seu amigo Miles.

Bom, enfim, como eu disse, ele não é bem meu amigo, Anna disse.

Eu juro que a gente não sabe mais o que fazer com o nosso esse aí, Genevieve Lee disse.

Desculpa?, Anna disse.

Suposto-Amigo Indesejável, ela disse.

Ah, esse daí, Anna disse.

Não. Esse aí, Genevieve Lee disse.

Não, era só —, Anna disse.

E também, esse aí soletra a palavra, Genevieve Lee disse, o que transforma a coisa no que o Eric, o meu marido, e eu chamamos de um exercício de pensamento positivo.

Genevieve Lee era naquele momento coordenadora de auxílio aos empregados do Canary Wharf, terceirizada. Quando eles tinham problemas, financeiros, emocionais ou práticos, as empresas onde eles trabalhavam entravam em contato com ela e ela lhes dizia que tipo de auxílio estava à disposição deles tanto no setor público quanto no privado.

Como você pode imaginar, o ritmo de trabalho anda uma loucura nos últimos tempos, ela disse. E você no momento está fazendo o quê?

Eu no momento estou desempregada, Anna disse.

Eu posso ajudar com isso, Genevieve Lee disse. O principal é que é super, superimportante mesmo, falar do assunto. Fica com o meu cartão. Você trabalha com o quê?

Relações Públicas, Anna disse. Mas eu acabei de desistir.

Puxa vida, desistiu, Genevieve Lee disse. Supostamente tem coisa melhor no horizonte.

É melhor que tenha, Anna disse, ou eu posso me matar.

Genevieve Lee soltou uma risada de entendida.

Ela disse a Anna que Eric trabalhava no Instituto de Pesos e Medidas e que ele voltava às três.

A criança, que tinha entrado atrás delas, estava sentada na poltrona moderna-retrô diante da janela, batendo os calcanhares descalços na parte da frente da poltrona.

Pare de chutar isso aí, Brooke, Genevieve Lee disse. Hoje é Dia do Rouxinol.

Dia do Rouxinol?, a criança disse. Hoje?

Brooke, nós estamos ocupadas, Genevieve Lee disse.

Parece que o dia do rouxinol tinha que ser um dia que ia ficar melhor assim mais perto do Natal, a criança disse. É uma ideia superboa assim pra um dia e tudo mais. Mas a questão é que é verão agora e não inverno, e é provavelmente por isso que o dia do rouxinol ainda não pegou e ninguém sabe que ele existe, que nem a gente sabe do dia dos namorados e do dia dos pais e do dia das mães e do Natal.

Anna percebeu de novo o quanto a criança parecia surpreendentemente educada e antiquada.

Eu tenho certeza que a sua mãe está te chamando, Genevieve Lee disse.

Eu não estou ouvindo nada que se assemelhe com o que a senhora sugere, sra. Lee, a criança disse.

Digamos assim então, Brooke. Acho que estão precisando de você, Genevieve Lee disse.

A senhora quer dizer que não precisam de mim aqui. Palavras palavras palavras, a criança disse.

Ela pulava sem parar. Aí plantou bananeira ao lado do sofá, perto de Anna.

Isso é Hamlet, ela disse de cabeça para baixo por sob o vestido. Uma peça de William Shakespeare, mas a senhora provavelmente já conhecia. *Palavras* palavras palavras. Palavras *palavras* palavras. Palavras palavras *palavras*.

Ela esperneava no ar. Genevieve Lee se levantou e se pôs significativamente perto da porta. A criança pôs os pés no chão e ajeitou a roupa.

Quer dar uma passada pelo túnel depois, certo, quem sabe?, a criança disse a Anna. Foi construído em 1902 e passa por baixo do rio, você já passou por lá?

Ela disse a Anna que se tivesse ido ao túnel três anos atrás ela poderia ter visto o verdadeiro Cutty Sark.

Porque eu não estou dizendo ver a *estação*, ela disse. Mas você provavelmente já sabe do fato de que originalmente era um navio, e não só uma estação, e antes do incêndio, ele ainda estava ali, portanto se você ou se eu tivéssemos ido até a *estação* chamada Cutty Sark, e a gente tivesse virado pro lado certo quando saísse, o que quer dizer virado à esquerda, a gente ia ter visto o *navio* com esse nome. Sendo que o que eu estou dizendo aqui é que olha só, eu só vim morar aqui no ano passado. Então eu só vou poder ver quando ele estiver reformado e novamente esplendoroso. Mas de repente você já

viu o original de verdade quando era da minha idade ou um pouquinho mais velha, assim antes de queimar.
 Perdi essa, Anna disse. Nunca vi na vida real. Eu vi fotos. E na TV.
 Não é a mesma coisa, a criança disse. Mas dá pro gasto, dá pro gasto, vai ter que dar.
 Ela fez uma dancinha frenética enquadrada pela moldura da porta.
 Brooke, Genevieve Lee disse. Sai. Agora. E deixa as minhas pedrinhas aí. Isso custa dinheiro. Seixos de rio da Escócia, ela disse a Anna.
 Muito caro, Anna disse.
 Ela piscou um olho para a criança que se afastava.
 Tchau, ela disse.
 Brooke tinha nove anos, aparentemente, e morava na outra quadra, nos apartamentos de estudantes. Os pais dela eram pesquisadores ou pós-graduandos na universidade.
 Obviamente não é nossa, Genevieve Lee disse. Mas bem fofa. Muito precoce.
 Genevieve Lee serviu café e contou a Anna da noite do seu jantar alternativo anual, que era uma coisa que ela e o marido, Eric, normalmente faziam no começo do verão antes de todo mundo sumir de férias. Uma vez por ano eles gostavam de convidar pessoas que fossem um pouco diferentes das pessoas com quem eles normalmente falavam, bem como os amigos que viam o tempo todo, Hugo e Caroline e Richard e Hannah. Era sempre interessante dar uma variada. No ano passado eles tinham chamado um casal muçulmano; antes deles, um palestino e a esposa e um médico judeu com o seu companheiro. Tinha resultado numa noite bem interessante. Nesse ano um conhecido do Hugo e da Caroline, um sujeito que se chamava Mark Palmer, tinha trazido Miles Garth com ele.

Mark é gay, Genevieve Lee explicou. Ele é conhecido do Hugo e da Caroline. Nós pensamos que o Miles era o companheiro do Mark, mas parece que não. Deve ser melhor assim, porque se eles *fossem* companheiros ia ter uma diferença considerável de idade entre eles, vinte anos, quem sabe mais. Eles aparentemente vão ver muitos musicais juntos. Mark Palmer adora musicais. Eles tendem a gostar, não é? Ele tem mais de sessenta. Ele é amigo do Hugo e da Caroline.

Genevieve Lee prosseguiu dizendo que os pais de Brooke, os Bayoude, também tinham sido convidados, e também tinham vindo, apesar de terem acabado de se mudar para cá, não de algum lugar da África, mas de Harrogate.

Enfim, estava todo mundo se divertindo, Genevieve Lee disse. Tudo estava correndo superbem, até que depois do prato principal, ele simplesmente levantou e subiu. Bom, a gente achou, naturalmente, que ele estava indo ao banheiro, então eu segurei a sobremesa, o que já era uma coisa complicada, porque eu tinha que passar o maçarico nos brûlées. Mas ele não descia. Quinze minutos no mínimo. Quem sabe até mais, porque estava todo mundo bem feliz, todo mundo bêbado, só o bastante pra estar feliz; aliás, isso era outra coisa estranha nele, ele não estava bebendo, o que sempre te deixa incomodada se você vai a um jantar ou dá um jantar e alguém não está bebendo e todo mundo, ou seja, cada uma das pessoas, está. Enfim, eu liguei a cafeteira, tostei o que tinha que tostar, servi os outros, deixei eles comendo, dei uma subidinha e bati na porta do banheiro pra perguntar se ele estava legal. Claro que ele não respondeu. Claro que ele nem estava no banheiro. Claro que ele já tinha se trancado no nosso quarto de hóspedes.

Ele de fato detestou virulentamente o que vocês serviram de entrada e prato principal, Anna disse.

Genevieve Lee ficou meio exaltada.

Ele é assim, é?, ela disse. Outras pessoas comendo vieiras e chouriço teriam deixado ele assim tão incomodado?

Ah, sei lá, não tenho ideia mesmo, eu estava só, sabe, fazendo uma piada, Anna disse.

Essa situação não tem graça, Genevieve Lee disse.

Não, Anna disse. Claro que não.

Você não tem ideia de como isso é constrangedor pra gente, Genevieve Lee disse. Tem uma mobília lindinha lá dentro. É um quarto de hóspedes bem impressionante esse nosso. Todo mundo que ficou lá disse isso. Esses últimos treze dias foram um inferno.

O inferno na terra, isso mesmo, eu posso imaginar, Anna disse.

Ela não tirava os olhos da madeira do piso.

Aí o Eric subiu, Genevieve Lee disse. Ele bateu na porta do banheiro e teve a mesma resposta que eu, resposta nenhuma. Quando o café estava servido e nós estávamos todos, todos os nove, de fato já meio preocupados com ele, o amigo dele, esse Mark, o sujeito que tinha trazido ele aqui pra começo de conversa, subiu. Aí ele desceu e disse que tinha tentado a porta do banheiro e que ela não estava trancada, e que de fato não tinha ninguém *no* banheiro, o banheiro estava vazio. Aí o Eric subiu pra confirmar, e aí eu também. Completamente vazio. Aí nós todos imaginamos que ele tinha simplesmente ido pra casa, simplesmente se mandado, sabe, escapulido pela porta da frente sem dizer boa noite, mas não fazia sentido que ele fosse tão mal-educado. Nem que ele deixasse o paletó aqui, o que a gente percebeu quando estava todo mundo dizendo tchau e ali estava o paletó em cima do sofá.

Genevieve Lee fez um gesto na direção do sofá. Anna olhou para o sofá. Genevieve Lee também.

As duas ficaram olhando para o sofá.

Aí Genevieve Lee continuou.

E o Mark, que é gay, ela disse, um cara mais velho, foi quem ficou mais transtornado. Eles sabem ser histriônicos no bom *e* no mau sentido. Enfim, depois do café e de um moscatel branco genial que o Eric tinha achado no Asda, que era inacreditável, todo mundo foi embora feliz, a não ser o Mark, claro, que estava nitidamente meio incomodado. E o Eric e eu fomos dormir. E foi só de manhã que a gente viu que o carro dele ainda estava na Vaga de Morador e de fato já tinha tomado uma multa — que eu não vou pagar — e a Josie, a nossa filha, desceu e perguntou por que o quarto de hóspedes estava trancado e o que queria dizer aquele bilhete que ela tinha achado no chão.

O que dizia o bilhete?, Anna perguntou.

Tudo bem quanto à água mas logo vou precisar de comida. Vegetariana, como vocês sabem. Obrigado pela paciência.

Era a voz da criança. Veio de trás da poltrona. Ela não tinha ido embora. Tinha se esgueirado de volta para a sala sem que elas ouvissem ou percebessem.

Eu achei que você tinha dito no e-mail que estava dando presunto pra ele?, Anna disse.

A cavalo dado não se olham os dentes, Genevieve Lee disse.

Eles não querem que ele se sinta muito em casa lá dentro, a mestre do Dia do Rouxinol disse.

Genevieve Lee ignorou esse comentário.

Está claro que ele não está todo lá, ela disse.

Ele *está* todo lá, a criança atrás da poltrona disse. Onde mais ele ia estar?

Genevieve Lee ignorou isso também, como se a criança

simplesmente não estivesse lá. Ela se inclinou um pouco, confidencial.

A gente só está feliz de ter conseguido achar um contato, ela disse. O Mark mal conhece o rapaz direito, certamente não a ponto de persuadir o camarada a abrir a porta. Ele é meio lobo-solitário, o seu amigo Miles.

Anna lhe disse de novo que mal conhecia Miles Garth, que se tinha conhecido, o único motivo era o acaso, pois ambos ganharam uma vaga numa viagem de férias à Europa quase trinta anos atrás, para adolescentes de todo o país, uma competição organizada por escolas secundárias e patrocinada por um banco. Ela e Miles tinham passado duas semanas de julho de 1980 no mesmo ônibus turístico, junto com outros quarenta e oito adolescentes de dezessete e dezoito anos.

E ainda mantinham contato vários anos depois, Genevieve Lee disse.

Bom... não, Anna disse. Não muito, quase nada. Eu fiquei em contato com umas seis ou sete pessoas do grupo mais um ano ou dois, aí, sabe como é. A gente perde contato.

Mas uma linda lembrança, que significou muito pra ele tantos anos atrás, Genevieve Lee disse.

Nã-não, Anna disse.

Um rompimento doloroso, a primeira vez que seu coração se partiu, e ele nunca conseguiu esquecer, Genevieve Lee disse.

Não, Anna disse. Verdade. Eu acho que não mesmo. Quer dizer, a gente era vagamente amigo. Mais nada. Nada, sabe, significativo.

E é por isso que ele ficou carregando o seu nome e o seu endereço com ele tantos anos assim, por nenhum motivo significativo mesmo, Genevieve Lee disse.

Genevieve Lee estava ficando com o rosto vermelho.

Se tem algum motivo, eu não sei qual é, Anna disse. Quer dizer, eu nem tenho ideia de onde ele conseguiu o meu e-mail. A gente não se fala faz, meu Deus do céu, deve fazer mais de vinte anos. Bem antes de existir e-mail.

Alguma coisa muito especial. Nessa tal de viagem. Aconteceu.

Agora Genevieve Lee estava gritando. Mas o emprego de Anna tinha lhe dado um bom treinamento no que se referia à raiva dos outros.

Sente, ela disse. Por favor. Quando você sentar eu te conto exatamente o que eu lembro.

Deu certo. Genevieve Lee sentou. Anna falou com uma voz calma e manteve os braços descruzados.

A primeira coisa que eu lembro, ela disse, é que eu fiquei com uma intoxicação alimentar num banquete medieval que eles fizeram pra gente em Londres bem no começo da quinzena. E eu lembro de ver Paris, a Torre Eiffel, Sacré Coeur, pela primeira vez. Eu lembro que não tinha nada pra fazer em Bruxelas. Nós achamos um parque de diversões antigo e ficamos andando à toa. Eu odiei a comida do hotel de Heidelberg. Tinha uma ponte de madeira em Lucerna. E a única coisa que eu lembro de Veneza é que a gente ficou num hotel superchique que era muito escuro por dentro. E que uma bomba explodiu numa estação de trem em algum outro lugar da Itália, no norte, enquanto a gente estava em Veneza, e matou um monte de gente, e que teve um pequeno motim entre uns dos meninos do grupo porque os funcionários do hotel foram ríspidos com eles depois disso acontecer, sabe, disseram pra eles fazerem menos barulho. Eu lembro que teve uma confusão enorme por causa de uma garrafa de cerveja ou uma latinha de cerveja que alguém jogou da janela de um hotel. Eu não lembro se foi na Itália ou não.

Da França à Alemanha Genevieve Lee tinha ficado passando de uma mão para a outra um lápis que ela tinha pegado na mesa ao seu lado. Na hora da Itália ela começou a bater na mesa com o lápis.

Então, Anna disse. Eu dei uma olhada nas minhas fotos depois que a sua mensagem chegou, mas eu não tenho muitas, só doze, obviamente só gastei um filme, e só tem uma foto com o Miles Garth. Quer dizer, *eu* sei que é ele, *eu* consigo olhar a foto e ter certeza que é ele, mas não dá pra ver o rosto dele, ele está olhando pra baixo de um jeito que só dá pra ver o topo da cabeça dele. Tem uma foto coletiva, de todo mundo, eles bateram uma na frente do banco antes da gente ir. É muito longe pra ver alguém nitidamente, mas ele está lá, no fundo. Ele era alto.

Eu já sei que ele é *alto*, Genevieve Lee disse. Eu já sei que *cara* ele tem.

Eu lembro que ele amarrou uns pedacinhos de pão francês nuns fios de jeans que ele arrancou da barra esgarçada das calças, Anna disse, e a gente usou pra tentar pegar os peixinhos dourados num lago de Versalhes. É isso que ele está olhando na foto. Ele está tentando fazer um nó em volta do pão. E… só isso.

Só isso?, Genevieve Lee disse.

Anna deu de ombros.

Genevieve Lee partiu em dois o lápis que estava segurando. Aí ficou olhando os pedaços de lápis que tinha nas mãos, surpresa. E largou os pedaços de lápis bem juntinhos sobre a mesa.

Foi quando elas subiram.

Foi quando Anna ficou com o punho pronto para… para o quê, exatamente?

Miles. Diga lá? Você está aí?
Silêncio.
Então — bang bang bang — a criança, martelando a porta.
Diga quem você é, pelo amor de Deus, Genevieve Lee sibilou para Anna.
Miles, é a Anna Hardie, Anna disse.
(Nada.)
Do Grand Tour Europeu do banco Barclays, de 1980, ela disse.
(Silêncio.)
Fale pra ele de quando vocês tentaram pescar peixinho dourado com o pão e tudo, a criança disse.
Miles, acho que os Lee queriam muito que você abrisse a porta e saísse desse quarto, Anna disse.
(Silêncio.)
Acho que os Lee queriam a casa deles de volta, ela disse.
(Nada.)
Diga que é *você*. Diga que é a *Anna K*, Genevieve Lee sussurrou.
Anna olhou o seu próprio punho ainda estupidamente erguido. Ela o descansou contra a madeira da porta. Ela o baixou. Ela se virou para Genevieve Lee.
Desculpa, ela disse.
Deu de ombros.
Genevieve Lee concordou com a cabeça. Ela fez um gesto minúsculo e preciso com a mão para indicar que Anna agora devia descer de novo.
No pé da escada as duas mulheres ficaram paradas, sem mais o que dizer. Anna olhava pela porta para a sala de estar. Era como se fosse um lounge contemporâneo-chique numa montagem teatral. Ela olhou para a disposição simétrica das toras perto da lareira. Olhou para o teto, para a imensa viga

de madeira que passava direto do fundo da sala de estar para o corredor, por cima da cabeça dela.

Bela peça de, ahm, de madeira, Anna disse.

Genevieve Lee explicou que acreditavam ser de um navio que tinha lutado em Trafalgar, e que era por isso que a sala de estar nunca tinha sido reformada nem ampliada. Enquanto explicava tudo isso, ela visivelmente se acalmou. Abriu a porta da frente, manteve-a aberta. O calor do dia penetrou no hall fresco e antigo.

Se bem que a gente vai se mudar pra Blackheath, mudar de padrão, ela disse, assim que o mercado der uma melhoradinha. O Eric chega às três. Eu sei que ele ia gostar de conversar com você.

Você quer dizer que quer que eu volte aqui às três?, Anna disse diante da porta.

Se você tiver a bondade, Genevieve Lee disse. Logo depois ia ser ideal. Dez minutinhos.

O negócio, Anna disse, é que se eu for agora eu consigo pegar o trem menos caro pra voltar pra casa, mas se eu ficar vai me custar o dobro.

Nós agradecemos, Genevieve Lee disse. Muita bondade sua. Muito obrigada mesmo.

Ela começou a fechar a porta.

Só uma coisa, Anna disse.

Genevieve Lee deteve a porta semicerrada.

É aquilo da Anna K, Anna disse.

Desculpa?, Genevieve Lee disse.

No e-mail. Cara Anna K. E de novo, aí em cima, Anna disse. Você me chamou de Anna K. Não é o meu nome. O meu nome é Anna H. Hardie.

Genevieve ergueu a mão. Entrou em casa. Retornou com um paletó preto. Tirou um celular do bolso interno do paletó e o mostrou.

Está na memória, ela disse.

Aí ela largou o celular no bolso outra vez e jogou o paletó pela porta bem na direção de Anna, de tal forma que não teria como Anna deixar de pegá-lo. Ela falou delicadamente.

Você agora é a responsável, ela disse. Quando isso tudo acabar eu não quero, e não vou aceitar, estou deixando claro neste exato momento, qualquer acusação de ter usado quaisquer cartões de crédito que por acaso tenham sido deixados num paletó que por acaso tenha sido deixado na minha casa.

Aí ela fechou a porta, clique. Anna ficou no degrau.

Eric e Gen. Gen e Eric. Meu Deus. Ela ia convidar os dois para o seu próprio jantarzinho anual especial, aquele que ela oferecia aos genéricos. Sabe-se lá o que estaria rolando entre Genevieve Lee e Miles Garth, ou Eric Lee e Miles Garth, ou a filha deles, ou sei lá quem, e Miles Garth? E daí? E se Miles Garth tivesse inventado a solução perfeita para não pagar aluguel e ser regularmente alimentado em tempos de recessão, pelo menos por um tempo? E se ele tivesse decidido se trancar num quartinho odioso de uma casa odiosa? Que importância tinha? Ela ia para casa. Bom, para aquilo que, para ela, fazia papel de casa naquele momento.

Ela deu meia-volta na calçada, em direção à estação.

A criança estava ao lado dela, saltitante.

Túnel?, a criança disse.

Você não devia estar na escola?, Anna disse.

Não, a criança disse. Fechou mais cedo. Gripe suína. Você fala com um sotaque superengraçado.

Obrigada, Anna disse.

Eu gostei, a criança disse. Eu não desgostei.

Há muito tempo eu era escocesa, Anna disse.

Já fui lá, a criança disse. Já vi. Quer dizer, eu gostei de

lá, meu. Eu não desgostei. Portanto, iria de novo. Tinha grande quantidade de árvores lá.

    Ela entregou algo a Anna. Era um pedaço partido de lápis, o lápis que Genevieve Lee tinha quebrado em dois, lá na sala de estar. A criança ergueu o outro pedaço.

    Obrigada, Anna disse. Mas você ficou com a parte da ponta. Não é justo.

    Está certo, mas você é adulta e pode pagar pra comprar um apontador tipo na papelaria, ou no supermercado, a criança disse saltitando à frente dela e falando no ritmo dos saltinhos. Ou só *pegar*, um apontador, e colocar, no bolso se, você quiser, e portanto aí, não ia ter, que pagar, porque sabe, lápis, tinha sempre, que vir, com apontador, porque, pra quê né, um lápis, sem, apontador? A gente devia, sempre, poder, pegar um, apontador, grátis.

    Mas é bem isso que eu chamo de anarquia, Anna disse.

    E foi aí que ela lembrou.

    (Europa. Terra do InterRail. Lugar conhecido como O Exterior. Visitado por Cliff Richard e uns meninos e meninas vinte anos atrás com seu ônibus de dois andares, ainda que neste momento, no comecinho dos anos 1980, Cliff Richard esteja cantando uma música que fala de uma garota desaparecida, que talvez tenha sido morta, que ficava no segundo andar, não deixou endereço, só deixou um nome na parede ao lado do telefone público.

    Europa. Lugar do Grand Tour para cinquenta adolescentes britânicos do país inteiro — Anna é quem vem de mais ao norte e a única escocesa — que ganharam todos eles uma vaga num evento publicitário organizado por um banco britânico ao escrever *um conto ou um ensaio de não mais de duas mil palavras* sobre A Grã-Bretanha no ano 2000, que está a vinte anos de distância.

1980. Ano em que Anna Hardie, uma escritora premiada que fala como será a vida daqui a vinte anos, desdobra a perninha de um clipe de papel e a passa por uma das orelhas em Versalhes, na França, infecciona a orelha, provoca em si mesma uma leve febre e tem que começar a tomar antibióticos três dias em Brunnen, na Suíça, alguns países mais tarde, onde as vistas das montanhas e dos lagos, e das montanhas nos lagos, são incríveis.

Mas primeiro: Londres, Paris, Versalhes. Os cinquenta escritores futuristas premiados estão no seu quarto dia. No segundo dia cada um acordou e descobriu que agora era um dos
    festeiros, ou dos
    esquisitões, ou dos
    outsiders totais.

Anna já tomou um cutucão na bunda, pela primeira vez na vida, de um esquisitão de dezessete anos (que em vinte anos vai ter se tornado um professor internacionalmente reconhecido de física teórica). Na hora em que isso acontece ela não tem ideia de que é isso que está acontecendo; a inexplicável dor entre a nádega e a coxa e o garoto-homem ruivo e enrubescido com eczema grave atrás dela não parecem nada conectados um ao outro, ainda que mais para o fim da quinzena ela o veja parar perto da traseira de uma das outras meninas e veja a menina dar um pulo para longe dele, e aí entenda. Os festeiros mais radicais já deram um porre em outro dos esquisitões, colocando alguma coisa na bebida dele no jantar do hotel de Paris, seguraram o menino bêbado num dos quartos e rasparam metade do seu bigodinho de herói da Força Aérea. Ele está vagando meio torto na névoa do verão do

Palácio de Versalhes de hoje, arcanjo de uma asa só. Por que ele não raspa tudo?, ela fica pensando. Será pras pessoas que fizeram isso com ele terem que encarar a própria maldade toda vez que o virem? Ou porque ele não quer perder a metade que tem pra poder reconstruir a outra com exatidão? Anna não sabe. Ela não falou com ele. (Ela quase não falou com ninguém.) Ela sabe que o nome dele é Peter, e que ele tinha anunciado a todo mundo no Banquete Medieval de Londres no primeiro dia que estava especialmente ansioso para ver Versalhes, para ver a histórica sala dos espelhos em que foi assinado o tratado do fim da Primeira Guerra Mundial. Irônica, a ideia de ele ter visto o seu próprio ferimento de guerra em cada um daqueles imensos espelhos manchados.

Anna é um dos outsiders totais.

Isso porque ela é a única escocesa no tour e todos os outros quarenta e nove são uns ingleses falastrões, assustadores e cheios de confiança. (Pode ser também porque ela ficou com intoxicação alimentar depois do Banquete Medieval e passou boa parte da primeira noite do período de formação de grupos sozinha, no quarto do hotel em Bayswater, vomitando.)

Neste momento ela está sentada arrancando pedacinhos da bengala francesa que veio com o kit do almoço e colocando na boca. Ela está ao lado de um lago imenso com uma complexa fonte no meio. Será que aqueles cavalos de ouro estão lutando daquele jeito, com os cascos e bocas e crinas todos em pânico, porque estão com medo de afundar no esquecimento, ou será porque voltar para a superfície depois de ficar lá embaixo nas profundezas é tão aterrador?

Restam, incluindo hoje, onze dias.

Hoje só passou em parte.

Basicamente um terço de hoje já passou.

E se o ônibus em que os cinquenta futuros-escritores estão

atravessando a Europa batesse e todos eles morressem e ela nunca mais voltasse para casa?

Se ela estivesse com o passaporte podia voltar para casa. Ela podia simplesmente voltar para o hotel de Paris, pegar a mala e se mandar. Podia deixar um bilhete na recepção dizendo que alguém em casa ficou doente, ou que ela teve um pesadelo com a família e que como os sonhos dela são tão fortes e intuitivos decidiu que era melhor voltar para casa imediatamente mesmo sem ninguém ter ligado nem nada. Não. Isso é patético, e com ou sem patos e com ou sem sonhos, todos os passaportes foram confiados à Barbara, a contadora do Banco, um dos cinco funcionários acompanhantes (dez futuros-escritores por funcionário, supostamente). Anna tenta imaginar seu passaporte, preso por elastiquinhos a um maço de outros quarenta e nove passaportes, provavelmente em ordem alfabética, provavelmente sob a guarda, quem sabe *com* um guarda do hotel. Ou será que Barbara a Contadora leva os passaportes por toda parte com ela naquela pastinha? Anna na foto do seu passaporte — tirada na cabine automática do correio lá onde ela mora, no começo de junho, e uma cabine automática nunca pareceu tão abençoada, tão feliz, até aquela cortininha era invejável, só por estar lá naquele lugar chamado casa — está usando uma camiseta da Siouxsie and the Banshees; ela tem olhos escuros, uma cara fechada, insatisfeita, tristíssima, e era melhor você nem perguntar por quê, e aquele é o eu que precisa mantê-la no mundo até a vetusta idade de vinte e sete anos, quando ela será uma pessoa totalmente diferente, quando tudo vai ser diferente, a vida vai ser mais fácil, vai fazer sentido, tudo vai estar no seu lugar.

Ela está usando a mesma camiseta hoje. Ela pode ver a si própria e ao rosto mascarento da Siouxsie ondulando na água francesa metida a besta.

Ela não sabia que era tão tímida.

Ela não esperava, mundo afora, se descobrir sendo o tipo tão errado de pessoa.

Ela e a colega de quarto com quem acabou ficando, cujo nome é Dawn e que é bem boa gente com Anna mas definitivamente é uma das festeiras, não têm o que se dizer.

Ela não disse mais que onze palavras a ninguém nas últimas vinte e quatro horas, e nem eram palavras inteiras.

(Boa noi'.
Bom di'.
Oi.
Tá livre aqui?
É.
Valeu.
Tchau.)

Olha só o azul do céu sobre ela. Olha só o escuro do céu na superfície daquele lago. Olha só o ouro daqueles cavalos fixos, verberantes. Isso é o paraíso. Isso é o sucesso. Era o que estava escrito nos jornais que deram a notícia de que ela era a vencedora que vinha do ponto mais ao norte. Então ela vai ser boazinha. Vai escrever isso num postal e mandar para os pais em casa, que estão com tanto orgulho dela. *Isso aqui é incrível. Eu sou uma menina de muita sorte. A gente come em hotéis toda noite. Eu vi a torre Eiffel, e uma igreja bem linda. Hoje é Versalhes. Parece o paraíso e ainda dá pra alugar um bote e ir remar, ho ho ho, tchauzinho por hoje Anna xox* Ela vai escrever o que realmente deseja dizer nos postais que manda para o seu melhor amigo da escola, Douglas, e vai mandar um de cada lugar que visitar no tour. Não, eles vão ser mais inteligentes que isso, vão ser só letras de música fingindo que são conversa. Se fizer uma forcinha ela vai conseguir pensar numa letra de música que se traduza por: eu sou a única merda de uma escocesa aqui, a única merda de uma pessoa que vem de

41

alguma coisa parecida com a minha casa aqui nessa viagem e todo mundo é inglês e eles simplesmente não sacam nada. *Caro Douglas. Será que essa é a era do plástico? Só estou comprando uns reflexos de mim mesma. Catástrofe nuclear no horizonte. Anna xox. P.S., eles não querem o seu nome, só o seu número.*

Não, ela vai ser ainda mais inteligente, vai escolher especificamente sucessos do Eurovision. *Ding-a dong toda hora, colhe a flor lá fora.* Ela vai achar uma foto do campanário daquela igrejona e mandar nesse. Douglas vai achar superengraçado. *Ding-a dong, escuta bem. (És cu também.) Mesmo quando o seu amor tiver ido ido ido embora, cante ding dang dong.*

Perto dela à beira do lago está um menino comprido. Ele está no grupo do tour. É, definitivamente ele é do grupo; ele está com a pastinha azul ali do lado dele na grama. Ela já tinha visto o menino, agora lembrou; ele é um dos populares. Será que ele é um dos populares nojentinhos ou um dos menos nojentinhos? E será que ela estava cantarolando aquela música em voz alta, a da Eurovision em que estava pensando agorinha mesmo? Devia ser isso, porque aquele menino começou a assobiar a música, e ele não pode ter pensado naquela música completamente nada a ver, que é velha, e é uma piada interna dela e do Douglas, no mesmíssimo momento em que *ela* pensou na música.

Ele começa a assobiar outra coisa. É a música do Abba sobre ter um sonho. Ele não tem cara de fã do Abba.

Ele canta os versos que falam de um sonho bom, tão lindo assim. Ele tem uma voz bem decente. Está cantando bem alto, alto a ponto de ela ouvir nitidamente. Na verdade parece quase que ele está cantando para ela.

Aí, depois, será que ele realmente cantou isso?

Vou sonhar com Engels.

Isso é inacreditavelmente inteligente, se foi isso que ele acabou de cantar e ela não ouviu errado. É o tipo de coisa que só um grande amigo dela ia saber fazer para chamar a atenção dela.

Aí o menino fala, e é com ela.

Anda, ele diz.

Parece que ele quer que ela cante.

Ela olha para ele com seu olhar mais matador.

Você está de brincadeira, ela diz.

Eu só brinco com coisas supersérias, ele diz. Anda. Tudo tem encanto.

Eu não sei, ela diz.

Sabe sim, ele diz.

Não sei, de fato, ela diz.

Sabe, de fato, ele diz, porque as músicas do Abba, é uma coisa que todo mundo que conhece sabe, são construídas, técnica e harmonicamente, pra deixar uma marca física no cérebro humano que nem uma placa gravada com ácido, pra garantir que nós nunca, jamais, vamos conseguir esquecê-las. Daqui a vinte anos as músicas do Abba ainda vão ser cantadas, provavelmente até mais do que hoje em dia.

Foi sobre isso que você escreveu o seu texto da Grã-Bretanha no ano 2000, então?, ela diz. A geração neurologicamente aleijada pelo Abba?

Quem sabe, ele diz.

Nem a pau, ela diz.

E o seu foi o quê, então?, ele diz.

Eu perguntei primeiro, ela diz.

Olha só como que o meu começa, ele diz. Lá estava uma menina com uma camiseta punk com cara de datada —

Ela *não* tem cara de datada!, Anna diz.

— sentada à beira d'água num local histórico francês —
Superengraçado, Anna diz.
Ela era superengraçada, ele diz. Será que *era* mesmo? Ninguém sabia, ninguém jamais descobriu, porque ela estava determinadíssima a se manter bem isolada. Ah, se ao menos ela tivesse entrado na música do Abba que o Miles estava cantando à beira d'água naquele dia em Versalhes, aí tudo teria ficado, como que num passe de mágica, perfeito. Infelizmente algo de teimoso, que tinha se estabelecido na constituição interna dela desde muito cedo —

Eu não sou teimosa, ela diz.

Infelizmente, algo de petulante, que tinha se estabelecido na constituição interna dela —, ele diz.

Eu não sou isso aí também, ela diz, seja lá o que isso for. Nem morta que vão me pegar cantando Abba.

Eu jamais cantaria Abba, ele diz. Eu não estou cantando Abba, eu estou cantando a revolução. Infelizmente, algo de conservador, com c minúsculo *e* maiúsculo, tinha se estabelecido —

Eu nem a pau que sou essas coisas aí, ela diz. E essa sua história é completamente patética. Eu não vou cantar porque de fato eu não sei a letra.

De fato eu mesmo estou de fato inventando a letra, ele diz. Enfim foi você de fato que começou com o fato do pop Eurovision, e não eu de fato. Lá estava uma menina daqui a vinte anos que era totalmente incapaz de se comunicar a não ser revirando os olhinhos e dizendo apenas a expressão de fato. Aí. Pronto. Agora você me conta a primeira linha do seu conto.

Primeiro você me conta a primeira linha de verdade do seu, ela diz.

Ele veio sentar mais perto dela.

Como é que você se chama?, ele diz.

Anna, ela diz.

O seu nome é quase Abba, ele diz.

Isso faz com que ela chegue perto de rir alto.

Lá estava uma vez, e estava apenas uma vez, ele diz. Uma vez era tudo que estava.

Isso que é o seu começo?, ela diz. De verdade?

Ele desvia os olhos.

Isso é bem bacana, ela diz.

Valeu, ele diz.

Só que você diz que lá estava uma vez e estava apenas uma vez, e aí com aquela frase seguinte você diz de novo, então você acaba dizendo uma vez três vezes, o que significa que uma vez acaba não querendo dizer uma vez só, ela diz.

Lá estava uma vez uma menina que era crítica demais pra eu poder pôr em palavras, ele diz. Ou talvez só crítica demais ao pôr palavras. Qual é o *seu* começo, então, crítica?

O futuro é um país estrangeiro. Eles fazem tudo diferente lá, ela diz.

É, eu sei, mas como que é o seu começo?, ele diz.

Aí ele ou pisca pra ela ou está com alguma coisa no olho.

É, tipo, do livro do LP Hartley, ela diz. Meio uma versão nova. Sabe como é. O passado é um país estrangeiro. Do livro *O mensageiro*.

Ahm-ham, ele diz. Se bem que eu acho que a frase original escrita pelo LP Hartley é assonanticamente melhor que a sua.

Você que vá se assonar sozinho, ela diz.

Bom, tudo bem, beleza, ele diz, mas não vai ter o mesmo efeito de quando eles assonaram os presidentes Lincoln e Kennedy.

Dessa vez ela efetivamente ri alto.

Enfim, ele diz. De fato. Tratava do quê, o seu conto, de fato, enfim?

É sobre uma menina que acorda no ano 2000 depois de ficar vinte anos dormindo, Anna diz. E a pegadinha é que no ano 2000 basicamente tudo é exatamente igual a agora, só tem uma coisa. Quando a menina tenta ler parece que as palavras estão todas impressas de cabeça pra baixo. Ela acorda e vai até a cozinha e pega uma caixa de cereal e ela tem exatamente a mesma cara das caixas de cereal de hoje. Só que ela percebe que as letras estão de cabeça pra baixo. Ela ainda consegue ler e tudo, mas é meio esquisito. Ela vira a coisa ao contrário, mas não funciona, porque as palavras vêm impressas na mesma ordem em que estariam se fossem impressas de cabeça pra cima. Aí ela tenta ler o jornal e percebe que é a mesma coisa — as palavras estão todas impressas de cabeça pra baixo. Aí ela entra em pânico e acha que está ficando doida, vai pegar o velho exemplar do seu livro preferido na estante, um livro que ela leu vinte anos atrás, assim, agora, e é *O mensageiro* de LP Hartley, e ela abre o livro, e as palavras estão de pé e tudo, e ela solta um suspirão de alívio. Mas aí ela vai pra cidade. E o que está escrito na frente do ônibus está de cabeça pra baixo. E todos os nomes das lojas estão de cabeça pra baixo. E ninguém mais acha que aquilo é esquisito nem nada. E aí ela começa a suspeitar, e vai especificamente à livraria aonde sempre ia, sabe, vinte anos atrás, em 1980, e pega um exemplar novo do mesmo livro, *O mensageiro*, na prateleira. E pode apostar que na capa o título está de cabeça pra baixo, e na quarta capa aquela coisa meio de resumo que eles escrevem sobre a história está de cabeça pra baixo. E ela abre o livro, e todas as páginas estão impressas de cabeça pra baixo. E aí metade de um dia se passa, e na hora do almoço ela já está acostumada com as palavras de ponta-cabeça. O cérebro dela processa aquilo. E no fim do conto ela não está nem percebendo mais que elas estão de cabeça pra baixo.

Ela para de falar. De repente ela ficou envergonhada, por dizer tanta coisa em voz alta, e exausta também. É mais do que ela disse desde que saiu de casa, de uma só vez.

Ah, isso é bacana, o menino está dizendo. Bem subversivo mesmo. Bela Adormecida subversiva. Quer dizer, como é que você ia acordar a menina? Um beijo não ia resolver.

Não é uma cantada; ele não está flertando. Ele parece de fato absorto.

Ele é bem espirituoso, e definitivamente rápido; é provavelmente um daqueles da viagem que vão acabar indo para Oxford ou seja lá qual for o lugar para onde todos eles vão. Mas ele não parece rico ou alguém que estuda numa escola metida. Além disso, ele já fez ela rir de verdade. Ela quer perguntar se ele sabe alguma coisa do pessoal que raspou metade do bigode do menino. Não parece que ele é o tipo de gente que faz essas coisas.

Ele tem cabelo escuro e nariz grande. Ia ser bonito se não fosse o nariz. Parece o tipo quietinho. Talvez ele tenha cara de quietinho mas não seja de fato. Parece meio cansado assim tão de perto. O cabelo dele está meio comprido, não demais. Ele está com um colete azul de lã. Tem um peito bem largo. Os braços e os ombros dele saem do colete desajeitados e pálidos, como se ele não coubesse em si próprio. Mas o jeito dele se mover naquele momento, de dar um peteleco num pulgão ou outra coisa da perna da calça, é ao mesmo tempo delicado e preciso.

Ela para de olhar para ele porque ele começa a olhar para ela.

O que é que você está fazendo?, ele diz então.

Ela dá de ombros, aponta com a cabeça para o cronograma em cima da pasta do Tour.
Esperando sei lá o que que a gente vai fazer depois ali na lista, ela diz.
Não, eu estou falando o que é que você está fazendo com *isso* aí, ele diz.
Ele está apontando para a cabeça dela, para a orelha. Enquanto eles estavam conversando ela desdobrou o clipe que segurava as folhas de Informações Úteis na pasta e, sem pensar muito no assunto, estava enfiando a pontinha no furo da orelha.
Ah, ela diz. Fazendo um brinco.
Com um clipe?, ele diz.
Eu só trouxe um brinco comigo. Assim, de casa, ela diz. Eu não quero que o furo feche.
Quando as pessoas fazem isso na TV, isso de esticar um grampo de cabelo ou um clipe, é porque vão abrir uma fechadura ou alguma coisa assim, ele diz. Mas aí você me enfia isso no lóbulo. Que coisa mais 1976.
Pois é, eu sou assim. Século XX, ela diz.
Ainda deve ser bem *new wave* fazer isso na França, ele diz. Não, quer dizer, provavelmente ainda é bem *nouvelle vague*. Olha só. Se o seu segundo nome fosse Key —
Ela está olhando para ele de lado.
Você ia ser *Annakey in the UK*, ele diz.
Agora ele está rindo dela.
Aí ela está rindo também, dela.
Quem me dera estar no Reino Unido agora, ela diz.
Os seus brincos são tão importantes assim pra você?, ele diz. Uau. Não, eu gosto daqui. Eu gosto de lugares com um histórico conturbado que deram um jeito, mesmo assim, de

sair de tudo com uma cara bem decente. Estou curtindo essa tourificação toda. Mas você. Você preferia estar lá e não aqui.

    Anna concorda com a cabeça.

    Você não está se divertindo, ele diz.

    Anna desvia os olhos dele, olha para a água.

    Bom, ele diz. Você podia. Ir embora. Pra casa.

    É, está certo, Anna diz. Bom, eu até iria se estivesse com o meu passaporte. Eu queria pelo menos ter a escolha.

    Veremos, ele diz.

    O quê?, ela diz.

    Isso do seu passaporte, ele diz.

    Eles pegaram todos, Anna diz. Pegaram o meu. Eles não pegaram o seu?

    Para com isso, ele diz. Sou seu criado. Me mostre seu passaporte que eu te ajudo a passar pela fronteira.

    Ele faz uma cara séria, aponta para a baguete que está se projetando da sacolinha do almoço dela, estende a mão.

    Você quer isso aqui?, ela diz.

    Passapuerte, ele diz. Eu comi o meu.

    Você está sendo muito bocó, ela diz.

    Mas entrega o pão a ele.

    Beleza, ele diz. Vamos.

    Ele se põe de pé.

    Pra onde?, Anna diz.

    Pescar, ele diz.

    Eles passam a tarde jogando pedacinhos de pão na água e vendo as bocas dos peixes aparecerem, se abrirem e fecharem como que desconectadas de qualquer corpo-písceo, na superfície. Na volta para Paris, quando todo mundo se amontoa para pegar um lugar no ônibus, ele segura a ponta do casaco dela quando ela passa pela mesa em que ele está. Ele passa para o assento vazio ao lado. Ela senta.

Essa aqui é a Anna Key, ele diz para as outras pessoas da mesa. Anna Key em UK, e Anna Key quando não está em UK também.

Dessa vez quando ela tira o livro da bolsa no ônibus não é porque esteja se sentindo mal. Todo mundo fala em volta dela durante todo o caminho de volta a Paris como se ela fizesse parte daquilo, como se nunca tivesse não estado ali. Ela até participa de algumas conversas.

No quarto dela de hotel, antes do jantar, ela senta na cama e tira a lista dos nomes dos vencedores da pasta de informações. Só tem um Miles. Miles Garth. Ao lado do nome dele está a palavra Reading. É de onde ele vem.

Lá estava uma vez, e estava apenas uma vez; uma vez era tudo que estava.

Ela fica pensando se era essa mesmo a primeira linha dele. Queria ter perguntado como era o resto. Ela se diz para não esquecer de perguntar a ele na próxima vez em que conversarem.

Naquela noite, quando desce para o jantar no hotel, algumas das mesmas pessoas com quem ela sentou na viagem de ônibus guardaram um lugar para ela. Ela faz amizade com uma menina que não parecia tímida mas, ela descobre, é bem tímida, e que, no final das contas, é de Newcastle. As duas falam sobre nada por um tempo, e aí balançam a cabeça uma para a outra sabendo que agora podem só ficar uma com a outra em segurança sempre que precisarem nos dez dias restantes. Enquanto isso o menino, Miles, está do outro lado da sala de jantar do hotel, de pé, jogando conversa fora na mesa dos funcionários. Ela vê, dessa distância, como parece que há uma espécie de tranquilidade no ar que o cerca. Ela fica vendo como ele e as pessoas sentadas perto dele naquela mesa riem de alguma coisa que alguém disse. Ela aposta que foi ele, foi ele que disse a coisa engraçada.

Depois do jantar ela está esperando na fila do elevador medonho e bisonho do hotel com aquela porta perigosa de metal quando do nada ele aparece ao lado dela, apoiado bem de leve no ombro dela.

Eu mediadorei, a voz dele diz ao ouvido dela.

Ahm?, ela diz.

Eu penetrei no coração da máquina para me apropriar da máquina, ele diz.

Ahm?, ela diz de novo.

Ahm de Abba, ele diz. B de Banshees. C de criminoso oculto.

Ele oferece alguma coisa a ela. É um passaporte. Está aberto na página da foto. A foto é dela.

Eu penetrei no coração da floresta, ele diz, me sacrifiquei, e voltei trazendo — você.

Ele entrega a ela seu passaporte. E sorri. Ele acena apenas uma vez com a cabeça.

Aí está, ele diz.)

Agora, trinta anos depois, caminhando por uma rua de Greenwich em Londres com uma menininha saltitando à frente dela, foi disso que Anna lembrou, repentinamente, daquele momento passado: o cheiro específico, como de verniz de madeira, daquela casa e das roupas do seu velho amigo Douglas, da escola; o jeito da porta do elevador de um hotel em que ela uma vez ficou, que não era uma porta de verdade, era só uma grade de ferro sanfonada e pintada de dourado através da qual dava para ver o concreto entre os pisos enquanto você subia; uma certa combinação crua de esperança e insatisfação; um saber tão vívido quanto um gosto, de fato, na boca, de como tinha sido aquele tempo em que ela estivera viva; e mais nítida que tudo uma voz, e as palavras: *Aí está*.

Ela estava caminhando por uma rua que não conhecia, carregando dois casacos. Um era dela. O outro era elegante, caro, cobiçável, de tecido leve, volumoso na altura do bolso. Ela pôs a mão dentro do bolso do paletó e tateou o celular e a carteira de Miles Garth lá dentro.

No meio da noite, não muito tempo depois de ter abandonado o emprego, ela se viu sentada diante de um filme dos Irmãos Marx que por acaso estava passando na TV. No filme, Harpo estava inesperadamente velho. Uns bandidos violentos que estavam procurando um colar de diamantes escondido numa lata de atum seguraram o idoso Harpo contra a parede e o revistaram, esvaziando os bolsos do seu casaco velho na sala que estava atrás deles. Os bolsos eram inimaginavelmente fundos; entre a tralha toda que os bandidos puxaram de lá e foram empilhando atrás de si estavam um bule de café, um jarro de leite e um açucareiro, um pneu de carro, um realejo portátil, um trenó, um par de membros artificiais e um cachorrinho que se sacudiu para recuperar a dignidade antes de sair batendo as patinhas pela sala. Um bandido deu um tapa bem forte na cara de Harpo. Harpo era um gênio. Ele deu um sorriso de puro deleite e deu um tapa no bandido de volta. A piada de verdade era que os bandidos estavam determinados a fazer Harpo Marx, justo ele, falar. Eles tentavam fazer isso com tortura. Mas cada coisa horrível que eles faziam com ele só parecia deixá-lo mais feliz.

Comé quié comé quié?, a criança disse. Você está meditando. E o que é que você vai me ditar?

Elas estavam passando por um muro baixinho onde dava para sentar. Anna colocou os casacos no muro entre as

duas placas de trânsito. Crooms Hill. SE10. Burney Street.
SE10. Acima da cabeça dela estava uma placa que dizia Igreja Nossa Senhora Estrella do Mar, com uma flecha mostrando o caminho. A grafia antiquada de Estrella na helvética moderna da placa parecia um erro.

Ela se sentou ao lado dos dois casacos. Olhou para o relógio.

Eu estou meditando, ela disse, que você não vai dar nem mais um passo sem ter permissão. Os seus pais estão perto daqui, dá pra gente pedir, ou será que você tem tipo um celular?

A gente mora lá, a criança disse.

Ela apontou para o outro lado da rua, na direção de uma igreja.

Na igreja?, Anna disse.

A criança riu.

Lá atrás, ela disse. Tipo pra lá e atrás.

Perto?, Anna disse.

A gente tem um celular mas a gente quase nunca usa, a criança disse, porque a minha mãe diz que qual é o *sentido* de você estar no trem e gritar no celular: Eu estou no trem, porque aí você deixa *completamente* de estar no trem. Ela acha que você devia *estar* no trem quando está dentro dele, portanto não estar no telefone.

Eu queria conhecer a sua mãe, Anna disse. Ela parece legal.

Ela é legal, a criança disse concordando com a cabeça. Tem um trabalho de equipe na escola no sexto ano sobre celular. O Motorola 1990 foi o primeiro. Aconteceu tudo dez anos antes de eu nascer.

Ahm-ham. E eles vão estar em casa ou estão trabalhando, os seus pais?, Anna disse.

Eles trabalham na universidade, a criança disse. Fica pra lá.

Bom, você pode dar uma corrida e contar pra mamãe ou pro papai onde você está e com quem você está, Anna disse, e voltar ou com a mamãe ou com o papai, ou com um bilhete dirigido a mim dizendo que tudo bem e que você tem autorização e que eles sabem que você está bem?

A criança pôs as mãos no muro, alavancou-se habilmente no ar, deixou-se cair habilmente.

Posso, a criança disse. Se bem que eles confiam em mim. Eu não sou imbecil. E o seu nome é igual ao meu. Então o que eu vou dizer pra eles é que eu vou até o túnel com a Brooke e aí no Observatório ver o Relógio Galvanomagnético Shepherd.

Pode ser, mas olha só, o meu nome não é Brooke, essa é você, Anna disse. O meu é Anna. Diga pra eles que eu sou amiga do, do, do cara que se trancou no quarto da casa dos Lee.

Tá, mas quando você chegou, a criança disse, quando a gente estava na porta dos Lee, você disse que o seu nome era igual o meu.

Não disse não, Anna disse.

Eu disse *Eu sou a Brooke*, a criança disse, e aí você disse *que coincidência, eu também sou Brooke*.

Não, Anna disse. Eu não sabia que você estava dizendo Brooke, eu achei que você estava dizendo brusca. E eu ando meio brusca. Aí eu disse eu também. É um trocadilho.

Tipo rude?, a menina disse.

É, mas eu estava falando no sentido de não ser fina, de ser tosca, estar sem dinheiro, Anna disse.

O que exatamente é um trocadilho portanto?, a criança disse.

Oh, que exata a mente é de um trocadilho, por *tanto*..., Anna disse.

A criança achou isso superengraçado.

Não, ela disse quando parou de rir. O que eu quero saber é o que que constitui um trocadilho.

Constitui?, Anna disse. Cacilda. Constitui. Bom, ahm, trocadilho. Bom, é tipo se uma palavra quer dizer uma coisa diferente do que você esperava. Tipo, veja eu ouvindo brusca quando você disse Brooke. Aquilo foi um tipo de trocadilho involuntário.

Involuntário, a criança disse.

Quer dizer que aconteceu sem a gente querer ou escolher, Anna disse.

Eu sei que quer dizer isso aí, a criança disse. Eu só estava dizendo pra ver como que ficava na minha boca.

Ela estava sentada ao lado de Anna no muro, cruzando as pernas como Anna, olhando para a frente como Anna.

Beleza, Anna disse. Então.

E pra que é que *serve* um trocadilho?, a criança disse.

Hmm, Anna disse.

E é que nem quando alguém na escola te diz: ei, menina, você virou história?, a criança disse.

Depende, Anna disse. Quem foi que te disse isso? Tipo uma professora, na hora de distribuir os temas de um trabalho ou alguma coisa assim?

Não, tipo, a criança disse. Porque obviamente é um significado diferente de você *ser* de fato a história, quando eu nem sou famosa e só tenho nove anos de idade e só vou fazer dez em abril, e portanto tive muito pouco tempo pra fazer qualquer coisa que me fizesse virar histórica. Eu sei que não quer dizer que eu sou tipo o presidente Obama. Eu sei que quer dizer uma coisa não muito boa. Mas ia ser bom se eu soubesse como se chama isso, porque aí eu podia dizer, a próxima vez que ele me disser isso, se ele disser de novo, você pode parar de me usar nesse trocadilho aí agorinha mesmo.

Anna balançou a cabeça.

Sei, ela disse. Acho que não é trocadilho. Trocadilho é mais tipo — digamos que você está numa peça de teatro e a coisa não está muito empolgante, e você está meio entediada. Em vez de dizer vá ao teatro!, você podia dizer *vaie* o teatro!

O rosto da criança se encheu de prazer.

Eu vou assistir uma peça de novo, provavelmente logo, ela disse. Vá vaie. Brooke brusca. Aposto que você está se sentindo assim porque foi exonerada por causa da recessão, ou você é universitária ou pós-graduanda?

Não, eu tinha emprego, mas larguei, Anna disse, porque o emprego que eu tinha era um lixo.

Tipo trabalho pra comunidade assim catando lixo no campo?, a criança disse.

Não, Anna disse. No meu emprego eu tinha que fazer as pessoas não terem muita importância. Era esse meu emprego de verdade, apesar de ostensivamente eu estar lá pra *fazer* as pessoas terem importância.

Ostensivamente, a criança disse.

Você sabe o que isso quer dizer?, Anna disse.

Sei, mas eu não estou lembrando o que é exatamente aqui nesse exato momento, a criança disse.

Quer dizer, hmm, bom, eu não sei explicar o que quer dizer, Anna disse. Quer dizer o que as coisas parecem vistas de fora. Ostensivamente o meu emprego representava uma coisa, mas na verdade representava outra.

Tipo mentira, a criança disse. Ou tipo um trocadilho?

Bom, você que me diga, Anna disse. Era isso que era o meu emprego. Primeiro, eu tinha que fazer as pessoas me contarem as coisas que aconteceram com elas, que normalmente eram umas coisas bem horríveis. É por isso que eles tinham que me contar pra começo de conversa, para eu poder ajudar.

Aí, como estavam me pressionando, eu tinha que pressionar as pessoas, pra fazer essas histórias reais se encaixarem, em alguns casos a história da vida inteira delas, em dois terços de um lado de, você sabe o que é uma A4?

A4 tipo papel?, a criança disse. Ou uma estrada que é menor que uma via expressa?

Papel, Anna disse. Então. Como eu não gostava desse emprego, eu disse pras pessoas que me empregavam que ia embora. Mas elas me disseram que eu era tão boa naquele emprego, e aí me deram uma promoção, o que significava que eu passaria a ganhar muito mais dinheiro. Mas o meu novo emprego era exonerar as pessoas, as que estavam fazendo o que eu fazia antes e não eram tão boas em deixar as histórias das pessoas menos compridas. Então, no fim das contas, eu me mandei.

O seu trabalho era imortal, a criança disse.

Acho que você quer dizer imoral, Anna disse. Mas você pode querer dizer imortal.

É um trocadilho!, a criança disse.

Apesar da gente divergir, a gente está se divergindo tanto!, Anna disse.

A criança miava de alegria.

Eu sei um, eu sei um, a criança disse. Daqui a pouquinho a gente vai atravessar o novo túnel — o tu-neo.

Hahah. Só se você voltar com um dos seus pais ou um bilhete que diga que tudo bem, Anna disse. Anda. Eu espero aqui.

Espera mesmo?, a criança disse.

Espero, Anna disse.

E portanto definitivamente estar aqui quando eu voltar?, a criança disse.

Portanto, sim, Anna disse. Cuidado pra atravessar a rua.

Beleza. Até mais, a criança disse.
A criança da história. Ela saltitava enquanto atravessava a rua, descia uma travessa do outro lado e dobrava a esquina. Anna ficou vendo ela desaparecer. Aí ficou pensando sozinha. Será que aquela criança realmente *saltitou* enquanto atravessava a rua? Será que fui eu que imaginei isso? Será que eu acabei de inventar um idílio de infância pra me fazer sentir melhor, porque isso é bem o tipo de coisa que uma criança faria num idílio imaginário, saltitar em vez de correr?
Ela pensou em todas as crianças, literalmente milhares delas, da mesma idade daquela criança, atravessando o mundo sozinhas nesse momento.
Deixa disso, disse para si mesma.
Ela não era mais responsável, disse para si mesma.
Ela se recostou sob a luz do sol. Olhou para cima. O céu do verão estava azul e cheio de andorinhões, aves de sorte que viajam o mundo e nasceram com esse conhecimento pré-programado no sistema nervoso, por natureza, das rotas que cumpririam sobre terrenos que nunca tinham visto. As árvores à distância estavam se erguendo e sacudindo as folhas, criando a luz e as trevas do verão. Esses verões novos, inquietos e esperneantes, os verões do vento, verões do aquecimento global, eram cinza e grudentos e sórdidos, não como os verões que ela lembrava da infância, verões doces e completos e totais, fechados como uma história já contada, como um conjunto de caixas chinesas se fechando sobre todas as suas predecessoras, até a primeira de todas as caixas, o primeiro verão perfeito de todos os tempos, lá dentro.
Ding-a dong, escuta bem. És cu também. Imagine lembrar disso depois de todos esses anos. Ela ia entrar em contato com Doug, mandar um cartão de Natal este ano, perguntar se ele também lembrava. Por onde é que andava o Doug? Ela

ficou pensando se os pais dele ainda moravam lá, onde eles costumavam morar. Aí ficou pensando se os pais dele ainda estavam vivos.

Ding-a dong a toda hora, colhe a flor lá fora. Um mundo antes de *Medidas Temporárias de Realocação* e *Transferência Significativa de Conhecimento*. Um tempo antes de iniciativas de venda de armas serem chamadas de coisas como Paz. Palavras, palavras, palavras. Liberdade. Identidade. Segurança. Democracia. Direitos Humanos. *Negue os direitos ao seu cesto de lixo.*

Ela sacudiu a cabeça, porque a cabeça tinha começado a doer. A palavra exonerada, que ela tinha ouvido da boca de uma criança sobrenaturalmente articulada, estava latejando na cabeça dela. Fazia ela pensar numa toalha de mesa, num jogo americano. Era uma toalha de renda e tinha certos lugares em que a comida derramada não tinha saído com a lavagem, tinha deixado manchas permanentes. O jogo americano, entre a faca e o garfo dela, tinha um debrum marrom e uma ilustração de caçadores a cavalo saltando uma sebe. Era lá que ela estava, à mesa da sala de jantar na hora do jantar, e ela era uma criancinha e era o dia em que a mãe dela tinha chegado em casa depois do trabalho na Central Telefônica e lhes dito a todos que seria "exonerada" pela Grace.

Quem era essa Grace, que podia transtornar o jantar, levar a mãe dela à beira das lágrimas e o pai dela a tal grau de palidez? Anna queria saber. Mas Grace não era uma pessoa. Grace era um sistema — Grade de Roteamento e Alteração de Conjuntos de Equipamentos — o que significava que haveria menos necessidade de telefonistas, que era o que a mãe dela sempre tinha sido, porque as pessoas de agora em diante iam poder ligar direto para o exterior e seriam automaticamente conectadas.

Anna estava sentada num murinho em Greenwich quase quarenta anos depois no verão de 2009 e olhava para os próprios sapatos. Eram tênis, e ralados, e Genevieve Lee tinha olhado para eles com alguma coisa parecida com horror quando Anna subiu pelas escadas limpas de sua casa com eles. Imagine se as pessoas decidissem quando nascessem que nunca jogariam fora os calçados que usassem durante uma vida inteira, e tivessem um armário especial para guardar todos esses sapatos velhos com que tivessem marchado pelo mundo. O que é que haveria num museu de sapatos como esse, quando você abrisse as suas portas? Fileiras e fileiras de sapatos perfeitamente preservados, os formatos exatos que adotamos em certos momentos da nossa vida? Ou fileiras e fileiras, prateleiras e prateleiras de nada mais que couro sujo e um odor envelhecido e rançoso?

Havia pessoas e pessoas sentadas diante de Anna, ainda na cabeça de Anna. Elas vinham do mundo inteiro. Chegavam por via aérea, marítima, de caminhão, no porta-malas dos carros, a pé. Se tentavam entrar invisíveis no país, as batidas de seus corações poderiam ser detectadas (como haviam sido os treze afegãos e os dois iranianos escondidos na carga de lâmpadas de um caminhão) pelos novos galpões detectores de que a Agência tanto se orgulhava, e as novíssimas sondas que conseguiam detectar se alguém estava respirando onde não deveria estar.

Um monte de gente que Anna tinha visto tinha dificuldades de comunicação, seja por causa de problemas de tradução, ou porque a vida lhes tinha sentado o braço e feito que perdessem a confiança nas palavras. Ou as duas coisas. A tradução por si própria às vezes já lhes sentava o braço. Como é que o que tinha acontecido com eles poderia ser contado numa língua, quem dirá ser recontado em outra?

Em qualquer língua, a questão era quase sempre o que significava estar em casa. Anna tinha escrito tudo da maneira mais taquigráfica possível, o que um homem lembrava da ocasião em que viu a cabeça da mãe sendo usada como bola de futebol pelos guardas da fronteira. (Esse homem acabou sendo considerado não confiável.) Anna tinha escrito tudo da maneira mais taquigráfica possível, sobre as salas por que uma mulher passou num corredor, em que podia ouvir outras pessoas sendo torturadas também, enquanto ela ia e voltava das suas próprias sessões de tortura por meses a fio, diariamente, choques elétricos aplicados em partes diferentes do seu corpo, graças a dois cabinhos elétricos que saíam da parede, como costumam fazer aos cabos elétricos, atrás da cadeira em que a faziam sentar toda vez. Por exemplo, ouvir a voz dos outros sendo torturados não era tão digno de nota quanto a própria tortura. O choque que vinha não de ser torturada mas de perceber que os cabos eram exatamente os mesmos cabos domésticos simples de todo mundo que tinha eletricidade em casa também não era tão digno de nota. (Essa mulher estava esperando julgamento quando Anna mudou de carreira.) Anna tinha escrito tudo da maneira mais taquigráfica possível, o que foi fácil nesse caso, o que a mulher que tinha sido professora universitária disse, *é como se o meu peito parasse e as palavras não quisessem, simplesmente não quisessem*, que tinha se mostrado incapaz de acabar essa frase e de dizer o que era que as palavras não queriam fazer, e que os superiores de Anna decidiram que não tinha como ser tão inteligente quanto indicava o seu currículo, sendo tão visivelmente inarticulada. (Essa mulher acabou sendo julgada não confiável.)

Você é muito boa nisso, a chefe tinha lhe dito. Você tem exatamente o tipo certo de presença ausente. Melhor ainda, os seus relatórios são noventa e cinco por cento perfeitos em termos de dimensões.

Ajoelhar o pescoço.

Anna Hardie não era mais responsável por palavras e palavras que redundassem na verdade, na credibilidade ou em exonerações.

Ela estava fora.

Como seria ficar agachada, encolhida, escondida, por milhares de quilômetros num caminhão escuro cheio de lâmpadas? Tudo à sua volta, ao seu lado, empilhado sobre você, seria leve e frágil, papelão e vidro, e você saberia também que todas essas incontáveis lâmpadas do caminhão, sendo levadas às cegas para um soquete em algum lugar, estavam mais abrigadas, acolchoadas em sua caixinha dentro de uma caixa dentro de uma caixa, e a caminho de um destino mais certo do que você.

Você saberia que vale menos que uma lâmpada.

Ela colocou o paletó de Miles Garth sobre a cabeça como tinha visto o tenista fazer com a toalha. Era quente ali dentro, mas momentaneamente apaziguador.

Aí, depois desse momento, ela se sentiu estúpida. Ficou pensando se parecia, para os passantes, alguém que estivesse com algum tipo especial de *purdah*, ou uma freira antiquada cujo toucado estava ao contrário, ou uma louca. Só dava pra colocar um paletó em cima da cabeça se fosse entre amigos e se isso soasse como uma brincadeira gaiata.

Ela enxugou o suor do rosto no forro de seda do paletó, e aí voltou à superfície do mundo. Greenwich estava cheio de gente e ninguém olhava para ela; ninguém nem tinha visto ela pôr um paletó em cima da cabeça. Mas provavelmente uma câmera de vigilância em algum lugar tinha registrado.

Ser percebida é ser amada. Quem foi mesmo que disse

isso? Um romancista do século passado. Anna conseguia ver, sem nem se esforçar, três câmeras de vigilância de onde estava sentada. Ela acenou para a que estava mais perto, do outro lado da rua na parede de um prédio comercial com jeito de abandonado. Oi. Que tipo novo e insano de narcisismo isso teria parecido, essa loucura de a gente se filmar o tempo todo, se a gente tivesse imaginado que seria assim, mesmo que apenas vinte ou trinta anos mais cedo. Que caso de amor paranoico e enlouquecido-enciumado pareceria o mero ato de caminhar por uma rua qualquer numa cidade britânica em 2009.

A parte de dentro do paletó cheirava bem.

Ainda nada da criança.

Ela verificou o celular. Eram dez para as três. Ficou segurando o telefone na mão, sopesando, sentindo a leveza. Este telefone. Um objeto histórico.

Ela tirou o celular de Miles do bolso do paletó. Não ligava. A bateria devia ter acabado. Ela colocou a mão de novo lá dentro e tateou a carteira. *Vera Pelle, Made in Italy*. Três cartões de crédito, dois de débito, Royal Bank. Um cartão do AA com o nome dele e a palavra Roadside. Seis selos de primeira classe. Uma carteira de sócio da Tate. Três notas de vinte libras.

O sujeito da foto daquela carteira de motorista não era alguém que ela reconhecesse. Estava ficando careca. Até na reprodução bem ruinzinha dava para ver os sulcos na testa.

Mas quando ela viu a reprodução da assinatura dele na carteira, a curvinha do l de Miles, a encosta do G e do r e o jeito de o t e o h se juntarem em Garth, ela o reconheceu imediatamente. Ainda mais quando viu a letra dele, ela viu claramente na memória, com a mesma letra, o endereço da sua própria casa original, a casa agora de um completo estranho e tão perdida no passado e tão sempre-presente para ela quanto seus falecidos pais.

Ela estava com dezoito anos e em casa, férias da universidade, quando uma carta chegou. A carta dizia que ele estava tocando ou cantando numa banda que se chamava os Shakespirros. Ele tinha desenhado uma Pantera Cor-de-Rosa tocando guitarra atrás do envelope.

E — sim! — ele até tinha feito uma visita uma vez, Miles Garth; ela *tinha* visto ele de novo, no ano seguinte, 1981, não era? Ele tinha ido até lá em cimão porque ia acampar em Ullapool e estava passando pela cidade dela e tinha ligado. A mãe dela tinha feito uma salada para ele, com batatas frescas do verão, porque ele não comia carne e eles iam comer picadinho. Num dado momento ela saiu da sala. Quando voltou — ela se lembrava disso tão nitidamente como se tivesse acontecido numa história — ela o viu sentado ali, todo inglês e educadinho no sofá da varanda. Tinha ficado olhando pela divisória da cozinha. Ele não sabia que ela estava lá. Ele tinha recebido uma xícara de chá, passado a mão pela base da xícara e percebido que estava molhada e que tinha derramado um pouco de chá nas lajotas perto de seus pés. Mas como a mãe dela estava conversando com ele, ou o pai falando de alguma coisa, tomateiros, o que ele fez foi o seguinte. Ele abriu o zíper da bota baixa. Ele fez isso decorosamente, sem olhar para baixo, sem parar de ouvir, e de um jeito que garantiu que nem o pai nem a mãe dela percebessem. Aí ele alavancou o pé com leves trancos e sacudidas até sair da bota. Ele colocou o pé, envolto na meia, onde tinha derramado o chá, tateou um pouco, e enxugou com a planta do pé. Aí, ainda sem olhar para baixo, procurou a boca da bota com os dedos e colocou o pé de novo dentro dela. Ele fez isso sem jamais desviar os olhos de quem quer que estivesse falando.

Ela estava sentada no futuro, revirando a carteira de motorista na mão. Válida até 17/03/32. Voltou para a fotinho descolorida. Quando esse estranho de testa enrugada era um menino num país estrangeiro, ele tinha lhe prestado um grande favor. Ele tinha reinventado aquela menina. Ele tinha pulado um assento e aberto espaço para ela num ônibus. Na casa dela, ele tinha sido bondoso com seus pais.

Trinta anos depois, aquela última lembrança se revelou nítida como uma batata nova na terra de onde acabou de ser desencavada.

Ela enxugou os olhos na manga do paletó de Miles, e assim ficou sabendo que tinha chorado, que era algo que não fazia havia muito tempo. Essa informação, por sua vez, fez algo bem no fundo do peito dela se rasgar e explodir.

Bang bang bang.

Ouve isso. Sente só.

Esse barulho era ela.

Ela definitivamente iria aparecer agora em qualquer galpão detector de batimentos cardíacos.

Podem filmar, câmeras. Vejamos quanto se pode saber do que está acontecendo de verdade só de me filmar aqui agora. Anda, provem que eu estava lá. Mostrem o que isso quer dizer, eu ter estado.

Anna levantou. Ela encarou uma das câmeras de vigilância. Ergueu o punho cerrado.

Mas aí se sentiu meio estúpida por fazer isso, ali parada tão sozinha. Ela fingiu que estava alongando o braço. Alongou o outro também. Ah. Assim. Melhor assim.

Sentou de novo no murinho.

Imagine o alívio que seria, atravessar a porta de um quarto de hóspedes, um quarto que não tinha nada a ver com você, e trancar a porta, e pronto.

Ia ter uma janela, não ia?

Será que teria algum livro lá dentro?

O que é que você faria o dia inteiro?
O que é que aconteceria se você simplesmente fechasse a porta e parasse de falar? Horas e horas e horas sem palavras. Você falaria sozinha? Será que as palavras deixariam de ser úteis? Será que você perderia a linguagem de vez? Ou as palavras significariam mais, começariam a significar pra tudo quanto é lado, todas saltos mortais e assaltos, como um ataque de fogos de artifício? Será que elas iam proliferar, como plantas indesejadas? Será que o interior da sua cabeça ia ficar forrado de todas as palavras que já surgiram lá dentro, de cada palavra que já criou raízes ou hibernou? Será que o seu silêncio ia deixar as outras coisas mais ruidosas? Será que as coisas que você esqueceu na vida, todas empilhadas dentro de você, iam rolar como rochedos e te avalanchar inteira?

Será que ele queria saber como era *não* estar no mundo? Será que ele tinha trancado a porta atrás de si para entender o que era isso, ser um prisioneiro? Será que era algum tipo de jogo ou punhetação classe média sobre como nós somos todos prisioneiros mesmo que nos achemos livres como passarinhos, livres para atravessar qualquer shopping ou pista de aeroporto ou o piso elegantemente listrado de madeira do térreo de uma casa?

Será que ele habitava sua cela pelo bem dos outros, como uma abelha ou um monge?

Ou será que ele era, digamos, fumante e isso era todo um complexo estratagema para se fazer parar?

Aí ela riu em voz alta. Miles Garth, fosse ele quem fosse, estava fazendo ela entrar na dança de novo.

Tudobemtudobemtudobem!

A criança estava de volta. A força azul e amarela da menina trombou, sem fôlego, com Anna ainda sentada no muro.

Toc-toc, a criança disse.
Pode entrar, Anna disse.
Hahah!
A criança se enroscou toda de tão feliz que estava.
Anda, anda, o túnel!, ela disse. Ela disse que tudo bem a gente ir!
Cadê a prova?, Anna disse.
Está aqui na minha cabeça, a criança disse.
Não, eu vou precisar de alguma coisa mais substancial nesses nossos tempos cruéis, Anna disse.
Bom, eu *posso* ir até o túnel com você, e isso é um fato, a criança disse. E a minha mãe diz que é um fato. Ela está em casa nesse exato momento. Ela está escrevendo um artigo acadêmico sobre como a *nature* diz que Deus está morto.
Sobre como o que não encontrou o quê?, Anna disse.
Você entendeu? É um trocadilho! É um trocadilho!, a criança disse. Ela me mandou dizer pra você. Você entendeu? Ela diz que é dos bons, o trocadilho.
A gente ainda assim não vai até túnel nenhum, Anna disse.
Aí ela perguntou para a criança sobre a janela do quarto em que o homem tinha se trancado.
Não é um túnel qualquer, é o Túnel Greenwich de Pedestres, a criança disse.
Ela levou Anna de volta pela rua e para o gramado, passando por todas as portas de entrada, e aí descendo uns degraus para entrar numa ruela atrás de uma fileira de casas onde, perto de seus belos jardinzinhos murados, havia um estacionamento e um pedaço de grama.
Ela apontou para as casas.
Aquela ali, ela disse.
Três janelas depois, no nível da rua, havia uma janela como todas as outras, fechada, com uma persiana enviesada no alto.

Havia outras pessoas nos fundos das casas. Um sujeito de cabeça raspada lavando uma moto, e uma mulher com um tailleur com fenda lateral na saia tirando fotos com um BlackBerry. Havia uma adolescente, com coisa de quinze anos, empoleirada no alto de uma pilha de tábuas e do que pareciam ser estruturas de barracas de feira perto do muro. Ela estava ouvindo um iPod, enrolando um cigarro e dando umas olhadas de poucos em poucos segundos para o sujeito que lavava a moto. Havia uma menina com cara de japonesa e um menino, ambos com cerca de vinte anos, ambos vestidos muito na moda, sentados em cadeiras de armar na frente de uma pequena tenda. Eles disseram oi para a criança, que respondeu educadamente. O menino estava sentado com um velho meio maltrapilho. A menina estava fazendo alguma coisa com uma câmera que cabia na palma da sua mão.

Trata-se de um sábio que não se encontra em nenhum ponto da rede mundial, a japonesa disse a Anna.

Parecia alguma coisa do tipo que a gente acha num papelzinho dentro de um biscoito da sorte. Anna agradeceu com um gesto da cabeça. Talvez a menina estivesse se referindo ao sujeito meio maltrapilho. Ele nem parecia tão sábio. Parecia mais sem-teto. O japonês estava dividindo com ele a água quente que tinha fervido num fogãozinho Primus reluzente.

Eles me deram os guarda-chuvas deles, o velho disse a Anna. Pra quando chover. Pra mim. Eles abrem e fecham.

Ele enfiou as mãos nos bolsos e depois exibiu um guarda-chuva compacto em cada mão.

Pois que chova, ele disse.

A criança conhecia a adolescente em cima das tábuas. Ela pegou a mão de Anna e a puxou até a menina. A menina tirou um fone do ouvido.

Ah tá, a menina disse, você que é a Anna K. Eles estão

superesperando você. Ela está surtada porque você não tirou ele de lá de manhã.

Ela colocou o fone de novo.

Anna fez um gesto de quem tirava um fone do próprio ouvido. A menina piscou. Aí fez o que Anna pedia.

Obrigada, Anna disse. Você me faria o favor de avisar ao seu pai que eu lamento muito não ter conseguido, e que eu desejo tudo de bom pra eles?

Você quer dizer que é pra eu falar com eles sobre alguma coisa?, a menina disse.

Não faz diferença como é que ela vai ser transmitida, a mensagem de fato, Anna disse.

A menina pôs de novo o fone no ouvido, pegou o celular e começou a digitar uma mensagem de texto.

A criança não parava de pular. Ela pegou a mão de Anna e a puxou como um cachorrinho na coleira.

Qual janela?, Anna perguntou de novo à criança. Aí ela passou pela japonesa, que estava filmando os fundos das casas. Ela se aproximou o quanto pôde da casa, se encostando bem na cerca dos fundos. Ela se inclinou por sobre ela, pôs a cabeça entre as linhas de arame-navalha. Passou com cuidado os braços pela cerca.

Pôs as mãos em concha em volta da boca e gritou entre os rolos de lâminas.

Miles. Sou eu. Eu estou aqui.

Lá estava uma vez, e estava apenas uma vez. Uma vez era tudo que estava, muito embora fosse o ano 2000 e o futuro, e eles fossem uma raça avançada que usava roupas espaciais prateadas (para aquele clássico look "Apollo" anos 60) e dirigia carros de nariz pontudo exatamente como os que apareciam vinte anos antes em programas de TV como aquele que se chamava *O mundo de amanhã*. Mesmo assim, mesmo aqui, agora, no futuro, não havia como escapar daquele distante olhar nostálgico nos olhos de todos.

Era bem irritante, o menino pensou.

O menino era o protótipo da modernidade. Tinha os sapatos caros com propulsores a jato que saíam dos saltos e que possibilitavam ir voando até a loja de discos, trajeto que, vinte anos atrás, ele teria que fazer a pé. Ele tinha armazenadinhas no freezer suas embalagens de injeções contra câncer e problemas cardíacos e gripe e resfriado comum e praticamente tudo que pudesse dar errado com você. Tinha o membro extra que todo mundo podia ter se quisesse (tinha escolhido colocar o membro novo no meio da testa. Isso para poder segurar um livro quando estivesse enfiado na cama e virar as páginas sem desenfiar as mãos, que estariam bem quentinhas debaixo das cobertas — inocentemente debaixo das cobertas. Ele era um menino bom e decente. Embora não fosse santo. E enfim agora, obviamente, todos os desejos e impulsos sexuais pubescentes eram resolvidos com 25 mg de Siguraguri noturno, que qualquer um podia comprar em qualquer boa farmácia, e era produzido por uma fábrica de aspiradores, que tinha mudado abruptamente de ramo logo depois de os pisos se tornarem autolimpantes).

Em resumo, ele tinha tudo quanto era traquitana moderna.

Mas ele olhava para a mãe, casada com o pai dele aqueles anos todos, e a única coisa que via nos olhos dela era um menino de dezoito anos e com cachinhos, chamado Albert, que não era o nome do pai dele, e que uma vez, quando ela estava com dezesseis e de férias na ilha de Man, assobiou uma musiquinha todas as vezes que passou embaixo da janela do chalé dela durante toda aquela quinzena de verão para lhe dizer que estava lá, e que esperava por ela.

Ele olhava para o pai, e a única coisa que via nos olhos dele era uma imagem dupla de uma piscina natural negra e funda e parada no rio perto de onde seu pai tinha crescido; isso antes de destruírem os rios, e naquelas duas piscinas e naqueles dois olhos havia um peixe prata do comprimento do braço do pai, e o pai dele, aos doze anos, que tinha ficado noites e noites esperando pra pescar aquele peixe, ainda, Jesus amado, estava sentado na grama alta ao lado daquele rio inexistente naquele exato momento do futuro distante.

Ele tentou os olhos de outras pessoas que conhecia menos bem. Olhou para a vizinha deles. Ela havia sido atropelada por uma bicicleta quando era moça lá na antiguidade dos anos 1970 e sua perna tinha sido esmigalhada, e apesar de agora ter uma perna nova perfeita, a única coisa que havia nos olhos dela era o breve relance de uma tarde de dança no casamento da irmã, quando ela era tão veloz e tão leve sobre seus originais, os pés com que tinha nascido, que era como se eles tivessem asas.

Ele olhou nos olhos do vizinho que morava do outro lado. Os olhos desse homem eram aterradores porque neles havia apenas suásticas, e as imagens no fundo dos olhos dele eram, o menino decidiu, um lugar para onde ele nunca mais escolheria olhar.

Ele não podia olhar nos olhos da avó, porque ela tinha morrido e sido enterrada sem o sistema embutido de computação que seria necessário e que eles lançaram em 1990 para as pessoas poderem acessar os álbuns internos de fotos dos falecidos e folhearem — exatamente como, no passado, faziam quando iam à casa deles e um parente lhes entregava o álbum.

Ninguém tinha ainda achado um modo de se comunicar com os mortos. Mas quando achassem, o menino pensou, seria para quê? Provavelmente, tudo o que os mortos diriam, não importa o que você perguntasse, seria: "Ah! uma vez!".

O menino tinha conhecido uma menina que morreu. Ela estava na mesma série dele na Escola Jovem. Eles tinham sentado juntos na mesma Mesa de Trabalho de Equipe; ele tinha feito Mamíferos Extintos (tigres e lontras) e ela tinha feito O Velho Sicômoro Inglês (era o nome, uma vez, de uma árvore). No ano passado a menina tinha ido dormir uma noite e na manhã seguinte ninguém tinha conseguido acordá-la.

Era um mistério total.

Não havia mais muitos mistérios.

Acima de tudo o menino queria olhar nos olhos vivos daquela menina Jennifer e ver o que havia neles. Não havia outras meninas em cujos olhos ele quisesse olhar, o que era irritante e irracional. Não faria sentido, obviamente, olhar para os olhos mortos dela, mesmo que ele pudesse. Eles apenas diriam: "ah, uma vez" et cetera.

Mas antes de morrer ela tinha sido jovem, como ele, e ainda não tinha sido umavezificada pela vida.

Hoje o menino estava levando o avô, que era um velho tristonho e que não saía muito, para um Voo-Aposentado. Eles subiram até a catapulta pública do outro lado do morro. O espaço aéreo livre para os Aposentados era das dez da manhã até o meio-dia, quando menos tráfego cruzava o céu. Havia um vento de cauda bem considerável, e o voo foi um sonho. O avô dele estava no assento traseiro e o menino, na frente, encarando um céu azul e o rastro dos outros aposentados que iam e vinham nos horizontes da virada do século.

"Vô", o menino disse, olhando para a frente, nos olhos do próprio céu. "Dizem que o senhor é velho e sábio, e eu estou precisando muito conversar com alguém mais velho e mais sábio que eu, mas estou com medo de olhar nos seus olhos e ver a mesma história velha que fico vendo nos olhos de todo mundo."

Aí ele percebeu que o velho atrás dele estava rindo. O velho estava rindo tanto na traseira do Voo que o aviãozinho começou a balançar perigosamente de um lado para o outro.

Mas ele não estava rindo do que o menino tinha dito, porque não conseguiu ouvir o que o menino tinha dito; as palavras do menino tinham sido sopradas para longe pelo vento (e de qualquer maneira o velho não estava conectado ao AudiAuxílio).

"Eles esqueceram de me dar o Siguravéio, guri!", ele gritou. "Eu não tomei o meu Siguravéio! Eles esqueceram de me dar! Eu estou me sentindo o MÁXIMO. Eu não me sinto assim há ANOS. Olha!"

O avô dele apontou para o próprio colo na cabine. Ele olhou de volta para o neto com o rosto tomado de prazer.

"Jesus! Como eu queria que a sua avó estivesse viva hoje. Queria que ela estivesse bem aqui bem agora, meu filho! Eu ia pôr ela no colo e cantar uma bela de uma canção de amor pra ela!"

Quando eles aterrissaram, e depois de o avô dele ter feito uma demonstração péssima mas animadíssima de uma dança do antigo astro de cinema Fred Astaire, jogando a bengala de uma mão para a outra e para cima diante de uma multidão de aposentados que gritavam na pista de pouso, o menino levou o avô de volta ao portão da Escola Idosa para registrar o seu retorno. Quando estavam quase chegando, o avô foi ficando tristonho de novo e começou a tremer.

"Por favor não me alcaguete", seu avô disse. "Eles vão dobrar a minha dose se descobrirem."

Alcaguetar era língua de velho para dedurar ou trair.

"Vô, provavelmente eles já sabem", o menino disse. "Se eles não viram nos monitores eles vão ter detectado com os Níveis de Bolha."

Mas se sabiam eles não demonstraram, e o menino não abriu a boca, e quando o avô viu que o menino não ia falar, e que ele tinha passado pelos portões sem tomar broncas ou injeções, agradeceu ao menino com os olhos.

O menino olhou nos olhos do velho e viu uma coisa definitivamente atordoante. Ele ainda não sabia, mas ia passar o resto da vida olhando para tudo quanto era lado em busca daquilo, a fonte ainda não poluída que desemboca em todos os rios destruídos.

Esta história é real e aconteceu uma vez no futuro há muito tempo.

MAS

o que quer um homem quando se fecha/ pedir o que termina ou o que começa?

A mãe de Mark, Faye, estava morta havia quarenta e sete anos. O seu mais novo método para chamar a atenção era a rima.

Mark caminhava pelo parque. Ele tinha esquecido como era lindo ali. *Queria descobrir se estava triste?/ Ou só verificar se ainda existe?* isso era interessante, porque via de regra ela era bem mais rude e mais crua do que estava sendo naquela manhã. Além disso, era bem incomum ela fazer perguntas. Perguntas exigiam respostas, não exigiam? Elas pediam uma resposta. A não ser que fossem perguntas retóricas; tudo bem que ela vivia usando essas aí ("uma pergunta retórica é uma pergunta que não espera uma resposta ou cuja resposta está implícita": *Elementos essenciais do inglês*, livro preferido dos meninos mais velhos da St. Faith para espancar os mais novos, deixando para sempre associada à gramática uma dor singular e generalizada). Mark foi pelo caminho mais longo, dando a volta e atravessando aquele lugar arborizado, para chegar ao Observatório, achando que podia ser menos íngreme. Não, lá também era pronunciadamente íngreme. Ele esperou para recuperar o fôlego sentado num banco na frente de onde um dos astrônomos reais, ou será que era astrônomos do rei, ou da rainha, tinha cavado um poço bem fundo no chão. Segundo a placa, o astrônomo real tinha sentado lá embaixo sob a superfície, literalmente dentro do morro, parecia, olhando o céu por um telescópio. O poço era fundo de dar medo.

   Aí Mark deu a volta no prédio principal, ficou um ou dois minutos na pequena Câmera Obscura, e neste momento estava parado bem pertinho do Telescópio Falante, apoiado na cerca que dava para o parque que acabava de atravessar *tem muita coisa pior pra pensar/ do que encontrar alguém pra atravessar isso*, assim era mais a cara dela. Ele olhou morro abaixo para as árvores em sua ordem áspera na encosta, as trilhas que se encontravam e se cruzavam, tão elegante o modo como pareciam ao mesmo tempo planejadas e aleatórias, elegantes também as colunatas e todas aquelas grandiosas construções velhas e embranquecidas lá no sopé do parque. As novas torres comerciais da cidade se ombreavam umas às outras do outro lado do rio no fundo do panorama como uma miragem, como sobreposição. Greenwich. Ontem e hoje. Ele não vinha aqui havia muito tempo. Devia vir mais. Ele adorava *pra mim é até normal essa quedinha/ você quis ser estrela, ou ser rainha* e de imediato como que para irritá-la ele pensou bastante na velha rainha propriamente dita, a literal e histórica rainha virgem, e a primeira coisa que lhe veio à mente foi uma coisa que tinha acontecido quando ela era a jovem rainha virgem, onde foi que ele leu? Ele não lembrava, mas o autor, fosse ele quem fosse *caralho, odeio te lembrar, neném/ mas é que existem autoras, também* descrevia a rainha Elizabeth de um jeito bem

inesquecível, dançando no grande salão do seu palácio
favorito bem ali, bem aqui em Greenwich tantas centenas de
anos atrás, ela era jovem e linda, pálida e magra por ter estado
doente, na verdade estava convalescendo depois de longa
doença, uma doença que num dado momento tinha se
agravado a ponto de pôr sua vida em risco, e ela estava gozando
da primeira onda real de energia que sentia em meses,
tinha saído para caçar e voltado corada e feliz e querendo
muito dançar. Então o salão tinha se enchido de membros
da corte e de músicos e ela tinha se vestido para a ocasião;
ela parecia, dizia a pessoa que escreveu o livro, uma grande
tulipa enquanto se curvava e rodava, mas seu secretário, Cecil,
atravessou as fileiras de dançarinos que a cercavam toda, ele
tinha notícias urgentes, e disse ao pé do ouvido da rainha da
Inglaterra que sua prima, a rainha da Escócia, tinha dado à
luz um filho. A rainha virgem empalideceu com o choque, e
aí corou com o choque; ela parou de dançar; deteve-se rígida.
Aí ela, que era normalmente tão controlada, tão imperiosa,
que era mundialmente famosa pela sua imperturbabilidade,
deu as costas e saiu correndo do salão e todas as suas damas
de companhia em pânico seguiram desorientadas atrás dela
com muita pressa, com os trajes de baile farfalhando enquanto
corriam, e quando chegaram aos aposentos privados da rainha
elas a viram desfalecida e soluçando numa cadeira. "A rainha
da Escócia é mãe de um belo filho, e eu sou só um animal
estéril" *porque mulher é boa é pra parir/ Deus sabe que de
resto é só pra rir* mas a questão aqui, Faye, é: no dia seguinte
mesmo assim ela estava em ordem de novo, inabalada,
saudando estadistas, executando os seus acordos políticos de
rainha basicamente como sempre, porque mesmo quando
enfrentava os seus piores medos, mesmo quando encontrava

79

os seus demônios, ela era o que você poderia chamar de uma sobrevivente, aquela velha rainha. Por pura força de caráter ela sobreviveu, não foi, às vicissitudes da história.
Aí.
Isso ia deixar ela bem irritada.
E deixou.
Silêncio.
Mark ouviu o canto dos pássaros, pôde ouvir o canto dos pássaros por vários segundos ininterruptos, pôde ouvir o murmúrio das pessoas fazendo fila atrás dele na linha do meridiano, pôde até distinguir certas coisas que diziam, antes de ela entrar de novo estrondosa no seu ouvido direito com a força de um túnel de vento que quase o desequilibrou *espere então, ô seu bostinha; a história/ que não deixou de mim nem a memória/ espera logo ali pra te pegar/ e um belo adubo é o que cê vai virar.*
Silêncio tumular o cacete, ele disse em voz alta.
O casal com a criancinha pequena, que estava bem perto dele e sorriu simpaticamente quando ele chegou, pegou a criança e se afastou. Eles pararam e largaram a criança num ponto mais distante ao longo da cerca.
Ele ainda estava esperando para ver se ela ia comentar aquele *o cacete.*
Não.
Nada.
Ótimo, ele pensou.
Ele estava se sentindo como sempre: otimista, e meio desiludido. Eu e a minha sombra. Ele enfiou um dedo no ouvido e remexeu um pouquinho lá dentro para tentar mudar o efeito túnel de vento de direção. Era frustrante. Jonathan, morto já fazia cinco anos, nunca dizia uma palavra para Mark. Era só e sempre Faye. Ultimamente era como ser atacado pela louca da rua, uma mendiga com um casaco esfarrapado que

atravessou cinquenta guerras, que grita como se tivesse perdido a audição muito tempo atrás.

Isso vai soar estranho, mas por acaso ela "fala" com você de alguma maneira?, ele tinha escrito num torpedo para David quando os celulares eram novidade e uma coisa empolgante, num surto de comunicação que tinha simulado, por um tempinho, o contato regular. David, com a irritante manha despreocupada dos caçulas, tinha mandado de volta uma longa mensagem mais ou menos no mesmo tempo que Mark tinha levado para lembrar qual botão devia apertar para fazer um espacinho entre as palavras isso e vai. S falasse eu N rspndia vai pr mim a vida tah bm mlhr sem aqlo tudo vc EH DOIDO mark tudo bm q eu sabia *isso* dsd q T vi aqla vz no cafE da manhA qndo eu tava cm 7 & vc 12 & vc pediu dsclpa p/ *torrada* pq sclheu *sucrilhos* ! ;-) David nunca ia ser tão mané a ponto de usar um ponto e vírgula direito numa mensagem, ou acentos. Mark tinha saudade de David. Eles não estavam muito em contato agora porque a mulher de David não gostava de Mark. Isso era porque Mark ficou do lado dela quando ela se separou de David, fez barulhinhos empáticos durante as muitas ligações embriagadas dela e até deixou ela se mudar para o seu quarto de hóspedes durante um pedaço do período que durou a separação, coisas todas que a deixavam se sentindo humilhada quando encontrava Mark em qualquer circunstância depois que ela e David voltaram.

Tempo, lembranças, família, história e perdas à parte, hoje era o meio de uma manhã de outubro no Greenwich Park. O céu exibia uma leve ameaça de chuva e o dia estava quente, cerca de dezenove ou vinte graus, quente demais para essa época do ano, uma ostentação de calor antes do correr das escotilhas para o inverno. Como os seres humanos eram adaptáveis sem nem perceber, passando às cegas de um estado a outro. Um dia era verão, no dia seguinte você acordava e o ano todo tinha acabado; num minuto você tinha trinta anos, no seguinte, sessenta — sessenta no ano seguinte num piscar de olhos, como era rápido, tudo. Rápido e imperceptível, e no entanto como era espantoso, quando você pensava no assunto, isso de as estações e os anos irem se sucedendo *filosofância boba neste horário!/ mas não acaba, esse sermão otário?/ parece até que vai virar vigário* ele bloqueou a mãe pensando com força na linda imagem que tinha encontrado na primavera para a edição de outono/inverno da Wildlife. Ele tinha sugerido para a capa, mas ninguém prestava atenção em meros pesquisadores de imagem tipo abelhinha-operária (eles tinham escolhido pinguins, de novo). Era uma foto de um passarinho dourado cantando num campo no inverno em algum lugar da Itália. Era um close; o campo gelado, o pássaro da cor do verão e tão peso-leve que conseguia se equilibrar na curva da haste de uma flor morta. Mas o que era interessante mesmo na foto era que dava pra ver o canto saindo do bico do passarinho. Dava pra ver de fato o canto. Porque o ar estava tão gelado que as notas que o pássaro cantava tinham ficado paradas por um momento no ar como uma corrente de anéis de fumaça e a câmera simplesmente capturou as notas antes de elas desaparecerem.

Inverno. Deixava as coisas visíveis.

Mas hoje nesse dia abafado, mesmo sabendo que o inverno estava tão perto, o inverno era de fato inimaginável *se aos vinte e quatro eu soubesse de fato/ que agora você ia ser tão chato/ o que será que rima com aborto* esquece o inverno, o próprio outono era inimaginável, muito embora isso aqui já devesse ser outono, muito embora as folhas já tivessem, tão no comecinho de outubro, largado suas primeiras bordas douradas pelas trilhas lá embaixo *ui ui ui ui ui ui ui ui ui ui/ UI UI UI UI UI UI UI UI UI UI* mas dava para chamar de outono se estava um calor de maio? Será que era possível ele estar com quase sessenta, e ainda se sentir tão perto dos trinta? É, ele se sentia no máximo com trinta, como alguém preso aos trinta anos de idade dentro do corpo de um cavalo velho, ou pelo menos preso num corpo mais lento, num cérebro cada vez mais lento, numa pele que de repente tinha começado a ficar fina como papel, numa visão irritantemente mais fraca *ah, vá pastar, seu filho de uma vaca/ que ao menos sabe o que é ter vista fraca/ eu duro quase nada e não reclamo/ como enfiam um ano inteiro em três minutos naquela música chatinha do Stevie Wonder Só chamei porque te amo.*

    Essa métrica não batia. Ela estava transtornada. Mas interessante ela adotar os decassílabos. Uma senhora muito culta, a Faye. Ela estava acomodadinha na orelha dele, vertendo seu lindo veneno ali dentro, já fazia mais tempo do que o que tinha vivido nesta terra.

    Irônico, Mark disse em voz alta. Muito triste, de fato.

    O casal ali junto à cerca trocou olhares preocupados e se afastou um pouco. Não dava para ficar falando sozinho, ou com os mortos, em voz alta. Era inadequado. Mark se virou para a encosta gramada onde, historicamente, por séculos, os meninos arrastavam as meninas até o topo apenas para arrastá-las encosta íngreme abaixo com o tipo de velocidade máxima que desalinhava roupas e pudicícias e demandava altos brados. Ao longo dos séculos grupos de espectadores haviam se reunido no topo e no pé do morro só para ver isso acontecer.

    Esse mundo, Mark disse baixinho, é louco. Desculpa. Olha só uma coisa que você pode preferir ouvir. A música chamada "Let It Snow Let It Snow Let It Snow" na verdade foi escrita nos dias mais quentes de agosto. Mas não é uma grande história porque eu esqueci o nome das pessoas que escreveram a música. Toma outra. Foi assim que Jerome Kern conseguiu escrever "I've Told Every Little Star".

(Mark sabia, obviamente. Ele sabia que ela estava morta, que era passado, ossos e pó numa caixa dentro da terra, em cima das caixas de pó e ossos que eram o que restava dos pais dela, num túmulo que ele nunca mais visitava, num lugarzinho lindo do cemitério Golders Green.)

Então Jerome Kern estava em sua cama, Mark disse baixinho. Era de manhã bem cedo, ele tinha acordado cedo, assim como a mulher dele, o nome dela era Eva. E deitados ali com a luz do começo da manhã eles ouviram um pássaro na frente da janela deles cantando uma melodiazinha sem parar. Era uma melodia bem linda, os dois acharam, e Kern disse para a mulher que quando eles levantassem ele ia compor uma música com ela. Então ele cantarolou a melodia para decorar e pegou no sono de novo. Mas quando acordou, e tomou café, e sentou ao piano, claro que a melodia tinha desaparecido completamente, ele não lembrava nada.

(Mark sabia que provavelmente as rimas, que eram uma coisa nova, se deviam ao fato de que neste verão ele tinha dado uma olhada em alguns dos seus livros velhos daqueles tempos, os livros que ela tinha lhe dado. Possivelmente era também porque ele tinha comprado on-line e estava tocando no repeat aquela coleção de George e Ira Gershwin com a Ella Fitzgerald. Faye tinha os LPs originais. Ele lembrava, agora, do brilho deles, dos envelopes de papel, até da textura e do cheiro da caixona quadrada de papelão em que eles vinham.)

Então, Mark disse baixinho por sobre a bela vista da velha/nova Londres. Na manhã seguinte Kern acordou cedo. Ele ficou sentado no escuro diante da janela com uma folha de papel e um lápis e esperou que o pássaro voltasse. E ficou esperando um tempão, enquanto a luz da manhã subia, porque sabia que se o pássaro tinha vindo até ali uma vez havia uma chance dele vir de novo. E aí, claro, ele ouviu de novo. O pássaro estava lá. O pássaro cantou a melodia e Kern anotou. Aí quando o pássaro terminou de cantar e voou, Kern desceu, fechou todas as portas entre a sua família adormecida e a sala do piano e esboçou, naquele mesmo momento, as linhas básicas do que se tornaria "I've Told Every Little Star".

(Mark tinha acordado num dia de primavera ainda antes dos trinta, na cama de armar do seu apartamento num porão de Kensington, com uma voz no seu ouvido.

Embora não tivesse ouvido a voz dela desde a época em que tinha menos de treze anos de idade, ele soube imediatamente. Embora ela estivesse dizendo umas coisas bem improváveis, como que escritas num roteiro muito ruim, ou como se fosse uma pessoa metida fingindo ser do leste de Londres ou estivesse fazendo o papel de uma personagem jovem, raivosa, típica da estética *kitchen-sink* dos anos 1950, era definitivamente ela. *Então, rapazinho, acorda aí, porque por mim tudo bem e eu sei que você é meio transviado com o perdão da má palavra mas até um encostado moloide que acha que o mundo tem obrigação de pagar pra ele viver tem que ganhar uma merda de um dinheirinho pra bancar o aluguel, porque olha só os meus dedos aqui, gastos e até o osso são as palavras certas para eles, está me ouvindo?*

Eu estou te ouvindo!

Ele abriu os olhos, animadíssimo.

Ninguém.

Não havia ninguém no quarto além dele.)

O pássaro era um pardal de Cape Cod, Melospiza melodia. Ele gerou não só uma música, mas um musical também, sobre umas pessoas que, isso mesmo, escrevem uma música inspiradas pelo canto de um pássaro. Música no ar; ele escreveu com Oscar Hammerstein. E todos viveram felizes para sempre, até morrerem. E quando Jerome Kern estava morrendo no hospital, Oscar Hammerstein foi visitá-lo, Kern estava em coma, eles sabiam que ele ia morrer logo, e a música que Hammerstein cantou para o seu querido amigo Kern nos últimos minutos da vida dele foi "I've Told Every Little Star", porque Hammerstein sabia que Kern gostava especialmente, entre todas as suas composições, daquela música.

Fim. Ah, não, espera aí. Um fato interessante sobre o Melospiza melodia é que se alimentarem ele direito, o pássaro, e ele não tiver que se preocupar muito em achar comida, ele produz de fato crias que cantam menos que as crias que são geradas se o pássaro pai estiver com mais fome. E a outra coisa sobre aves canoras que eu estava lembrando de te contar é que hoje em dia alguns especialistas acham que elas cantam dormindo tão bem quanto cantam acordadas. Como se dormir pra elas fosse uma espécie de estar acordado, ou se estar acordado fosse uma espécie de dormir.

Pronto. Foi.

Fim.

Mark balançou a cabeça para si próprio. Aí balançou a cabeça para o casal e a criança para mostrar que não era louco e não tinha tencionado ofender e nem tinha se sentido ofendido, nenhuma das duas coisas. Não ficou esperando para ver se eles respondiam ao aceno. Ele se desencostou da cerca, virou para o prédio do Observatório e para a linha serrilhada de turistas e aluninhos no gramado esperando para colocar uma perna de cada lado da linha do meridiano, e todo mundo, um após o outro, fazendo exatamente isso e sendo fotografado por pessoas com câmeras ou celulares bem distantes. Era assim que as pessoas faziam foco hoje em dia.

Eu estou em cima do tempo!, uma menina disse e pisou na linha. Que genial!

Eu estou em cima do não tempo!, a amiga dela disse pulando para trás e saindo do meridiano.

Alguém estava falando, um sujeito mais para jovem, de camiseta e moletom. Ele era professor, presumivelmente, pelas palavras que estava usando: último aviso, confiscar, salgadinhos.

Se o senhor tirar dela o senhor é que vai comer, será que é isso mesmo, senhor?, uma menina disse.

Não, Melanie, porque esses salgadinhos são cobertos de químicos e aí são fritos nuns barris imensos de gordura, e eu gosto de comida saudável, o homem disse.

Mas isso aqui é saudável, senhor, a menina com a mão no pacote de salgadinhos disse. Diz no pacote que tem menos gordura e contém coisas naturais e coisa e tal, senhor.

As três meninas paradas atrás da menina do pacote explodiram numa gargalhada. Coisa natural e coisa e tal!, elas disseram. Coisetal e natural!

Porque a gente aprendeu quinta-feira, não é verdade, o professor disse, que é uma coisa aleatória. E a longitude e a latitude e os pontos fixos, ele disse. Pra você saber onde está quando está no mar e não tem marcos físicos. Mas quem é que sabe me dizer quem foi que decidiu colocar o marco aqui? Jacintha, celular desligado. Desligado. Desligado ou confiscado. Você é que escolhe. Obrigado. Alguém aí me diz por que os especialistas da época escolheram Greenwich. Rhiannon? Por que Greenwich?

Porque eles tinham que colocar em algum lugar pra poderem continuar com os outros cálculos importantes do tempo e, e dessas coisas tipo tempo e o mar e isso aí, porque eles precisavam de uma coisa melhor que aquilo da nave estimada com a cordinha com os nós que eles iam jogando dos navios, e em terra também porque tipo, assim, como Yarmouth era dez minutos na frente de Greenwich e em outros lugares podia ser meio-dia em Londres e onze e meia no lugar que você ia de trem, uma menina disse.

Obrigado, Rhiannon, o professor disse. Muito bem. Só que o nome era navegação estimada.

Au!, Rhiannon disse quando a menina atrás dela lhe deu um cutucão bem forte nas costas e disse a palavra navegação. Por favor, senhor, uma das meninas malvadas disse. Variação orbital é o que acontece quando a Rhiannon Stoddart sai pra passear.

E Greenwich, o professor disse, foi onde os especialistas decidiram colocar o meridiano por causa dos trabalhos importantes que já tinham sido realizados aqui. Agora, o meridiano corre de norte a sul e se você ficar de um lado dele, está oficialmente no ocidente, e se ficar do outro é o quê? Matthew, se você fizer mais um comentário racial desagradável como esse a coisa vai ficar muito feia. Sério. Eu estou falando de expulsão, Matthew. Agora peça desculpas. Não pra mim, pro Bijan. Beleza, Bijan? O.k. Onde é que a gente estava? De um lado o ocidente, e do outro? Vamos.

Os meninos ficaram ali entediados e deprimidos, bocejando e se contorcendo de leve, com os moletons amarrados em volta da cintura. Acima deles, as abóbadas do Observatório: todos ergueram os olhos quando lhes disseram para fazer isso. As abóbadas originais, o professor lhes disse, eram feitas de papel machê. Um murmúrio correu entre os meninos de que as abóbadas pareciam seios grandes e pequenos. O professor fez uma advertência. Duas meninas deram gritos indignados. Elas apontaram para o cartaz que pedia desculpas porque a bola do tempo não estava funcionando hoje. Uma das meninas falou bem alto. Senhor, exatamente quando é que as *suas* bolas do tempo caem?

Zero grau, o professor estava dizendo. Quem é que pode me falar do zero grau?

Se o senhor quer saber *zero* sobre o grau, um menino disse.

Sim, Nick —?, o professor disse.
Então do que é que o senhor quer saber?, o menino disse.
Isso fez Mark rir. O grupo de meninas viu que ele riu e ficou olhando fixo para ele, e aí elas mesmas riram pérfidas, mas de Mark.
Eu não estou te seguindo, Nick, o professor disse.
Se o senhor seguir o Nick, professor, a gente te delata pras autoridades, outro menino que estava bem na borda do grupo e sabia que não seria ouvido pelo professor disse.
Os amigos dele riram cínicos.
Aí esse mesmo menino, enquanto o professor ia falando da linha internacional de data, e de quantos graus compunham um dia, uma hora, meia hora, um minuto, deu um inequívoco olhar coquete para Mark. Quando Mark percebeu o olhar e não desviou os olhos, o menino falou com uma insolência virulenta.
Aquele velho, olha lá, está querendo.
Os meninos em volta dele riram cínicos de novo.
Mas mesmo bem depois que os risos tinham acabado o menino continuou a encarar. Naquele olhar havia um equilíbrio perfeitamente medido de rejeição e sedução. O menino sabia tudo. Parecia ter no máximo treze anos. Era jovem demais para estar agindo tão deliberadamente. Mark sufocou uma risada violenta no peito. Ele sacudiu a cabeça para o menino mas para garantir que o menino não se ofendesse deu uma piscadela antes. Quando ele sacudiu a cabeça o menino baixou os olhos e desviou o olhar, e Mark também, e se afastou, contornando o grupo de alunos e saindo pelo portão na direção do parque.
A descida da encosta maltratava os joelhos, mais que a subida tinha feito. Greenwich, o professor estava dizendo atrás dele enquanto ele ia embora, e Greenwich, e de novo Greenwich.

Greenwich então: a palavra, em letras brancas sobre fundo preto no selo do compacto que tinha nas mãos, Mark ele próprio com seus treze anos: London American Recordings 1963 Then He Kissed Me (Spector, Greenwich, Barry) The Crystals.

Greenwich agora: a palavra que tinha lhe chamado a atenção quando ele estava num café dando uma olhada no exemplar de um dos jornais do fim de semana num domingo, *Observer, Guardian*, qualquer um, e quando olhou direito viu a foto e reconheceu a mulher, aquela, do jantar.

A coluna era a coluna de Vida Real, em que pessoas reais falavam para o jornal de uma experiência real; normalmente umas coisas tipo "Golfinhos resgataram o meu filho" ou "Um dia eu acordei e não lembrava quem eu era" ou "Um remédio para gripe acabou com a minha vida" ou "Fui assaltado pelo meu próprio irmão". Mark tinha ficado esperando até que todos os garçons estivessem longe o bastante para não ouvi-lo e então tinha rasgado a página, dobrado e metido no bolso perto do bilhete daquele tal de Miles. Naquela noite, na banheira, ele decidiu: no seu próximo dia de folga, quinta, ele ia dar uma corrida até Greenwich e passar a página por baixo da porta de Miles caso ninguém mais tivesse pensado em mostrar a ele. E ia ser legal, também, passar o dia de folga em Greenwich, ver aquilo de novo, quem sabe fazer uma visitinha ao parque.

Mas quando ele chegou à casa dos Lee e bateu na porta da frente hoje de manhã não tinha ninguém em casa. Bom, supostamente Miles estava em casa, mas não seria *ele* quem ia abrir a porta da frente para alguém, não é?

Ele estava com o artigo no bolso interno do paletó agora, dobrado, junto com o bilhete de Miles, não tinha mesmo como ser de outra pessoa, apesar de não estar assinado. Ele tinha encontrado aquilo, uma folha simples de papel-ofício dobrada duas vezes, quando pegou a carteira para comprar uma passagem de trem no domingo depois do jantar. A letra era desconhecida para ele. Era inteligente, levemente inclinada para a direita, bem espaçada na página quase como um poema estaria embora não o fosse. Era bem clara. Só uma palavra era difícil de decifrar.

Ele parou na encosta. Gente passava por ele; umas pessoas falando francês. Mark tirou as duas folhas dobradas do bolso.

Sob as palavras VIDA REAL: Um estranho indesejado mora no meu quarto de hóspedes, estava a foto da sra. Lee de perfil, parada ao lado de uma porta, olhando um tanto quanto tragicamente para a maçaneta. A legenda dizia: *Genevieve Lee conta como é viver vinte e quatro horas por dia com um estranho indesejado.*

*Eu sempre adorei morar aqui
na nossa elegante casa histórica
na região de Greenwich. Praticamente
desde o primeiro dia quando o meu
marido Eric e eu e a nossa
filha nos mudamos, ela
me pareceu estar pedindo para
se transformar num espaço de convívio social. Não acho
que seja exagero dizer que
entre nossos amigos nós somos famosos
pela nossa hospitalidade. Até junho
deste ano nós vivíamos recebendo
gente para soirées agradáveis
e vendo todo mundo ir feliz para casa
depois de uma refeição que eu tinha
me esforçado muito para preparar
à perfeição todas as vezes.*

*Nós não tínhamos como saber que
aquele jantar, no entanto,
ia se revelar tão dramaticamente
diferente dos outros.* Naquela
noite de junho em particular
eu tinha planejado um cardápio que incluía
vieiras no bafo com uma entrada de chouriço,
um prato principal de cordeiro
com tahine e como sobremesa crème
brûlée com sorvete de baunilha
com pimenta feito em casa. Um dos
nossos convidados trouxe um convidado seu,
um homem que parecia totalmente
simpático e normal e que de maneira alguma
levantou as nossas suspeitas
ou deu qualquer pista do que estava
por vir. Ele não era
pobre, não estava em dificuldades,
e o fato de ser vegetariano,
apesar de ter sido uma
surpresa, não era absolutamente
um problema.

No meio da festa esse homem,
vamos chamá-lo de "Milo", saiu da
sala e subiu. Enquanto
nós continuávamos animados com o
jantar no térreo ele estava
literalmente se trancando num
dos quartos da nossa casa.
Na manhã seguinte nós acordamos com
o fato que tem nos acompanhado
desde então. Um estranho mora

*em nossa casa contra a
nossa vontade.*

*Agora já fazem três meses,
e se trata simplesmente de uma experiência
sem comparação com qualquer outra
da minha vida. O homem se isolou
por algum motivo insondável
no nosso quarto de hóspedes com a minha
máquina de remo seco e os kits de
fabricação de vinho e as coleções
de clássicos de ficção científica
dos anos 1950 e 1960 em DVD do meu marido,
um quarto que nós estávamos prestes a
transformar num escritório cuja necessidade
se faz premente para nossa filha que tem
importantes exames escolares no
ano que entra. Ele nunca fala
e só uma única vez nesse tempo todo
nos enviou uma mensagem por escrito,
sobre a comida que nós lhe propiciamos
de graça; uma das ironias
da situação é que para o "Milo"
o jantar a que ele compareceu
como nosso convidado nunca
acabou. Em retrospecto
também é irônico lembrar
de quando eu ouvi o rangido dos
passos dele na nossa escada enquanto preparava
a sobremesa naquela primeira
noite, sem saber o que de fato
nos esperava.*

*É estranho ter um estranho
na casa com você o tempo todo.
Você fica estranhamente autoconsciente,
uma estranha para você mesma.
É como morar com um mistério,
literalmente. Às vezes eu fico
parada no corredor escutando
o silêncio. O som é sinistro
e deve ser a sensação que eu imagino
que é ser assombrada.
Às vezes a descarga
ou "Milo" andando por ali
no meio da noite
acorda a mim ou ao Eric e nós
nos vemos com a percepção,
novamente, de que não estamos sós.
Às vezes eu fico sentada diante da porta
atrás da qual "Milo" está sentado
e simplesmente fico me repetindo
as palavras: Por quê? Talvez
de certo modo nós todos sejamos
como esse "Milo" — todos
trancados num quarto de uma casa
que pertence a estranhos.
Só que é a nossa casa,
o que faz tudo parecer
injusto e desnecessário.*

*Um amigo perguntou se nós não
nos sentimos tentados a usar de força bruta e
arrombar a nossa própria porta linda
e autêntica do século XVII*

*e chamar a polícia ou
alguém que possa simplesmente
retirar "Milo" dali. Eu sou uma pessoa
pacífica que detesta violência de
qualquer tipo então fico pouco à vontade quando
considero que podemos ter que recorrer
à força. Mas nós não sabemos
quando a nossa casa vai parecer
de novo um lar. Apesar
de sabermos que a nossa unidade
familiar era forte nós nunca
esperamos que ela fosse tão duramente
testada. Quem saberá o que o
futuro nos reserva? A cada novo dia
eu acordo tomada pelas possibilidades de
mudança. Estou determinada a me
manter encarando tudo filosoficamente,
e não deixo de pedir para minha família
fazer o mesmo. Mas ao mesmo tempo,
tenho em mim a certeza de que
nunca mais hei de encarar
jantares com os mesmos olhos.*

Mark dobrou a página de novo e colocou as duas folhas de volta no bolso interno. "Milo." Miles gloriosus. O refinado e delicado Miles num quartinho de cinco passos de largura e sete de comprimento, e há meses lá.

(Três ou quatro meses antes, num sábado de junho, Mark vai a uma matinê de *O conto de inverno* no Old Vic. A peça está com os ingressos esgotados há semanas mas ele consegue arranjar um ingresso de última hora bem no fundo da plateia. A montagem é boa; Simon Russell Beale convincentemente ficando cada vez mais louco como Leontes, e a moça, seja lá quem ela for, como Hermione, bem cativante, e com o passar da tarde e o desenrolar da história parece de fato que a peça está funcionando. Ele senta reto na cadeira, empolgado. É uma pecinha difícil de acertar, *O conto de inverno*, mas quando dá certo, ele sabe, a estátua ganhando vida no fim é uma das coisas mais comoventes que o teatro pode produzir.

Acontece: a rainha traída ressurge dentre os mortos. Ela se move, dá um passo adiante, pega a mão do marido, se vira para Perdita, a filha que sumiu e foi reencontrada, prestes a falar pela primeira vez na vida com a filha, e o celular de alguém toca bem no meio da plateia. Bibiri bibiri biri bip. Bibiri bibiri biri bip. Bibiri bibiri biri bip.

A atriz que faz o papel da rainha pega as mãos da filha como se nada tivesse acontecido e continua com a sua fala durante aquilo tudo.

Minutos depois a peça acaba.

Timing perfeito, Mark diz ao estranho à sua esquerda, o homem que por acaso está sentado ao lado dele, quando cai o pano.

Foi mesmo, o homem diz.

Meu Deus, Mark diz sacudindo a cabeça.

Mas sério, o homem diz. Foi mesmo. Eu já ouvi vários celulares tocando no teatro ou no cinema, mas essa vez foi a melhor que eu vi. Bem no momento em que, ali no palco, alguém precisa muito falar com uma pessoa, pronto, a mesma necessidade na plateia que está assistindo ao que acontece no palco.

Bom, Mark diz pensando consigo mesmo que o homem com quem escolheu falar é um idiota para precisar que esse tipo de coisa seja explicada. Eu entendo o que você está dizendo. Mas.

Ah, o homem diz. Mas?

Tem uma diferença imensa, Mark diz, entre Hermione e Perdita e o que elas têm a dizer uma à outra e sei lá o que aquele cara ou aquela moça da plateia ia ouvir no seu ouvido: Oi eu estou no trem, ou Será que dá pra você me pegar cinco e meia, ou Será que dá pra você comprar areia pra caixinha do gato ou Tylenol ou sei lá o quê.

Não pense nas necessidades, o homem diz. Não necessitamos desse pensamento. Nós não sabemos. Nós simplesmente não sabemos. A única coisa que nós sabemos é: alguém queria falar com alguém. Isso já é mais que suficiente. Não importa o quanto seja trivial, ainda é a única coisa que a gente tem no fim das contas.

Ele diz tudo isso de forma delicada.

Ele diz a palavra trivial sem afetação.

O jeito que ele tem de usar a expressão *no fim das contas* de alguma maneira faz com que deixe de ser um clichê, faz querer dizer que as contas um dia se encerram e que isso pode ser relevante.

Você não acha que estragou tudo?, Mark diz.

Eu acho que melhorou, o homem diz.

Assombroso, Mark diz.

É, o homem diz. A peça ainda consegue assombrar, apesar da gente achar que já conhece o texto, quer a gente seja do século XVII ou do XXI. E eu sempre fico um pouco com pena da filha, que não chega a responder. Qual é a última coisa que ela diz, quando acha que a estátua ainda é uma obra de arte e não a mãe dela? Ela fica feliz de ser uma qualquer, uma espectadora, e vai ter muito prazer em ser exatamente isso, por vinte longos anos, ela diz, se puder simplesmente ficar lá durante cada um desses anos para apreciar aquela imagem, aquela combinação de pedra e tinta que se assemelha à mãe que jamais conheceu. Aí, de repente, do nada, aquilo não é mais uma estátua, está viva, é real, é a mãe dela de verdade, miraculosa, viva, bem ali na frente dela. E aí a peça acaba, e a gente nunca chega a saber o que ela acha.

Aí aquele celular tocando, Mark diz. Perdita ligando para Hermione.

Outro jeito de ver, o homem diz.

Mark ri. O homem é um encanto. A essa altura eles já acompanharam o fluxo da multidão para sair da escuridão e entrar na luz do saguão. Eles atravessam a mesma saída. Ficam um momento no surpreendente calor da tarde. Está lindo. É verão. O homem, Mark percebe, está usando um terno escuro de linho de muito boa qualidade e uma camisa com cara de cara. Ele tem um cheiro bom; Mark percebe que a colônia pós-barba desse homem lhe fez companhia durante toda aquela loucura e todas aquelas estações do ano, por todo o caminho até a reconciliação.

Ele se vira para Mark, quase como se fosse fazer uma reverência. Ele sorri. Está dando adeus. E lá se vai. As costas dele são prova de sua completude. Ele desaparece por entre as irrelevantes costas e frentes de outros.

Mark fica um momento parado sob o sol e na cabeça dele surge o momento da peça em que o rei louco pede a verdade ao oráculo délfico, e a pena se ergue na mesa sem que ninguém a segure, por truque cênico, por mágica, e começa a escrever sozinha.

Aí ele corre e alcança o homem na faixa de pedestres. Ele está sem fôlego por causa da corrida curta. Ele pergunta ao homem, entre tomadas de fôlego, se ele gostaria de ir beber alguma coisa.

Por que não?, o homem diz.

Ele estende a mão.

Miles, ele diz.
Mark, Mark diz.
Eles trocam um aperto de mãos.)
O Observatório estava agora atrás e acima de Mark. Ele se virou e olhou para o prédio e com a voz da fé, com a voz da Faye *mas e por que da vista se ocultar/ e por que escolher um tal lugar?*

Era aqui, não muito tempo atrás, que homens que não sabiam da missa a metade ficavam sentados num galpão gelado com o teto aberto para o céu a noite inteira, uma noite atrás da outra, mapeando a luz que vinha das estrelas — estrelas que talvez já estivessem mortas. Aqui o único assunto eram as fronteiras entre o invisível e o visível, as estreitas linhas entre aqui e passado, antes e agora, aqui e lá, o aleatório e o intencional, o grande e o pequeno. Riquezas infinitas, pouco espaço. Aqui todos os relojoeiros da história tinham se dado por vencidos, até que um deles finalmente acertou os ponteiros — ahá — e descobriu que a solução para marcar a hora certa quando você estava no alto-mar era a redução do tamanho de tudo, que no meio do oceano um mecanismo minúsculo de relojoaria era melhor que um pêndulo de quatro metros sem sombra de dúvida.

Ele ficou esperando que um comentário viesse de Faye, alguma coisa sobre tamanho ser documento.

Nada.

Silêncio.

Ele imaginou Faye trancada num quartinho. Imagine tentar conter um vulcão em erupção num quartinho apertado. Imagine aquela cantora islandesa, como era o nome dela, Björk —, mas espremida numa quitinete comum. A força seria a de uma explosão.

A força tinha sido a de uma explosão.

Por mais vivido, velho, e mais rodado, Faye disse atrevida ao seu ouvido, *você nem faz ideia do que é uma explosão, não é?*
Parou de rimar, então, Faye?, ele disse.
Eu rimo quando eu quiser, ela disse. *E metrifico.*

(Bom, é pra se divertir, principalmente, o homem chamado Terence diz à criança. Mas é sério também. É uma coisa bem inteligente.
Aliás por acaso você está me dando aula, você diria?, a criança diz.
Você perguntou, o homem diz rindo. Eu estou respondendo.
A criança é sua filha. Ela acabou de perguntar para que servem as rimas. Eles estão todos em volta da mesa olhando para ver qual pedacinho dobrado de cartolina diz o nome de quem. No lugar em que Miles deveria sentar o cartão traz as palavras Companheiro do Mark.
Hugo pega o cartãozinho e dá uma olhada, olha para Mark, ergue as sobrancelhas, larga o cartão.
Já tem vinho nos copos de cada um dos lugares arrumados. Mark entra em pânico. Ele fica com uma enxaqueca terrível quando bebe vinho branco e só tem vinho branco na mesa. Há cinco garrafas de tinto, abertas, cheias, ali em cima do aparador. Mas as garrafas têm um ar de coisa intocável. E ele não quer pedir; já rolou um pequeno atrito a respeito das bebidas porque o Miles está dirigindo e se recusou a beber. A gente pode arranjar um táxi pra vocês, a mulher que é a dona da casa, Jan, fica repetindo. Não, obrigado mesmo, Miles fica dizendo, eu prefiro não.
Terence e Bernice Bayoude; são esses os nomes da mãe e do pai da criança. Mark repete os nomes em voz baixa algumas

vezes. Não há um cartãozinho com o nome da criança na mesa; eles não estavam esperando a criança. As pessoas que estão dando o jantar estão fingindo que não há problema em ela estar aqui, sendo altivas e polidas no gesto de arranjar um lugar para ela na mesa e encontrar uma cadeira da altura certa.

Milton chama a rima de uma servidão incômoda da modernidade, Bernice diz.

Nossa, como você é inteligente, Jan diz.

Como que é isso de servidão aí? o sujeito de voz esganiçada que veio com a loira diz.

Prefácio ao *Paraíso perdido*, Bernice diz. Ele chama a rima de invenção de uma era bárbara.

Bom, você acabou de dar um upgrade aqui, Bernice, Jan diz. Ninguém jamais mencionou Milton num dos nossos jantares antes. Transcendente, é essa a palavra, Hugo?

Também é pra ajudar a memória, o pai diz para a criança, já que é bem mais fácil decorar uma coisa que rima.

Bom, isso eu sei, né, dã, a criança diz. Óbvio.

Não diga dã, Bernice diz. É pra dizer óbvio.

Mark ri. Bernice lhe lança um olhar alegre, um secreto aperto de mãos numa sala cheia de estranhos — que é o que esta sala é, para Mark também, uma sala cheia de estranhos a não ser por Hugo, que, ainda que não seja um estranho, está fazendo o que pode para parecer que sim.

E não só a memória, Terence está dizendo, mas também pra deixar as pessoas mais seguras, confortadas, porque quando as coisas rimam isso tende a lembrar todo mundo da infância, e além disso, também é como se a rima estivesse dizendo olha só, está tudo bem, está tudo certo, rola uma certa harmonia, tudo pode até ser divertido.

Você *está* me dando aula, a criança diz. Eu resisto a todas as tentativas didáticas e doutrinárias.

Terence se vira, dá de ombros para Mark e Miles e Bernice.

Putz, ele diz. Mais uma livre-pensadora autoconstituída.

E quando eu pensar de novo nessa noite aqui daqui a uma semana e um mês e um ano e um dia, eu vou lembrar tudinho, a criança diz.

Não vai não, o pai dela diz.

Vou sim, de fato, a criança diz.

Fisiologicamente impossível, Brooksie, o pai dela diz.

É, mas você não pode me dizer o que eu vou lembrar e o que eu vou esquecer, a criança diz.

Verdade, Bernice diz. Mas. A questão toda é que a gente pode esquecer. É importante a gente esquecer algumas coisas. Senão a gente ia ficar por aí carregando uma carrada de coisas de que a gente nem precisa.

De qualquer maneira eu pretendo lembrar tudo, a criança diz. Portanto eu vou me esforçar muito para fazer isso em particular.

Terence pega a menina pela gola da blusa, puxa em sua direção, ergue, sacode a filha no ar e a senta no colo.

Isso já são outros quinhentos, Brooksie, ele diz. Memorizar é conceitual e fisiologicamente diferente de lembrar.

Dã, a criança diz.

Ela dá à palavra a inflexão mais inteligente que consegue.

Brooke, a mãe dela diz.

Óbvio, a criança diz.

Ela diz isso como se significasse dã.

A conversa sobre rima e memória surgiu porque pouco antes Mark tinha perguntado à criança que livros ela gostava de ler. Mark normalmente fica menos à vontade com crianças, que sempre fazem ele se sentir como se os seus melhores modos não fossem exatamente o bastante, porque são tão verdadeiras, como uns detetivezinhos da verdade. Mas essa criança é encantadora, e bem pouco ameaçadora. Você já leu Struwwelpeter?, ele tinha perguntado. A história de Augustus que não queria tomar sopa? Ou *O livro do nonsense?* Você já leu os *limericks* de Edward Lear? Havia uma moça islandesa. Sentada à toa, à mesa.

 Aí enquanto a criança e os outros conversam, Mark fica sentado espantado com a sua mente se desfraldando e mostrando um verso depois do outro, como rolos de pergaminho que se abrem, todos rimando na sua cabeça. Augustus era bem roliço. Com umas bochechas de chouriço. Quando a mesa tombou, ela nem se importou. Corajosa, essa moça norueguesa.

 A minha cabeça está cheia de poemas de cinquenta anos atrás, coisas em que eu não pensava fazia anos e nem sabia que ainda sabia, ele diz a Miles.

 Era briluz, e as lesmolisas touvas, Miles diz sentado à frente dele.

 Esse eu conheço, Caroline, a esposa de Hugo, diz. Oi Mark. Que bom que me colocaram do teu lado.

 O google tuitou no blog, Miles diz.

 Pois é, Caroline diz. É incrível, né, como ele era visionário. Imagine inventar esse monte de palavras, umas palavras que hoje a gente usa todo dia. Genial.

 Ela ergueu o copo cheio de vinho branco para brindar.

 A você, ela diz. E a — era Miles, né?

 Era e é, Miles diz.

 Que bom. Há quanto tempo vocês estão juntos?, ela diz.

 Coisa de três horas e meia sábado passado e (dando uma espiada no relógio) vinte minutos hoje, Miles diz. Ah não, a gente continuou e tomou alguma coisa sábado passado também. Quatro e meia.

A gente não está o que se poderia chamar de juntos, Mark diz.

Ah, ela diz.

Ela larga o copo. Parece meio afrontada.

Todo mundo agora está sentado a não ser a mulher que é a dona da casa, Jan. Mark dá a volta na mesa repetindo para si próprio o nome de todo mundo. Começando por Caroline à sua direita, aí Hugo, ahm, Hannah a loira, aí Miles. Depois, será que era Eric, o grisalho? Aí Bernice, aí a criança, aí o espaço onde a Jan vai sentar, aí o Terence, aí diretamente à esquerda de Mark o como é que chamava, o sujeito de voz esganiçada, o do microdrone, Richard.

Richard é a pessoa do lado de quem Mark mais torceu para não ser colocado, fora Caroline, óbvio (dã). Já na sala de estar, durante os drinques, Richard tinha falado do seu emprego o tempo todo.

Bom, a gente está vendendo principalmente pra polícia no momento, ele disse. Se bem que no geral a gente está aberto a ofertas de boa-fé de qualquer lugar.

Adora o trabalho, o Rich, Hugo disse.

E não é pra adorar? Esse negócio se vende sozinho, Richard disse. Nem parece um trabalho de verdade.

O que é um microdrone?, Bernice disse.

Richard então descreveu as versáteis dimensões reduzidas, o tamanho do motor, a voltagem da bateria, o peso que significa que eles não são ilegais e não precisam de
autorização da Aviação Civil, a adaptabilidade, o tipo de câmera, a qualidade HD, a capacidade de reconhecimento facial (mais de cinquenta metros), os quilômetros por hora (quase vinte, naquele modelo, ainda que outros sejam ainda mais fenomenalmente velozes), a autonomia (quinhentos metros), o tempo de voo (trinta minutos, a gente ainda está

tentando melhorar isso aí), o relativo silêncio, como eles podem ser controlados de dentro de um furgão ou até em alguns casos de casa, o tempo de treinamento (quinze minutos) necessário para o usuário que nunca mexeu naquilo, e como até se algum bocó mandar brasa neles com uma espingardinha de pressão eles vão continuar funcionando direitinho no final.

O que ele não disse é como eles são bonitinhos, a companheira de Richard, Hannah, disse. Eu quero um pros nossos meninos. Parecem uns brinquedinhos.

De fato eles são registrados como brinquedos, Richard disse. E é por isso que não precisam de autorização. Fantásticos pra jogos de futebol, protestos de rua, a escolha é sua.

E aí tem o Projeto Anúbis, hein, Rich?, Hugo disse.

É, Richard disse, bom, não tem por que se fazer de ingênuo, o mundo lá fora é barra-pesada e na minha opinião todo mundo que tem juízo vai achar o mesmo que eu acho e mesmo que não ache, devia achar. E o que eu sempre digo é: que alívio que vai ser quando chegar a hora do conflito, do combate, e forem os robôs que fizerem o trabalho e assim por diante. A eficiência já é um negócio fantástico, mas a liberação psicológica é outro efeito certeiro e hiperimportante. Matar sem ter de fato que matar. Acabar com o combate corpo a corpo num piscar de olhos.

Eu não entendi, Terence disse.

Eu sempre acho quando a gente fala disso, e a gente fala disso toda vez que todo mundo aqui janta junto, Hugo disse, que ia ser bem mais útil se as grandes mentes do nosso tempo se aplicassem à tarefa de decifrar a nossa genética. Eu só estou com quarenta e cinco mas deixa eu dizer pra vocês que já está me dando o que pensar, isso de estar com quarenta e cinco.

Bom, enquanto alguma coisa estiver te dando o que pensar, Bernice disse.

Touché, Hugo disse.

Projeto o quê, você falou?, Bernice disse. Anúbis.

É, Anúbis, é só um dos vários níveis de desenvolvimento de drones, Richard disse. Óbvio que a especificidade de mira está em desenvolvimento desde o começo, junto com o lado da vigilância, e os drones já são amplamente empregados em situações de conflito. Mas nesse momento nós estamos realçando o aspecto da vigilância, pro mercado doméstico.

Projeto Anúbis, Terence disse.

Anúbis é o antigo deus egípcio da morte, Bernice disse.

É?, Richard disse. Ah. Sei.

Com cabeça de chacal, Bernice disse.

E parecem uns brinquedinhos, Hannah disse, parecendo encantada. Incrível!

Incrível, Bernice disse.

Mundinho cão lá fora, Richard disse. Não adianta fingir que não.

Os Bayoude trocaram olhares.

Agora, à mesa, enquanto eles esperam o primeiro prato e Mark fica sentadinho se preocupando com o que vai fazer com o vinho à sua frente, o cara dos microdrones lhe pergunta com o que ele trabalha.

Hoje em dia eu pesquiso imagens, Mark diz.

Sei, Richard diz.

Pras revistas da BBC. Sabe, tematicamente ligadas aos programas e tal, Mark diz. Eu localizo fotos pra eles.

É um trabalho pesado, então, Richard pergunta, ou dá pra você meio que fazer de olho fechado?

Não, de fato precisa estar de olho aberto, Mark diz.

Ah tá. Agora eu lembrei, Richard disse. Você é o, ahm, amigo do Hugo e da Caroline.

Ele limpa a garganta.

Então é daí que você conhece o Hugo, ele diz. Eu tinha achado, antes, sabe, que podia ser a coisa do grupinho amador.

Do quê?, Mark diz.

Ele gosta de um teatrinho, o Hugo, Richard diz.

Hugo fica com cara de magoado. Mark consegue perceber que Caroline está fingindo não ouvir ao seu lado.

Fotografias da vida selvagem, só um dos muitos hobbies exóticos do Hugo, Richard diz.

As fotos de corujas-das-torres do Richard são lendárias nesse ramo, Mark diz.

De vez em quando eu tiro uma foto que de vez em quando é do interesse das revistas, Hugo diz. E Mark e os empregadores dele de vez em quando acham por bem usar uma ou outra. Eu sou um carinha de sorte. O que é que o seu, ahm, que o Miles faz, Mark?

Você vai ter que perguntar a ele, Mark diz.

E você, Miles?, Hugo diz.

Ele diz educadamente, mas soa como uma ameaça.

Eu sinto muito mesmo, Miles está dizendo enquanto Eric coloca um prato à frente dele. Não acredito que não lembrei de te dizer. Eu sou vegetariano.

Ah, Jan diz entrando com mais três pratos. Isso pode de fato ser um probleminha, Miles.

Que pena, Caroline diz. E o prato principal é cordeiro. Da Drings e tudo. Que pena, Jan.

Que tal só tirar a salsicha e colocar de lado, e aí você pode comer o peixe?, Hannah, que está sentada ao lado de Miles, diz.

Ele é vegetariano, Hannah, Caroline diz.

É, eu sei, Caroline, por isso que eu sugeri, Hannah diz.

Você devia ter me avisado, Mark, ou avisado o Hugo pra ele poder me dizer antes, Jan diz.

Pra falar a verdade eu nem estava sabendo que o Mark ia trazer alguém, Hugo diz.

Mil desculpas, Mark diz. Eu sinto muito.

Não, culpa minha, Miles diz. Absolutamente minha. Eu sou o intruso. Fico feliz de comer só a salada pra me redimir. Fico feliz de nem comer se for complicado. Feliz de só ter uma noite agradável aqui na mesa.

E aí ele foi morto por um viking que rachou a cabeça dele com um osso que era de um boi, a criança na outra ponta da mesa está dizendo. Ele era arcebispo de Cantuária e fizeram ele virar santo. Por isso que a igreja de St. Alfege tem o nome dele. Foi aqui, em Greenwich, em 1012.

Em 2525. Se o homem ainda existir, Terence canta.

Fofa, Caroline diz.

Ela sorri para Bernice. Fofa, ela fala apenas mexendo os lábios para toda a mesa.

Eu não sou responsável por nenhuma fofice aqui, Bernice diz. Eu sou o tira mau.

Se a mulher ainda existir, Terence canta.

E a igreja sobreviveu e ainda está lá, a criança diz, se bem que foi reconstruída no mesmo lugar, no mesmíssimo lugar onde ficava a igreja original em que racharam a cabeça dele.

Os nossos já estão tão grandes, Caroline diz. Os deles ainda são pequenos, ela diz apontando com a cabeça para Hannah e depois para Richard. Sorte deles, eu só posso dizer. Eu tenho boas memórias da vida AJC. Antes dos Jogos de Computador. Você gosta de crianças, Mark? Ai, desculpa. Eu não quis dizer assim que nem pareceu.

Hmm, Mark diz.

Quer dizer, eu não sei se você tem filho. Eu só estava presumindo. Eu não quis soar condescendente.

Agora dá pro pessoal de vocês adotar, né?, Hugo disse.

Que pessoal, desculpa?, Mark diz.

Miles está conversando com a criança sobre o restauro do *Cutty Sark*.

O original, ele diz, era super-rápido. Era um clipper que transportava chá, que eles construíram quando os veleiros que transportavam chá não eram mais relevantes nem necessários, mas esse era tão adaptável e tão rápido que ganhava até dos vapores modernosos da época.

Mas o que eu fico pensando, a criança diz, é por que que barco é feminino em inglês.

Você ia achar melhor se a gente dissesse que o barco era menino?, Miles diz.

Não, a criança diz. Eu só estava pensando por quê, só isso.

Eu não sei, Miles diz, mas eu vou tentar descobrir pra você. Acho que os barcos aqui são sempre meninas. E você sabe o que quer dizer Cutty Sark?

Miles conta a origem da palavra para a criança. Todo mundo à mesa finge estar interessado enquanto ele fala.

Então o sujeito do poema está meio alegrinho, meio bêbado quando está chegando em casa, Miles diz, e no escuro ele passa por um monte de gente dançando em volta de uma fogueira, e uma mulher dança superbem e está usando uma saia bem curtinha, aí o sujeito fica olhando, e grita muito bem saia curta! só que é em escocês que ele grita, e aí saia curta é Cutty Sark! — ela dança tão bem e ele está tão bêbado que não consegue segurar e solta aquele grito, sem pensar. Mas a moça, bom, ela e as amigas por acaso são bruxas, e ficam furiosas por ele ter ficado espiando, e perseguem o bêbado como se fossem matá-lo, e apesar dele estar com um cavalo bom e rápido ele só escapa por um fio do rabo do cavalo.

Hah, a criança diz. Fio do rabo dele.

Dela, Miles diz. O cavalo era fêmea.

Por *isso* que o navio era "ela", Hugo diz. Que nem o cavalo. As mulheres sempre são mais rápidas.

Todo mundo ri.

Por que isso foi engraçado?, a criança diz.

Tomara que nunca reinaugurem aquele navio desgraçado, com o perdão da má palavra, Jan diz. O trânsito aqui... eu não sei como é onde vocês moram, Mark e Miles, mas está acabando comigo ultimamente.

A criança garante a Jan que definitivamente vão reabrir o navio para o público assim que ele for refeito, porque hoje em dia dá pra fazer quase tudo inclusive refazer uma coisa histórica depois de ela ter sido incendiada.

Pode crer, o pai dela diz. Dá pra fazer quase tudo hoje em dia. Filmar gente que não sabe que está sendo filmada e até matar alguém com um helicóptero que é classificado como brinquedo. Tudo.

Por que todo mundo parou de conversar?, a criança diz no silêncio.

Ah, Miles diz e dá uma piscada para a criança. Há tempo de calar, tempo de incendiar coisas, tempo de restaurar, tempo de se embebedar, tempo de correr de alguma coisa a toda a velocidade com o seu cavalo, tempo de rachar a cabeça do arcebispo, tempo de mandar ver na entrada.

Mark olha para seu prato. Olha para o copo cheio de vinho. Olha para o copo de água vazio. Olha para o prato de Miles. Nele há o que parece ser alface e gorgonzola, que é também o que eles serviram para a criança que agora está cutucando o prato com a faca com uma cara suspeita.

Começa uma discussão sobre algo que Caroline viu numa tela numa estação de trem.

E aí eu achei, Caroline diz, que agora que a gente consegue fazer isso, fazer um tigre virar o pé de um cara e aí virar um tênis, tipo agora que a gente domesticou essas imagens que além de tudo são lindas, de umas coisas tipo um tigre e a gente consegue fazer exatamente o que quiser com elas, então por que é que a gente tem que se incomodar com a extinção dos tigres de verdade? Eu fiquei ali parada olhando aquilo passar e me veio essa ideia, a gente não precisa e não vai mais precisar ver um tigre de verdade agora, não agora que a gente tem esse tipo de imagem, não mesmo.

Que coisa mais idiota, Hugo diz.

Caroline revira os olhos.

Todo mundo ri.

Pessoalmente eu não ia me incomodar se eles se extinguissem, Hannah diz. Eu odeio como eles vivem matando veadinhos e zebras e coisa e tal nos programas de vida selvagem.

A ideia me deixou triste, Caroline diz. Mas sabe, eu fiquei olhando aquelas imagens e preciso confessar que pensei isso mesmo. Quer dizer, a gente não precisa, né? Não precisa mais de tigres de verdade. A gente finalmente domesticou a vida selvagem.

É isso que eles querem que você pense, minha idiota querida, Hugo diz.

Não me chame de idiota, querido, Caroline diz.

O fato de que o anúncio funcionou com você é que é a verdadeira questão, Richard diz.

Ah mas não mesmo, Caroline diz. Eu lembro que era uma propaganda de tênis, mas não consigo lembrar a marca. Então não funcionou mesmo, de fato, não como eles queriam que tivesse funcionado.

Hannah pergunta aos Bayoude se eles já viram um tigre de verdade na cidade de onde vêm. Não em Yorkshire, eles dizem. Ela pergunta de onde eles vêm originalmente. Eles dizem a ela que estavam morando em Harrogate e trabalhando na Universidade de York, que foi onde se conheceram. Eles trabalham na universidade local, eles dizem a ela. Bernice dá aula na faculdade de artes e Terence acabou de ser aceito como pesquisador pós-doutoral.

A gente deu um pouco de sorte, Bernice diz. Não é mole conseguir empregos acadêmicos no mesmo lugar. Terence tinha um salário em York, então dá pra dizer que disso a gente sente falta. Mas está tudo em ordem. A gente está junto. A gente sente saudade de York. Mas a gente gosta bastante daqui.

Vocês são os únicos no bairro inteiro, então, Jan diz.

Pessoalmente eu gosto muito daqui, Eric diz ao se sentar.

É a primeira coisa que ele diz. Todos se viram e olham surpresos para ele.

Miles passa o seu copo de água para o lado de Mark. Hugo o vê fazer isso e aí pega o cartão com o nome de Miles. Ele segura o cartão na mão, com o braço esticado, como se precisasse de óculos para ler. Aí o devolve ao seu lugar.

O que é mesmo que você faz, Miles?, Hugo diz. Eu tinha perguntado mas aí a gente foi interrompido pelo seu vegetarianismo.

Todo mundo ri.

Eu sou consultor ético, Miles diz.

Ah, Hugo diz.

Uhm, Richard diz.

Uuh, Jan diz.

Mas o que é um consultor ético?, Hannah diz.

Miles sorri para ela.

Você é a corajosa aqui, ele diz.

Sou, é?, Hannah diz.

Ela abre um sorriso imenso. Aí para de sorrir quando vê o olhar que Richard dirige a ele.

O fato é que eu trabalho pra empresas que querem garantir que são eticamente corretas, ou que querem se vender como empresas mais eticamente corretas, Miles diz.
Hah, Hugo diz.
Opa, Richard diz.
Eu dou uma ajeitada na aparência delas e faço sugestões sobre pontos em que, dependendo do que elas tiverem me pedido, elas poderiam ser mais ecológicas, ou especificamente ajudar comunidades locais, ou capitalizar o que já é eticamente correto nas atividades dessas comunidades. Ou eu destaco potenciais pra essas coisas todas. Ou, se for só apresentação do problema, eu sugiro estratégias de marketing.
Nossa, Caroline diz.
Ele é um purificador ético, a criança diz.
Todo mundo à mesa cai no riso.
Eu não sei por que todo mundo está rindo, a criança diz. Eu só estou repetindo o que ele disse antes.
Frila, imagino, não é, Miles?, Hugo diz.
Que tipo de grana rola nisso, assim em termos gerais?, Richard diz. Pré-recessão, digamos.
Essa palavra, Jan diz. Proibida nessa mesa.
Isso aqui está uma delícia, aliás, Jan, Caroline diz.
Pelo jeito das pessoas dizerem, Mark entende que de repente o nome da mulher de fato não é Jan, parece mais tipo Jen. Ele tenta lembrar do que Hugo a chamou quando insistiu para que Mark viesse hoje. Ele entra em pânico por dentro. Será que ele a chamou de Jan em voz alta? Ele tenta lembrar se pronunciou o nome dela.
Minhas ações e títulos, Terence está cantando. Podem cair. Escada abaixo. E daí? E daí?
Você gosta de cantar, então, Terence?, Hugo diz.
Gershwin, a criança diz.

Foi você que disse, Terence diz.

Ele e a criança trocam um toca-aqui. Mas com a mera menção do nome Gershwin a cabeça de Mark se enche de uma música inesperada, uma rajada de "He's Sure the Boy I Love" produzida por Phil Spector, tão alta que apaga os sons do grupo por um momento. Quando ele consegue voltar a ouvir, Jan ou Jen está elogiando Hugo por alguma coisa. Ela está dizendo que ele canta bem.

Aquela música no fim da primeira metade, Jen diz, logo antes do intervalo, aquela que dizia que nos sonhos deles a guerra tinha acabado, você lembra? Eu nunca vou esquecer. Era muito comovente. Não era, Caro?

Hugo aparentemente fez o papel de Siegfried Sassoon em alguma peça por aí, uma peça em que tinha que cantar uma música no fim da primeira metade. Mark toma um gole d'água. É tudo novidade para ele, que Hugo sabe cantar, que Hugo atua em peças de teatro. Ele pensa em quando ele e Hugo estavam na cabana de observação de pássaros, Hugo atrás dele, bem no fundo dentro dele, dizendo, você vem, não vem? Estou fazendo o que posso aqui, Mark disse rindo, vai ser já já. Eu estou falando do outro fim de semana, Hugo disse, soando ofendido mesmo durante os esforços do amor. Você vem pro jantar da Jan e do Eric?

Terence Bayoude, ao que parece, sabe muito de musicais. Richard diz que é impressionante o tipo de coisa que as pessoas estudam hoje em dia usando o dinheiro dos contribuintes. Terence diz a Richard que a sua bolsa de pesquisa é em metalurgia. Richard faz cara de contrariado. Jen diz novamente a Terence que Hugo tem uma voz linda e que os Bayoude tinham que ouvi-lo no palco. Mark começa a pensar se Jen de repente não está dormindo com Hugo também. Ele olha o formato da boca de Jen e os movimentos dos cílios

dela para ver como eles reagem a Hugo durante toda a fala de Terence sobre como os microfones e o filme mudaram a forma da canção popular no princípio do século passado, deixando mais fácil cantar notas curtas e mesmo assim ser ouvido lá no fundo dos balcões. Isso de fato possibilitou que os compositores usassem mais sílabas. Mas a paixão verdadeira dele, ele diz, são os dançarinos. Aí Jen lhe pergunta das
imagens anais em Busby Berkeley, que foram tema de um artigo no *Guardian* da semana passada.

    Todo mundo ri.

    O que que é anal, mesmo?, a criança diz.

    Caroline fica vermelha.

    Ai meu Deus. Mil desculpas, Jen diz a Bernice. Eu não pensei antes de falar.

    Terence diz para a criança que anal é a forma adjetiva de ânus e que ânus é a abertura no fim do tubo digestivo.

    Disso eu sei, a criança diz. Mas então qual é o problema de dizer essa palavra?

    Aí Terence diz a todo mundo da mesa que Busby Berkeley nem era coreógrafo no começo, mas chegou a esse mundo via Primeira Guerra Mundial, quando foi diretor de ordem-unida.

    Eu sou um completo desafinado, Richard diz.

    Ele não tem um ossinho musical no corpo, Hannah diz.

    Com a cabeça rachada pelo osso musical de um boi, a criança diz. Hahah. São Arpejo. São Alfejo.

    O pai dela ri.

    De onde foi que você tirou uma palavra como arpejo?, a mãe dela diz. Como se eu não soubesse.

    É dos musicais de teatro ou dos de cinema que você gosta, Terence, ou dos dois?, Jen pergunta.

    Eu simplesmente não saco música, Richard diz de novo.

    Conte mais alguma coisa que nem aquela sobre o Busby Berkeley, Terence, Eric diz.

Todo mundo se vira e encara Eric.
Não encoraje, Bernice diz. Ele já é bem anal quanto a isso tudo.
A mesa toda fica calada de novo.
Nossa!, Bernice diz e cai na gargalhada.
Bom, Terence diz. James Cagney e George Raft e John Wayne. Os durões de Hollywood, bom, todos estudaram primeiro pra ser dançarinos.
Até parece, Richard diz.
Disciplina, sim, Hugo diz, é uma disciplina bem particular.
E Fred Astaire, Terence diz, mandava escrever nos contratos que se fossem filmar enquanto ele dançava tinha que ser o corpo inteiro na tela, nunca só os pés ou as mãos ou a cabeça, nunca nada além do corpo todo.
Richard larga a faca. Ela cai com bastante força contra a lateral do prato.
Fascinante, Jen diz concordando com a cabeça.
Hannah boceja bem alto.
E Ruby Keeler, sabe, uma das primeiras sapateadoras?, Terence diz.
Não, Hannah diz como uma adolescente, a gente não sabe não.
Keeler foi a primeira sapateadora famosa de verdade, Terence diz sem prestar atenção nela. E quando a gente vê os filmes dela, dançando, hoje em dia, e a gente compara com alguém como o Astaire, é fácil pensar que ela não é tão boa assim, é meio desajeitada, porque ela é toda amalucada e parece meio pesadona. Mas na verdade o estilo de dança dela vinha como descendente direto das Tamancadas de Lancashire. Na verdade foi ele que tornou Astaire possível. Ela foi a primeira popularizadora do estilo.
Como é que você sabe essas coisas?, Hannah diz.

Eu leio, Terence diz. Em livros.

Não, mas *por que* você sabe isso?, Hannah diz.

Por quê?, Terence diz.

Eu sempre acho tão engraçado o que as pessoas sabem e por que elas sabem, Hannah diz.

Por que é que as pessoas sabem as coisas?, Terence diz.

Eu nunca sei por que as pessoas sabem as coisas, Hannah diz. Mas achei que você ia saber, sabe, da sua cultura, antes de saber coisas de culturas tipo de Lancashire e desses lugares assim, sabe.

Você nunca conversou com um ou alguns negros na vida ou é só que você vive num universo diferente?, a criança diz.

O silêncio cai num baque pesado sobre a mesa.

Não, Hannah diz, não foi isso que eu quis dizer, isso aí. Eu só fiquei surpresa quando vi que ele sabia tanto, sabe tanto de música e, e que o trabalho dele é com metais, e os musicais.

Toda a arte aspira à condição de música, Bernice diz. Isso é Walter Pater. Toda a arte aspira à condição de musical. Isso é Terence Bayoude.

Jen e Caroline e Hugo fazem barulhinhos de entendidos.

Eu não entendi nadinha desse último comentário, Hannah diz.

Ela parece desesperada.

Estava ótimo, Jen, Bernice diz. Muito obrigada.

Miles, Jen diz, tem cuscuz para acompanhar o cordeiro, e eu posso dar uma olhada na geladeira pra ver se tem alguma coisa que combine, mas pode ser meio improvisado, espero que você não se importe. Ou você quer que eu te faça uma omelete?

Qualquer coisa vegetariana estaria ótimo, obrigado, Jen, Miles diz. Por favor não se incomode demais comigo.

Eu só estou com medo da gente não ter mais muitos ovos, Jen diz. Mas por favor não se incomode nem um minuto com isso. Eric?

Jen e Eric levantam e começam a recolher os pratos. Aí Eric volta da cozinha e enche os copos de todo mundo com vinho tinto, a não ser o de Mark, provavelmente porque o copo de vinho branco de Mark ainda está cheio e parece que ele não está bebendo. Mark não consegue imaginar como pedir, o momento em que teria podido pedir já passou.

A internet, Hannah está dizendo. Se eu preciso saber alguma coisa. Isso que é bom de estar vivo agora. Mas se fosse só eu, numa ilha deserta, sozinha. Às vezes eu sonho com isso, sonhei um monte de vezes na verdade, isso fica se repetindo sabe, que eu estou na escola apesar de ser velha pra estar na escola —

Você está nua?, Richard diz.

Todo mundo ri menos Hannah.

— e todas as crianças são bem mais novas que eu, e colocam a prova final na minha frente, ela diz, e todas as criancinhas começam a escrever as respostas, e eu fico ali sentada, olhando o papel e me dá um branco total, tipo um vazio na cabeça, tipo a página em branco que eu sei que eu tenho que preencher, sabe, cobrir, com coisas que eu não sei, e eu ali sentada, e não é só que eu não sei as respostas das coisas da prova, é que eu *não sei nada*.

Ela parece à beira das lágrimas. Miles balança delicadamente o cotovelo dela.

Da próxima vez que você tiver esse sonho, ele diz, e estiver sentada diante dessa folha de prova, diga pra você mesma que você sabe *sim*. Sente à mesa e olhe pro papel e fale pra você mesma da, ahm, fale que você sabe —

Uma música, a criança diz.

Isso, uma música, Miles diz.

Mas eu não entendo de música, Hannah diz cruzando os braços e sacudindo a cabeça. Eu sou totalmente desafinada...

É, mas você há de saber uma música, tem que ter uma música que você ache bonita, Miles diz.

Eu não sei *nenhuma*, Hannah diz.

Que música todo mundo conhece?, Miles diz a Terence.

Todo mundo sabe "Somewhere Over the Rainbow", a criança diz.

Ah é, eu sei essa aí, Hannah diz, do filme e coisa e tal.

Isso, Miles diz. Quando você estiver nessa sala de provas da próxima vez, diga a você mesma, tudo bem, eu sei "Somewhere Over the Rainbow".

Mas eu não sei nada *sobre* a música, Hannah diz. E se eu olhar pra folha de prova, ela vai dizer, tipo, quem foi que compôs a música do arco-íris, e diga tudo que você sabe sobre a música do arco-íris, e a única coisa que eu sei é que era de um filme e eu vou continuar sem responder nada direito.

Olha só o que a gente vai fazer então, Miles diz. O Terence vai te contar três coisas sobre essa música. E na próxima vez que você tiver esse sonho, você vai saber essas três coisas e vai conseguir dizer pro seu subconsciente escrever as três coisas na folha.

Hannah funga, assoa o nariz.

Provavelmente eu nem tenho subconsciente, ela diz.

Beleza, Terence diz. Três coisas sobre "Somewhere Over the Rainbow". Hum. Vamos lá. Ela foi escrita por Harold Arlen e Yip Harburg. Arlen fez a música e Harburg a letra. Já são duas coisas.

Nem a pau que eu vou lembrar isso dormindo, eu mal consigo lembrar agora que estou bem acordadinha!, Hannah diz.

Certo, Terence diz. Beleza — eu sei. As primeiras duas notas formam um intervalo de uma oitava.

Ele canta as notas.

Veadinho, Richard diz bem baixo.

E assim, desse jeito, acaba que a palavra somewhere salta direto pro céu, da desesperança pra esperança.

O rosto de Hannah se enche de pânico. Ela se vira para Miles e sacode a cabeça.

Alguma coisa mais anedótica, Miles diz a Terence.

Anedótica, Terence diz.

Ele abre bem os olhos.

O que que é anedótica?, a criança diz.

Tipo quando a gente conta uma história, Terence diz.

Tem uma história bem boa mesmo, sobre o cachorrinho que sempre foge, a criança diz.

Isso, Terence diz. Isso. Boa, Brooke. Então. Olha só. Sabe aquela parte do meio da música? Aquela que fala que um dia ela vai fazer um pedido a uma estrela e tal?

Ele cantarola. Lará lará lará lará.

Hannah faz que sim.

Terence lhe diz que Harold Arlen, o cara que escreveu a música, tinha escrito a primeira parte, a parte do arco-íris, mas não conseguia pensar numa melodia para ligar as estrofes, ou para funcionar de ponte entre elas.

E o Arlen tinha um cachorrinho, Terence diz, tipo um fox terrier ou um cachorro assim, que era bem malcomportado e vivia fugindo e desaparecendo.

O nome dele era Pan, a criança diz.

Então, lá estava o Harold Arlen, Terence diz, ali parado e esfregando a testa, preocupado, num minuto dizendo eu não sei o que fazer com essa música, aí no minuto seguinte assobiando pro cachorrinho voltar...

Terence assobia a melodia da segunda parte da música exatamente como se estivesse assobiando para um cachorro voltar.

Todo mundo na mesa ri alto, até Richard.

Eu não vou esquecer essa!, Hannah diz. Essa é genial. Me conta outra desse tipo.

Beleza, Terence diz. Brooksie. O que mais? Mais alguma coisa.

O sujeito que, quando eles eram meninos, sentava do lado do outro menino na escola por causa do alfabeto, a criança diz.

Isso, Terence diz. Yip.

Yip!, a criança diz. Yip yip yurra!

Ela bate palmas sobre a cabeça. Bernice ri.

Yip Harburg, Terence diz. O cara que escreveu a letra. Ele escreveu a letra de tantas músicas que todo mundo conhece, assim sem nem pensar. Ele nasceu numa família judia pobre em Nova York, e os pais dele eram uns bons proletas, e ele cresceu numa casa em que ele e a irmã dormiam em cadeiras emparelhadas de noite, de tão pobres que eles eram.

Ronco, Richard diz.

Não, escute, Hannah diz. E os pais dele faziam camisetas; vamos, Terence.

Ele acendia lampiões de gás na Broadway quando era menino, Terence diz, foi o primeiro emprego dele. E na escola que ele frequentava, eles colocavam as crianças sentadas em ordem alfabética. Um dia ele pegou uns poemas que ele adorava...

Será que essa por acaso, desculpa pro Mark e pro, ahm, amigo dele, não é a conversa mais gay que eu já ouvi nessa casa, ou possivelmente em qualquer casa?, Richard diz.

Não me venha com essa, Hannah diz. É pro meu *sonho*.

Um dia, Terence diz, ele estava com um livro de poemas na escola e estava lendo, e a criança sentada do lado dele disse, isso aí não são só poemas, sabe. Eles são mais do que poemas. E essa criança levou Harburg na sua casa, e tocou uns discos de 78 rpm num gramofone, porque os poemas que ele estava lendo eram as letras das canções de Gilbert e Sullivan. H de Harburg. G de Gershwin. Ele tinha doze anos de idade e estava sentado ao lado de Ira Gershwin, bem ali, ao lado dele, na escola. E os dois quando cresceram foram...

Foram o quê?, Hannah disse.

Então essa Ira Gershwin tem alguma coisa a ver com o George Gershwin, que é mais famoso?, Caroline diz.

Ela era mulher dele, não era?, Jen diz quando entra com pratos equilibrados no braço.

Era o irmão mais novo, Mark diz.

Vem à cabeça dele o quanto Faye adorava canções. Ele tinha esquecido o quanto.

Mas que parece nome de menina parece, né? Ira, Caroline está dizendo.

Nem a pau que eu ia dar um nome desses pra minha filha, Hannah diz.

Aí ela conta a todos eles a história da filha de uma mulher que ela conhece da Associação de Pais e Mestres que acordou um dia no meio de um campo na Cornualha usando roupas novas. Ela não lembrava de ter comprado as roupas. Não tinha ideia do que estava fazendo num campo na Cornualha ou de como tinha chegado lá. A última coisa que ela lembrava era de ter saído pra tomar alguma coisa numa noite de sábado depois do trabalho. A próxima coisa era terça de manhã. E ela estava num campo a quilômetros de casa. E estava com roupas novas. E quando olhou no cartão de crédito, tinha comprado tudo com ele. Mas não lembrava de nada.

Memória seletiva depois de orgia consumista, Hugo diz. Endêmica entre a população feminina. Desculpa. Isso foi meio sexista?

Foi, Miles diz sorrindo.

Você acha, é, Miles?, Hugo diz.

Ele fecha os olhos enquanto vira a cabeça na direção de Miles.

Não é engraçado, Hannah diz. É verdade. Aconteceu de verdade na vida de verdade verdadeira.

Ai meu Deus, Caroline diz. Tinha acontecido... alguma coisa com ela? Sabe, alguma coisa (ela acena na direção da criança) — ruim?

Aí é que está. Não parecia, Hannah disse. Mas ela não sabia. Ela não tinha como saber ao certo.

Tinha acontecido alguma coisa boa com ela?, a criança diz.

Muito mais interessante, Miles diz.

Hah!, Bernice diz.

Fácil correr pro que é ruim, Miles diz. Eu estou sempre muito mais interessado nas coisas que correm bem.

Uma sala cheia de veadinhos, Richard diz não tão baixo assim.

Veadinhos, a criança diz, são cervos. Filhotes.

Ela não conseguia, Hannah diz. Lembrar. Nada. Mas, o negócio é que, parecia que *nada de nada* tinha acontecido com ela.

Então é uma história besta, Richard diz.

Hannah parece humilhada.

Não, é um enigma filosófico, Bernice diz. Como é que você poderia voltar a confiar em si própria, ou em qualquer coisa sua, ou no mundo, ou em você no mundo?

Pois é, Hannah diz. Um *horror*.

Você só ia confiar em si própria, eu acho, a criança diz.

Bernice sorri para ela do outro lado da mesa.

Otimista, Terence diz.

Aposto que era o cartão de crédito do marido, Hugo diz.

Ou será que isso é sexista, Miles, e por acaso é ofensivo, e será que alguma das mulheres aqui da mesa ficou ofendida, ou é só você que não sabe lidar com uma piadinha?

Não muito, bem de leve, provavelmente tão sexista quanto um seriado bem comportadinho dos anos 1970, Miles diz. Mas sim, acho que definitivamente é sexista.

Quanto o quê, desculpa?, Hugo diz.

Ele estreita os olhos. Está ficando bem bêbado. Caroline se intromete, de repente ficou franca, falando do Viewfinder que comprou no eBay, exatamente o mesmo que tinha quando criança, o que foi o motivo da compra.

Era lindo sentir o estalinho daquela alavanca ali atrás, era exatamente a mesma sensação de quando eu era pequena, só que, claro, menor, ela diz. Eu também comprei um conjunto de fotos do Viewfinder, da casa Eames, pro Hugo, eles são tipo designers...

Eles não são *tipo* designers, eles *são* designers, Hugo diz.

Caroline revira os olhos.

... e umas fotos dos Wombles pra mim, ela diz, porque era o que eu tinha naquela idade. E quando o pacote chegou e eu abri e tirei ele dali, o Viewfinder, ele parecia bem menor na minha mão. Engraçado pensar nas minhas próprias mãos, sabe, tão menores desse jeito. Eu nunca imaginei que iam ser os Wombles que iam revelar isso pra mim. Às vezes a gente descobre de cada jeito esquisito o quanto a gente é frágil, né? Mark, você sabe do que eu estou falando?

Mark está se sentindo alvo de uma contínua pressão mental da parte de Caroline, a noite toda. Ele não sabe se é ele ou ela quem está criando isso. Suspeita que sejam ambos. Ele sabe que provavelmente Caroline não tem certeza quanto a Hugo e ele; sabe ao mesmo tempo que o subconsciente dela vai saber tudo que há para saber. Agora a mesa inteira está esperando que ele se pronuncie sobre a fragilidade.

Ele respira fundo.

E começa a contar uma história de quando estava indo de táxi de uma cidade pequena pra outra, a trabalho, e que o taxista tinha um retrato da Virgem Maria enfiado no para-sol, e quatro aromatizadores de ar Magic Tree diferentes, mais um Glade, tudo no mesmo carro. Ele está prestes a contar a eles o que o taxista lhe disse, que pegava qualquer um, qualquer um mesmo, pegava gays, pretos, judeus, asiáticos, muçulmanos, drogados, ele não era preconceituoso, só que tinha um pervertido que ele conhecia, que usava roupa de mulher, e tinha um pedófilo, e ele sabia onde os dois moravam lá na sua cidadezinha, e se reservava o direito de não pegar nenhum dos dois porque não queria esse tipo de gente no seu táxi, e também ele se recusava a pegar ciganos, esse povo dito viajante tinha como se arranjar para fazer as suas ditas viagens, isso na opinião dele. Enquanto ele dizia isso, Mark, preso pelo cinto no assento traseiro, ficou olhando a água benta reluzir na bola plástica próxima à Virgem Maria e ficou pensando se a água benta era seletiva também, e se era isso que Deus era hoje em dia, e se por acaso todo mundo hoje simplesmente tinha um deus particular que sancionava suas escolhas sobre quem ele ou ela pegaria com o táxi.

Mas aqui na mesa de jantar, com todo mundo ouvindo, ele perde a confiança no meio do caminho e termina a história no quinto aromatizador de ar.

Fora um aromatizador Glade. Pra dar sorte, ele diz.

Hugo parece entediado. Richard parece furioso. As mulheres riem educadamente.

Não gostava do cheiro das pessoas, esse aí, Bernice diz.

Ou do próprio cheiro, quem sabe, Miles diz.

As duas coisas, Bernice diz.

Richard aproveita o detalhe da Virgem no para-sol e ele e Hannah se revezam para contar, rindo como criancinhas o tempo todo, a estória da vigária deles que foi fazer uma visita para conversar sobre alguma coisa que Hannah está fazendo com o seu grupo de Jovens Mães Cristãs na igreja, e como foi constrangedor quando essa vigária do nada simplesmente começou a rezar, lá na sala de estar deles, na frente do chá com biscoitos, sentada ali dando graças a Deus.

Mark não está conseguindo se concentrar porque viu Miles fazer uma coisa estranha; ele escondeu o menor dos dois saleiros, depois de usá-lo frugalmente na omelete e no cuscuz, embaixo da mesa. Ninguém mais percebeu. Agora eles estão falando do mercado livre.

Balança enganosa é bominação para o Senhor, mas o peso justo é seu prazer, a criança diz com uma voz sonora.

Ele não está falando do mercadinho de Greenwich, Brooke, Bernice diz. Ele quer dizer o mercado de investimentos, o mercado financeiro global.

O mundo inteiro, Richard diz. É, bom, mais ou menos um mundo sem fronteiras. E é assim que tinha que ser.

A não ser as fronteiras em que eles ficam horas verificando o seu passaporte, a vozinha da criança diz lá da outra ponta da mesa.

É, mas todo lugar precisa de alguma defesa contra as pessoas que vão chegando e enchendo o lugar com os terrorismos ou as deficiências delas, ahm, queridinha, Richard diz.

Isso mesmo, Terence diz. O negócio é manter esses refugiados maus fora. Os que estão procurando uma vida melhor.

Concordo plenamente, Richard diz. A humanidade precisou de fortificações desde que o começo da humanidade começou.

E durante esse tempo todo desde o começo do começo da humanidade a gente precisou de uns helicopterozinhos com

câmeras, pra gente poder enxergar por cima das fortificações do nosso vizinho, Terence diz. É um triunfo da civilização.
 Hah!, Hugo diz.
 Não sacaneie com a civilização, Richard diz. Pessoalmente eu acho que sacanear a civilização devia ser contra a lei.
 Provavelmente é, Terence diz. Eu posso precisar de um advogado daqui a pouquinho.
 Leitão, Bretão e Sebo, Miles diz.
 Como é que é, Miles?, Richard diz.
 São os nomes de uns advogados pra quem eu faço uns trabalhos de vez em quando, Miles diz.
 Hahah!, Bernice diz.
 Não sei se eu te entendi, Miles, Richard diz.
 Quem é que foi ao teatro nos últimos tempos?, Jen diz. Alguém? Férias. Terence! Bernice! Aonde é que vocês vão nas férias este ano? Ou talvez já foram? Onde foi que vocês...
 Ah, eu tenho é muito orgulho de ser bretão, Hugo diz. Eu sou superfã da variedade de pasta de dentes que a gente tem à nossa disposição hoje em dia. Isso é o que eu chamo de escolha global. É perfeito, viver num universo tão multivalente e ter tantas escolhas. Eu sou o que eu ouço no meu iPod. E eu adoro que tantas bases de dados consigam descobrir instantaneamente qual é a minha pasta de dentes ou o meu estilo musical preferido, além de todas as outras coisas que eles podem saber de mim, tipo a data do meu aniversário, quanto dinheiro eu tenho, como eu gasto o meu dinheiro, pra quem eu telefono, aonde eu vou, e essas coisas. A gente usou muito bem os nossos talentos como espécie, no que se refere à liberdade.
 Vai ser o Iraque, Caroline diz, a qualquer momento, lá vamos nós de novo.
 Ela revira os olhos.
 O fato, a criança diz, é que já tinha astrolábio em Bagdá,

onde foi a guerra do Iraque, provavelmente antes de qualquer outro lugar na história, e definitivamente em 1294.
    O que que é um astrolábio, Brooke?, Eric diz.
    Quer dizer um instrumento pra achar a posição das estrelas e dos planetas, sr. Lee, a criança diz.
    Aí ela recita os nomes dos astrônomos reais em voz alta. Flamsteed, Halley, Bradley, Bliss, Maskelyne, Pond, Airy...
    Mark se inclina por trás de Richard para falar com Terence.
    Será que você podia me recomendar um livro, de repente, sobre os Gershwin, ou sobre o cara de que você estava falando, que escreveu as músicas?, ele diz.
    Molinho, Terence diz. Com o maior prazer. Assim de cara eu já tenho uns quatro bons na cabeça.
    Eles estão marcando um encontro secreto, Richard diz. Falando de coisas artísticas pelas minhas costas.
    Ah não, não falem de coisas artísticas, Hannah diz. Eu odeio quando chega essa parte da conversa de arte. Odeio.
    Não, veja, eu tenho que dizer isso, porque o negócio é que eu já disse e vou dizer de novo, eu *gosto* de ir ao supermercado e ver todas aquelas pastas de dente ali tão novinhas e limpinhas e à espera, Caroline diz. E eu não vejo por que uma coisa que me dá prazer e faz eu me sentir segura tem que ser um problema, por que tem que ser um problema eu gostar da sensação que isso me dá.
    Warhol, Hugo diz. Se você vê alguma coisa duplicada infinitamente você vai querer essa coisa. Não vai conseguir esquecer. Vai se apaixonar. Já se apaixonou. Imbecil. É isso que o Warhol está fazendo. Ele está apontando a imbecilidade.
    Eu gosto que exista escolha de pastas de dente, Caroline diz. Faz eu me sentir, sei lá, real. Mas aparentemente eu sou uma imbecil que não entende nem gosta de arte moderna. Bom, não gosto. Eu vou sair do armário, Mark, e dizer pra

mesa toda. Eu não sou uma esnobe. Eu gosto de ver uma coisa bonita se eu vou a uma galeria de arte tanto quanto qualquer um. Mas da arte contemporânea, dessa eu não gosto, e normalmente eu não entendo. Normalmente é tão sem sentido.

Mas a literatura infantil que estão fazendo é bem boa, né?, Jen diz.

Quase como se tivesse ouvido uma deixa, a criança sentada ao lado dela põe a cabeça sobre o braço na mesa. Um minuto depois está completamente adormecida.

Caroline, enquanto isso, não se deixa dissuadir, está com o rosto vermelho, sacudindo a cabeça.

Quer dizer, as músicas e os filmes que você estava citando, Terence, pelo menos eles têm valor como entretenimento, ela diz.

Depende do que você chama de entretenimento, Richard diz.

Mas eles não *mudam* nada, Caroline diz.

Pra falar a verdade, dá pra discutir isso — Terence começa, mas Hugo e Caroline o cortam.

Imbecil, Hugo está dizendo carinhosamente.

E nem aquela cama horrorosa e aquele galpãozinho de jardim sem sentido daquela artista, Caroline está dizendo, ou o crânio sem sentido incrustado de diamantes, e aquele artista sem sentido que deixava as luzes acendendo e apagando na sala. Não faz nada acontecer.

Bom, Miles diz. Faz sim.

Faz acontecer o quê?, Caroline diz.

Faz as luzes acenderem e apagarem, Miles diz.

Ele pega o copo de tinto de Hugo e o ergue para Eric e depois para Jen.

Um brinde aos nossos anfitriões, ele diz. Aos Lee.

Aos Lee ali, aqui e acolá, Bernice diz.

Ali!, todo mundo ri. Hugo está bem bêbado, não percebe que o seu vinho tinto sumiu e ergue o copo do branco. Enquanto estão todos bebendo, Miles coloca o copo de tinto de Hugo na frente de Mark.

Aí ele sai da sala.

Caroline continua falando de como a arte é sem sentido.

Não, Hugo diz sacudindo a cabeça também, eu não acredito que eu vou ser obrigado a ter essa conversa de novo sobre esse assunto. E a mera ideia de que todo mundo fica falando o tempo todo das mesmas pessoas, como se a arte não existisse fora dos tabloides. Emin e Hirst e assim por diante, eles já são notícia velha, eles atrapalham o que a arte deles faz, e uma parte de mim está começando a acreditar que eles viraram esse clichê exatamente pras pessoas poderem dizer precisamente as asneiras que você disse e está prestes a dizer, e pra poder existir algum tipo de debate, não que eu fosse chamar isso de um grande debate, diga-se de passagem. Mas eu não vou ouvir isso quieto, quando tem tanta arte nova que é inquietante, que subverte as coisas que precisam ser subvertidas, que desafia as preconcepções certas.

Lá vamos nós de novo, Hannah diz.

O segredo da vida é a arte, Bernice diz. Foi o que Oscar Wilde disse.

O segredo da conversa sobre arte é a morte, Hannah diz e passa um dedo pelo pescoço e faz um barulho de estrangulamento.

Eu não dou a mínima pro que ele diz, Caroline diz apontando para Hugo, que adotou uma expressão ofendida, arrogante. Essas palavras todas que você usa sem parar, querido, sobre isso, tipo realçar e retrô e articular e inquietante.

Dinheiro e poder, Richard diz. As verdadeiras palavras mágicas.

Isso, Caroline diz, e é por isso que eu quase fico feliz que tenha acontecido uma recessão, desculpa Jen, porque de repente ela vai sacudir um pouco desse dinheiro estúpido que está tipo nos mercados financeiros pra cair em cima da arte de que ele não para de falar. O tipo de arte de que você fica falando, em que as pessoas se enfiam em caixas de vidro numa galeria e deixam os outros olharem, ou vendem tudo que têm, ou tiram um molde do buraco de uma rosquinha com gesso e chamam de O Buraco De Dentro De Uma Rosquinha, ou enchem o tronco de uma árvore velha de concreto e chamam de sei lá o quê, é tudo vigarice. Arte. Arte nunca mudou nada. E pronto. Ponto final. Me mostrem alguma coisa que uma suposta obra de arte já fez, qualquer coisa mesmo, a não ser deixar as pessoas com dor de cabeça.

Hannah boceja audivelmente.

A arte é estúpida, ela diz.

Mas e aquele menino, Mark diz, na Alemanha, o menino que montou o movimento de resistência com a irmã, eu não estou lembrando o nome deles, na Segunda Guerra Mundial?

Todo mundo se vira para olhar para ele. É bem assustador.

O menino estava na Juventude Hitlerista, ele diz, e estava lendo um livro um dia, estava gostando bastante, até que o líder da tropa flagrou ele lendo o livro e ele levou uma advertência bem séria porque era de um, de um escritor judeu, era um livro proibido. E o menino ficou tão enfurecido por esse livro extremamente interessante que ele estava lendo ter sido proibido — ser o tipo errado de livro, o tipo errado de arte, se vocês preferirem, escrito pelo tipo errado de escritor — que ele pensou duas vezes, começou a fazer perguntas sobre o que estava acontecendo, e aí, no fim, ele e a irmã, Sophie Scholl, o nome deles era Scholl, acabaram fazendo um trabalho superimportante, tentando mudar as coisas, possibilitar que as pessoas pensassem, ou seja, pensassem diferente. E eles revidaram, eles mudaram mesmo as coisas. Eles fizeram muita coisa boa antes de serem pegos. E foram mortos por isso, a irmã e ele, as autoridades nazistas levaram os dois a julgamento, e eles se manifestaram corajosamente, e foram condenados à morte por traição, os nazistas cortaram a cabeça deles, eu acho.

É, e depois que cortaram descobriram que o crânio deles estava, tipo, incrustado de diamantes, e aí as luzes da sala em que eles estavam começaram a acender e apagar sozinhas, Hannah diz e faz um som medonho de fantasma.

Mark, abalado, percebe que acabou de cometer o terrível erro de não apenas parecer, mas de fato ser sincero. Finalmente lhe ocorre que essa conversa sobre arte provavelmente ocorre toda vez que essas pessoas se encontram para esses jantares. Como que para consolidar o que ele acabou de pensar, Jen faz uma pequena ceninha para verificar se a criança está dormindo antes de se inclinar para a frente e dizer com deliberada sinceridade:

Mas é claro que você deve ter passado por maus bocados, Mark, se você era gay antes de ser legal ser gay, você era?

Ah sim, era, Mark diz. Eu fui gay desde sempre.

Ele fica vermelho.

E, é, era crime, né, até bem o comecinho dos anos 1970, Jen diz concordando com a cabeça.

Fim dos 1960, Mark diz e olha para as mãos sobre a mesa.

Quer dizer, você devia ser bem moço quando isso tudo estava rolando, Jen diz com sua voz sincera.

Ah, era sim, Mark diz. É bem isso que eu era.

Todo mundo ri.

Deve ter sido terrível pra você, Mark, Caroline diz do outro lado dele.

Ela põe uma mão no braço dele.

Como é que era?, ela diz.

Ah, era superanimado, Mark diz. A gente escondia tudo. Tudo muito empolgante. Muito estimulante.

Eu nem sabia que antes era crime!, Hannah diz.

Se eles te pegassem era cadeia. Ou injeções de estrogênio, Terence diz. Foi o que aconteceu com o Turing.

O Touring Clube nem existe mais, Richard diz, até onde eu saiba, pelo menos. Não sei. A gente ia ter que perguntar pra quem entende de viagens aqui. Hein, Hughie?

Caroline interrompe rapidamente e pergunta aos Bayoude se eles batizaram a filha em homenagem à atriz Brooke Shields.

Quem é Brooke Shields?, Hannah diz.

Você é nova demais pra saber, Jen diz. Ela era uma atriz que namorou o, como que era o nome dele, o da família real, não o Edward, o da Fergie, príncipe Andrew, mas quando era mais nova, bem novinha mesmo, ela apareceu num escândalo bem cabeludo quando um cineasta dos mais horrorosos usou ela num filme meio safado apesar dela ser menor de idade.

Não era um cineasta dos mais horrorosos, Eric diz. Era um dos melhores diretores de cinema da França no século XX.

Bom, a gente nunca concordou quanto a isso, né, querido?, Jen diz. Ele vive lançando filmes com legendas. Eu dou uma olhada e penso, *ah não, legenda*. Que bom que dá pra cada um ficar num cômodo diferente aqui nessa casa.

E não, os Bayoude lhes dizem, mas eles batizaram ela sim em homenagem a uma estrela do cinema, Louise Brooks, uma estrela do cinema mudo…

Que dançava a tamancada de Yorkshire, como a gente sabe, Hannah diz…

… que normalmente fazia papéis de moças voluntariosas, com uma capacidade de sobreviver às coisas, ou com um profundo ar de *nonchalance* diante das coisas horríveis que a vida pode apresentar para alguém, Bernice diz.

    Depois de um breve silêncio aturdido, Caroline, que agora também está bem bêbada, diz: mas aí o nome dela tinha que ser Louise, né?

    Louise Brook, Richard diz. Ela não ganhou uma medalha de remo nas Olimpíadas?

    Brooks, Terence diz, não Brook.

    Eu pensei que era a babá, aquela que chacoalhou o bebê nos Estados Unidos, Hannah diz.

    Do nada, Caroline começa a chorar e a rir ao mesmo tempo. Ela diz que quer fazer uma confissão. A confissão dela é que ela tem medo de voar em aviões. Hannah estende a mão por sobre a mesa, derruba um copo d'água vazio e lhe dá tapinhas na mão. Jen começa a gritar sobre a TCC. Seis sessões de TCC resolvem a sua vida, ela diz, só que diz gritando, como uma louca, e grita repetidamente, ela diz isso umas seis vezes, Mark pensa, ou isso ou ele também está muito bêbado, o que não é possível, já que ele tomou só um copo e ele estava pela metade. Hannah também está gritando, sobre ter os seus direitos, e que um dos seus direitos fundamentais é o direito de poder comprar passagens aéreas baratas, porque os pais dela não tinham esse direito, e que voar não faz tão mal assim pro meio ambiente como andam dizendo. Nesse momento, Hugo e Richard começam a fantasiar por associação livre — Mark fica olhando os dois se mancomunarem como se não tivessem sido nem um tantinho ácidos um com o outro a noite toda, como se mancomunar-se fosse o mesmo que maltratar-se — sobre encher o reservatório de água do limpador de para-brisas do carro com urina, pra quando eles apertarem o botão de lavar o para-brisa o jato de urina que sai do capô e escorre por cima da capota cobrir todos os ciclistas perto do carro de mijo.

Os Bayoude trocam olhares por cima da cabeça da filha adormecida.

Eu sou competitivo, Richard está dizendo, não vou esconder isso.

Mark se vira para olhar para Hugo. Hugo o encara bem nos olhos. É o olhar mais perdido do mundo. Mark pensa em Jonathan, e no momento, depois de Jonathan partir, em que ele entendeu a natureza do amor de Jonathan, quando sentou numa tarde de primavera seis meses depois do enterro e percorreu todos os vídeos que Jonathan tinha feito da vida dos dois juntos durante vinte e cinco anos, e descobriu que mesmo que os vídeos mostrassem uma vista linda sobre o mar nas férias, ou deslizassem numa estrada pela janela do carro, ou dessem uma panorâmica de algum cômodo em que eles estivessem, o olho da câmera sempre repousava, no fim, para capturar sua imagem final, no próprio Mark.

Há algo de comovente, Mark hoje pensa, na qualidade inferior do vídeo, algo humano e improvisado no não-assim-tão-bom dele, no jeito de ele ser tudo o que resta, no jeito de tornar muito menor o que aconteceu. Quando eles visitaram Roma e foram àquela igrejinha bonita, vazia por dentro mas com a fila de turistas lá fora, todos esperando para tirar uma foto com a mão na Boca da Verdade, eles acharam, numa caixa de vidro, um crânio dentuço e sorridente cuja testa estava marcada com um nome. S. Valentini. Imagine só, a voz de Jonathan diz por trás da imagem, enquanto a imagem se mantém fixa no crânio, se nós *todos* tivéssemos o nome escrito na gente desse jeito, na testa, entre a carne e o osso. Aí os dois dão risada, Mark ouve sua própria risada encontrando a de Jonathan. Aí o olho da câmera, levemente trêmulo por causa do riso, se afasta da relíquia e vai repousar em Mark, rindo.

Enquanto isso Richard está demonstrando com as mãos

os óculos que os policiais usam para ver o que o microdrone está vendo. Hugo põe também as mãos sobre os olhos. Jen e Hugo, ele ainda com as mãos sobre os olhos, começam uma conversa sobre democracia e pornografia na internet. Mark sente-se inquieto. Ele pensa nas duas vezes em que se masturbou vendo pornografia gratuita na internet: dois caras na escada de uma piscina azul, três caras vestidos de soldados num banheiro. Em ambas as vezes ele teve que sair em busca de outras coisas na rede depois para se sentir menos degradado. Na segunda vez ele tinha simplesmente digitado as palavras alguma coisa bonita na caixa de imagens do Google. Apareceu uma foto de algumas folhas contra o sol. Uma foto de uma loira alisada pelo photoshop e com um bebê dormindo. Uma foto de um passarinho. Uma foto de Madre Teresa. Uma foto de um prédio modernista feito de metal brilhante. Uma foto de duas pessoas enfiando facas nas próprias mãos. O Google é tão esquisito. Ele promete tudo, mas não está tudo lá. Você digita as palavras do que você precisa, e o que você precisa vira supérfluo num instante, ofuscado instantaneamente pelas coisas que você realmente precisa, nenhuma delas respondível pelo Google. Ele examina a mesa em desordem. Claro, tem lá seu encanto poder procurar e ver Eartha Kitt cantando "Old Fashioned Millionaire" em 1957 às três da manhã ou Hayley Mills cantando uma música sobre feminilidade de um velho filme da Disney. Mas o encanto é uma espécie de ilusão que se refere a uma forma totalmente nova de se sentir só, uma aparência de plenitude mas na verdade um novo nível do inferno de Dante, um cemitério cheio de zumbis, onde jazem pistas falsas, beleza, sofrimento, dor, o rosto dos cãezinhos, mulheres e homens do mundo inteiro amarrados para a punhetação alheia num site depois do outro, um grande mar de baixios ocultos.

Cada vez mais, o premente dilema humano: como abrir um caminho puro por entre obscenidades.

    Bernice está fazendo que sim para ele, como quem concorda.

    Meu Deus. Ah não. Ele pensava que estava só pensando mas, parece, estava de fato falando em voz alta.

    O mero desabrochar de uma flor qualquer num trecho de terra abandonada à luz de um dia comum, Bernice diz, o mero voo de um papel jogado fora pela estrada, basta para dissipar a suposta verdade de tudo que está on-line. Mas a gente está esquecendo como saber o que é real. Esse é o problema real.

    Quanto ele disse em voz alta? Não tem como saber. Meu Deus. Será que ele disse a palavra punhetação? Será que ele falou aquilo dos soldados e da piscina? Meu Deus.

    Não deixa de ser um jeito meio ludita de ver as coisas, Jen diz.

    A internet é real, Hannah está dizendo. Não dá pra simplesmente dizer que a internet não é real. Eu tenho em casa. Pra mim isso é real.

    Eu refuto a internet da seguinte maneira, Bernice diz e bate com a mão no gargalo de um decantador vazio diante dela de modo que Jen tem que segurar o decantador para ele não virar.

    Hannah começa a se queixar de que Bernice, por ter dito as palavras contemporâneo e filosofia, está sendo metida e se exibindo. É um destino pior que a conversa de arte. Hugo e Richard agora estão cada um ameaçando o outro por causa do crânio de Damien Hirst. Parece que uma briga física vai começar.

    Mark sobe porque acha que pode passar mal.

    O banheiro está vazio.

    Através da porta aberta do quarto ao lado, Miles parece estar medindo alguma coisa, contando passos, andando e contando. Ele está com uma cara encantadora, concentrada. Ele vê Mark.

    Sete passos de comprimento, cinco de largura, ele diz.

    Talvez Miles seja um corretor de imóveis secreto.

    Ele levou a faca e o garfo para cima com ele. Ele os coloca no aparador, tira o saleiro do bolso e coloca junto a eles.

    Pra que isso?, Mark diz.

    Miles dá de ombros.

    Pra usar pra comer, ele diz.

    Ele aperta o interruptor, liga e desliga. Os dois riem.

    Está totalmente som e fúria lá embaixo, Mark diz. Eles vão sair no braço e sentar a mão um no crânio do outro daqui a pouco pra saber se o crânio do Damien Hirst significa alguma coisa.

    Miles ergue as sobrancelhas e sorri um sorriso resignado.

    E eu acho que posso passar mal, Mark diz. Daqui a pouco.

    Miles balança a cabeça. Seus olhos são bondosos.

    Até mais, ele diz.

    Ele quer dizer até daqui a pouco, quando você tiver resolvido isso.

    Mark entra no banheiro. Ele senta no chão até se sentir melhor, menos quente. Aí levanta e urina. Enquanto urina, todo um poema da sua infância que ele não sabia que sabia flui inteiro na sua cabeça.

    Fúrio deu com um rato, e lhe disse no ato: "Vamos ao tribunal, pois serás acusado. E nem vem de recusa: da lei não se abusa; porque hoje, afinal, estou desocupado". Disse o rato ao canino: "Assim, meu menino, sem júri ou juiz, ia ser só na sorte". "Eu vou ser o juiz", disse Fúrio feliz: "Julgo tudo de vez, e condeno-te à morte".

    Como a cauda de um animal; isso; o poema descia pela página com o formato da cauda de um animal.

Ele vai contar ao Miles; Miles vai se interessar. Miles de repente vai saber o que é esse poema.

Mas quando Mark sai do banheiro a porta do quarto está fechada.

Por um momento ele pensa que Miles deve ter descido de novo. Ele se vira para descer também. Mas aí para. Ele se põe defronte à porta fechada e encosta a orelha nela.

Desce. Ele para diante da porta da sala de jantar, que está entreaberta, e fica do lado de fora. Lá dentro eles falam de alguém. Ri-se muito, como se alguém fosse o motivo da piada.

Ele ouve. Estão falando de Miles, talvez.

Não, ele é ótimo, quer dizer, é o gay estereotípico, Caroline está dizendo. O gay operário padrão, quer dizer.

Ele nem falou da minha roupa. Diz que eles sempre falam da roupa, Hannah está dizendo. E ele não é tão arrumadinho e limpo como eles são. Eles normalmente são mais vincados ou passados a ferro, sei lá.

Adora a mamãe, Richard diz.

A mãe dele já morreu, na verdade, Hugo diz.

E deve ser por isso que ele não é tão vincadinho quanto devia ser, Richard diz.

Alguém, Hannah, ri.

Como é que *você* sabe da mãe dele?, Caroline diz.

Ele me contou, Hugo diz. Ela atentou contra a própria vida quando ele era menino. Onze ou doze anos.

Eles não estão falando de Miles. *Atentou contra a própria vida.* É uma delicadeza do Hugo, estar tão bêbado e ainda assim decidir dizer isso como se estivesse segurando as palavras com mãos enluvadas.

Triste, Jen diz. Muito triste, né?

Ela era meio que pintora, Hugo diz.

De casas?, Richard diz.

Riso, alguém, meio contido.

Ele foi criado pela tia, Hugo diz. O pai dele morava longe ou não morava com eles, alguma coisa assim, e ele foi criado por uma tia depois que ela, a mãe, depois que ela faleceu. Ela era bem conhecida, bom, foi, depois de morrer, eu nunca tinha ouvido falar dela. Faye ou Faith ou alguma coisa assim.

Você quer dizer Faye Palmer?, a voz grave de Bernice interrompe. A mãe dele era a Faye Palmer?

O sobrenome dele *é* Palmer, Hugo diz.

Nossa, Terence diz. Meu Deus do céu. Um dos filhos de Faye Palmer.

Ele tem a idade certa, Bernice diz. Nossa, que incrível.

Quem é Faye Palmer?, Hannah diz alto e num tom incrédulo.

Faye Palmer, Bernice diz.

Os Bayoude contam à mesa sobre Faye. Jovem. Judia. Insanamente talentosa. Imensamente promissora. Original. Seminal. Artista visual. Anos 1950. Lindíssima quando você vê as fotos dela. Vocês devem ter ouvido falar dela, eles dizem, sempre falam dela junto com a Plath.

Ah é, Hugo diz, Plath, mulher de alguém famoso, não era, e completamente genial, e doida a dar com o pau.

Bernice descreve a obra mais famosa de Faye, Sequência Histórica de 1 a 9, e como ela começa com a mulher à distância sentada na cadeira e, na medida em que você vai se aproximando, passando de tela em tela, você vê que a mulher está amarrada na cadeira pelos pulsos e pelos tornozelos, e aí que parece que ela está chorando, e aí que o que ela chora é sangue, e à medida que você vai se aproximando ainda mais você vê que os olhos dela são uma máscara sangrenta.

Aí você está grudado no rosto, bem grudado nos olhos, e você vê que as pálpebras foram costuradas, com uns pontos negros nojentos, Bernice diz. Na número 8 só tem esses pontos muito de perto. Parece uma obra abstrata, mas não é, é detalhadamente figurativa. E aí na tela final, ela ultrapassa a máscara, vai direto no olho, e não tem olho lá dentro, a cavidade está vazia, tem um inseto nojento e ele está comendo o revestimento da cavidade.

Que nojo, Hannah diz. Nossa, é a coisa mais nojenta que já ouvi.

É verdade, Terence diz. É uma imagem da realidade. Em algum lugar tem um texto dela bem famoso, sobre o que representa ter que suportar o conhecimento da desumanidade, ter que suportar esse conhecimento em comunidade — sobre como isso realmente aconteceu com um prisioneiro de guerra, que teve os olhos arrancados, e depois os torturadores costuraram uns besouros nos buracos dos olhos.

Nossa eu vou vomitar, Hannah diz, de verdade.

E a grande controvérsia depois da morte dela, Bernice diz, foi que ela tinha substituído o homem com quem isso tinha acontecido de verdade pelo que ostensivamente, nas pinturas dela, parece ser uma série de autorretratos.

Ah, *ostensivamente*, Richard diz.

Bernice ignora o sarcasmo dele. Ela prossegue e lhes diz que essa apropriação da história, a fusão do pessoal com o histórico, é a coisa que ainda gera mais discussão entre os críticos da obra de Palmer. Em vários sentidos, ela diz, uma tendência persistente de prestar atenção nos detalhes da autobiografia dela, particularmente no fato de ela ter cometido suicídio e nos possíveis motivos dessa decisão, impediu a efetiva recepção estética da obra.

Ah, a *recepção estética*, Richard diz.

Para com isso, Rich, Hugo diz.

Por que ela se matou?, Caroline diz.

Sequência Histórica de 1 a 9, é o nome, Terence diz. Vocês devem conhecer. Vocês já viram, com certeza.

E como foi que ela se matou?, Caroline diz.

Eu ia saber se *tivesse* visto um desses. Parece supernojento, Hannah diz.

Você definitivamente ia saber se tivesse visto um na vida real, Bernice diz. É impossível não saber. Eles são inesquecíveis. São assustadores mesmo. Mas também, são assustadoramente lindos.

Nem a pau, Hannah diz.

São mesmo, Bernice diz. De verdade.

Mas você não levaria sua filha pra ver uma pintura dessas, né?, Jen diz.

A nossa filha vê coisa pior na TV todo dia, Terence diz. Ela só tem que digitar umas palavras no computador pra ver coisas absolutamente tão pesadas quanto essas, e, pior, pra ver como se não estivesse vendo de verdade. Ver uma imagem como as de Palmer é bem diferente de ver alguma coisa violenta numa tela. Não existe *tela*. É essa a questão. Não tem nada entre você e a obra.

E deixar uma criança..., Caroline diz. Que escolha. É impensável.

Impensável é abandonar seu próprio eu. Pense como o seu coração parece firme, e os braços, e as pernas, alguém (deve ser Eric) diz.

Muito egoísta, isso, Hugo diz.

Coisa mais difícil do mundo, Caroline diz.

Eu estou espantado de vocês terem ouvido falar dela. Eu nunca tinha ouvido falar dela, Hugo diz.

Mas você viu, Bernice diz. Há de ter visto. Você viu sem ter visto. Ela é muitíssimo influente, ela foi muitíssimo importante para a forma como os artistas, e especialmente as artistas, passaram a tratar a história e a examinar como a história tinha tratado a elas. E dá pra ver também tão claramente agora olhando para trás, como essas imagens são irmãs das de Bacon, praticamente dão início aos artistas da automutilação dos anos 1960 e 1970, e até, com aqueles blocos de cor, antecipam a piscina de Hockney.

Isso não é possível, Bacon e piscina dá indigestão, Hugo fala rindo.

Acredite em mim. Os dois. Mesmo, Bernice diz.

O filho de Faye Palmer, Terence diz.

Meu Deus, Jen diz. Judeu. E eu servi porco.

Bacon e piscina, Richard diz. Hahah!

É, mas ele *comeu*, Jen, Caroline diz. Ele provavelmente é desses que não dão bola pro que comem.

Mark está logo atrás da porta.

Em seus músculos ele tem treze anos de idade e o súbito silêncio está prestes a se repetir, vai acontecer daqui a poucos segundos quando, pequeno, magro dentro do blazer ainda muito grande, ele entrar na sala de recepção cheia de garotos da escola St. Faith, e não for mais apenas o judeu, como Quentin Sinigal é o negro. Agora que a notícia apareceu no jornal e que todo mundo sabe, ele também vai ser aquele cuja mãe — como naquela piada do Capitão Gancho, sussurrada por trás das costas dele pelos meses e meses por vir (a bem da verdade serão literalmente anos desses sussurros) — largou mão.

Ele lança um olhar escada acima. Dá pra ver a porta fechada.

O camarada simpático, Miles, está seguro atrás dela.)

A *formação do homem acontece/ no que ele lembra e também*

no que esquece Mark estava sentado no banco circular logo na entrada do parque. Era um dia quente de outubro. O que ele lembraria da sua visita hoje ao Observatório? Uma gaivota tinha andado no gramado da beira do parque sobre a mesinha branca minúscula da torre que tinha sido fechada por uma cortina para formar a Câmera Obscura. Ele tinha de alguma maneira gostado mais disso do que de ver uma gaivota na vida real, ele agora achava, ali sentado olhando outra gaivota real atravessar uma faixa de grama bem à sua frente.

As frutas lá nos galhos fermentaram/ as aves, logo bêbadas, piraram/ voavam torto; não tinha remédio/ morreram ao trombar com mais um prédio/ lá embaixo o povo não vê mais sentido/ e passa pelo monte falecido Mark estava sentado num banco numa quinta-feira de outubro, em 2009. Quarenta e sete anos atrás, exatamente, ele está sentado na sala de estar da casa da tia Kenna. Faz poucos dias que ele foi levado para lá. Perdeu no cara ou coroa. David ficou com a tia Hope, a outra, a mais bacana das irmãs do seu pai, e foi levado para a casa da tia Hope do outro lado da cidade uns dias atrás.

Tudo é tão arrumadinho que é meio que uma prova, mas ele não sabe direito ainda de quê. O tamanho das cadeiras na sala de estar, novo para a parte de trás das pernas dele, é meio que uma prova. O caimento estrangeiro da toalha da mesa é uma prova. A mobília de madeira escura do cômodo é uma prova. A curva da madeira na lateral e no alto daquele tipo de armário onde a tia Kenna guarda as bebidas, e que libera um cheiro de acridez e requinte quando você abre, o que você só pode fazer se a tia Kenna não sabe que é isso que você está fazendo, é uma prova.

A mala dele está no quarto de hóspedes.
O bilhete que sua mãe deixou está na mala.
Numa mudança de casa quase sete anos depois desse

momento, quando Mark vai dar uma passada para pegar as coisas que ainda estão na casa da tia, e que a tia embalou para ele nuns sacos, o bilhete vai se perder, e vai embora para uma loja de caridade dentro do forro do que Kenna pensa que é uma mala velha anônima. Como isso acontece num momento da sua vida em que Mark está com raiva da mãe por ela ter feito o que fez, ele vai decidir não ir atrás do bilhete, não ir até a lojinha para tentar achá-lo de novo. Quando ele está pronto para querer de novo, querer o bilhete, a tia Kenna está morta e não há nem como saber a qual loja ela doou a mala tantos anos atrás.

O bilhete diz, na pressa da caligrafia dela, numa folha Basildon Bond:

    Abotoe o sobretudo.
    Se cuide bem.
    Você é o meu menino.

E só. Nada mais. Não está endereçado. O pai dele não sabe da sua existência. Ninguém sabe. Mark encontrou o bilhete sobre a mesa da escrivaninha aberta, destacou a folha do bloco junto com as três de baixo que trazem gravada a marca das palavras, e guardou sem mostrar a ninguém.

A letra dela é ela.

Até as marcas gravadas.

Ele nunca vai saber se o bilhete era para ele, ou para David, ou para os dois, ou absolutamente para ninguém, só sua mãe rabiscando alguma coisa em que talvez quisesses pensar depois.

A tia dele tem uma cadela pug antiquíssima chamada Polly. O rosto dela parece destruído, derretido. Ela parece o que Mark acha que a palavra tragédia pareceria se fosse uma realidade física, uma coisa e não só uma palavra.

Neste exato momento a cadela está sentada como um

calombo à porta, olhando para o quintal onde a tia de Mark está fazendo o que ela chama de lidar com um filhotinho de tordo que caiu do ninho, não sabe voar, e ficou ali, quadrado, denso, idiota, a tarde toda, sobre os paralelepípedos. Tem muito gato por aqui, então a tia dele está libertando o passarinho de seu sofrimento antes que um gato o faça.

Mas tia Kenna..., Mark disse.

A tia Kenna fez um gesto para ele ir embora.

Foi a cadela quem viu primeiro; Mark ficou observando enquanto ela circundava o pássaro, curiosa, inofensiva. Estava tão cansado, o passarinho, de simplesmente ficar ali montando guarda, que suas pálpebras ficavam se fechando.

Será que os pais do passarinho, que estão piando e estrilando em cima do quintal, vão sentir falta dele quando ele morrer?

Animais, Mark, não têm o que fazer com a nostalgia, a tia Kenna diz. Não é um instrumento de sobrevivência, meu amor.

Mas Mark viu a cadela, num passeio, pegar uma pedrinha com a boca e ficar carregando por um tempo antes de largar, e aí na volta para casa parar para encontrar a mesma pedra e pegá-la e carregá-la mais um tempo na volta.

Quarenta e sete anos depois, Mark seria capaz, se tivesse decidido fazê-lo, de evocar o rosto da cadela, o escuro da sala de estar, a piteira de ébano sempre na boca da tia naquela época da vida dela. Mas daquele dia em particular, daquele momento, naquela sala com o resoluto tique-taque do relógio e o barulho dos pássaros lá fora, o que ele lembrava?

Absolutamente nada.

Digamos que há um céu e um Senhor/ que sobreviveremos ao amor Mark estava sentado no banco circular logo na entrada do parque. Era seu dia de folga. Vinte e sete anos atrás, hoje, exatamente, Mark está num trem que vem do sul. Tem trinta e dois anos de idade. Seu coração corre solto. Em três minutos, segundo seu relógio, o trem vai parar na Plataforma 8. Jonathan vai estar esperando por ele lá na ponta da Plataforma 8. Dez minutos atrás, quando o trem chegou aos limites da cidade, Mark pôs nos ombros o paletozinho listrado de algodão, disse adeus à freira americana (!) de véu sentada à frente dele, com quem teve uma longa conversa sobre muitas coisas, inclusive sobre a luz do sol e a Nicarágua, e começou a caminhar ao longo de cada vagão até o da frente. No percurso ele realiza uma breve pesquisa, só para se divertir, do que as pessoas estão lendo no trem. Uma moça lendo *Mulheres apaixonadas*. Um homem lendo *Zen e a arte da manutenção de motocicletas* — ainda (!). Uma mulher lendo *Morte em Veneza*. Uma mulher lendo *Verão vermelho*. Um homem lendo *O hotel branco*. Um jovem, muito atraente, lendo uma versão romanceada de *Carruagens de fogo*. Uma moça, parece uma estudante, lendo *Matadouro 5*. Agora ele já passou pelo bufê, agora está na primeira classe, onde ninguém lê nada que não seja o *Daily Telegraph* (!). Agora ele está o mais próximo possível da frente do trem, e agora está baixando a janelinha da porta para o cheiro de diesel, vendo o sol ricochetear do azul-escuro da lateral em movimento do trem que sai do túnel para a luz antes da estação, e agora sua mão está na maçaneta e empurrando a maçaneta, e agora a porta pesada está se abrindo e o trem ainda está em movimento e ele o vê ali e salta, põe os pés no chão correndo.

Vinte e sete anos depois, aquela jornada estava perdida para Mark. Foi só uma das muitas jornadas cotidianas que eles fizeram, com o tempo, para perto e para longe um do outro. Ele não poderia ter lembrado os detalhes daquela específica, por mais que tenha sido linda, nem mesmo que tivesse tentado.

O tempo levou teu amor embora/ a lua parece falsa lá fora/ o chão derrete como neve enfim/ pode contar que eu disse que era assim Mark estava sentado no banco logo na entrada do parque e olhou para o relógio. Mas aí de novo é isso que acontece quando, num sábado à noite, ele vai tomar alguma coisa no pub diante do restaurante turco depois de uma peça, com um camarada simpático que acabou de conhecer.
Mark: Me convidaram pra um jantar semana que vem.
Miles: Mas?
Mark: Mas, enfim, eu não quero ir.
Miles: Mas?
Mark: Mas o quê?
Miles: Só mas.
Mark: Como assim, mas?
Miles: Exatamente o que eu estou dizendo. Parece que essas frases todas têm um mas grudado atrás.
Mark: Mas?
Miles: Isso.
Mark: E elas seriam más com mais mas grudados atrás?
[Miles sorri para ele, sacode a cabeça.]
Mark: Que pena. Enfim. Tudo bem. Pelo menos ficou claro. Por assim dizer. Hah.
Miles: Então. Você foi convidado pra esse tal jantar na semana que vem, *mas* não quer ir. Você não quer ir, *mas* — mas o que é que vem depois? Está vendo?
Mark: Entendi. Tipo um jogo então.
Miles: Tipo mais que um jogo, assim, tipo de verdade, como as coisas acontecem. Tipo... Eu estava indo pra casa, *mas*, um cara me convidou pra tomar alguma coisa, e aqui estou eu.
Mark: É sempre mas? Não dá pra ser e?
Miles: Dá, mas o que eu mais gosto na palavra mas, agora que eu parei pra pensar no assunto, é que ela sempre te leva pra

fora da trilha, e sempre é interessante aonde ela te leva.
Mark: Tipo... aquela coisa que aconteceu no fim da peça e ameaçou estragar tudo — *mas*...
Miles: Está vendo?
Mark: Ah. Sei. Você é bem... impressionante.
Miles: Hahah. *Mas*?
Mark: [ri] O que é isso? Apesar do monte de gramática que me enfiaram goela abaixo na escola eu não consigo lembrar o nome da figura de linguagem pra palavra mas. Preposição?
Miles: Eu não estou te fazendo nenhuma preposta aqui.
Mark: Hah. Que pena mesmo.
Miles: Eu estou fazendo coisa muito melhor. Então. Você foi convidado pra esse tal jantar, mas — você não quer ir. Você não quer ir, mas —
Mark: Mas não tem muito como escapar.
Miles: Não tem muito como você escapar, mas —
Mark: Mas eu acabei de pensar num jeito de deixar aquilo encarável.
Miles: Você acabou de pensar num jeito de deixar aquilo encarável, mas —
Mark: Mas depende de esse cara que eu acabei de conhecer aceitar o convite pra ir comigo.
Miles: [surpreso] Ah. Ah, você está falando de mim?
Mark: [surpreso com o que acabou de fazer] Sim. Mas —. Sim. [Riso]

 Para cada botão existirá/ um de que a árvore desistirá/ digamos que é uma faca empedernida/ que gera a novidade desta vida Mark estava sentado, agora, no banco circular nada distante da entrada do parque. Em um minuto ele iria levantar e tentar a porta da frente da casa dos Lee de novo. Quarenta e seis anos atrás, no feriado da Páscoa (quando ele tinha mais ou menos a idade do menino que lhe lançou aquele olhar lá no alto do morro), ele está em "casa" de volta da St. Faith e Kenna está no dentista, e como tem um dentista de que gosta especialmente lá do outro lado da cidade, ela o deixou num restaurantinho barato até os dentes ficarem prontos. Do outro lado da rua tem uma loja meio de antiguidades e na vitrine está um quadro dourado de aparência medieval. Mark põe o casaco e sai, para atravessar a rua.

O quadro traz uma imagem sacra, religiosa, de dois homens. Eles estão virados um para o outro e um grupo de homens os observa. Um está com o braço, com a mão, no ombro do outro. Ele está olhando amorosamente para o homem. O menor dos dois está ligeiramente inclinado para a frente. Está colocando os dedos, a mão, dentro de um ferimento no flanco do primeiro homem.

Lindo, um homem atrás dele diz.

É o homem da loja. Ele saiu e está parado ao lado de Mark. Mark diz que sim, ele acha que é muito lindo.

O nome do homem é Raymond. Ele é bem velho, tem cerca de vinte anos. Ele pendura um aviso manuscrito na porta, por dentro. Volto em 20 min. Ele tranca a loja. Hora do almoço, ele diz a Mark. Quer alguma coisa? Ele pisca.

Ele leva Mark para passear num parque que Mark depois fica sabendo que é o Greenwich Park. Ali, na parte arborizada, num dia londrino enevoado, as coisas se complicam. A meio caminho entre a rispidez e a delicadeza o homem, que é muito lindo, lhe dá um beijo tão fundo que quando Mark volta para o lugar em que deveria encontrar Kenna uma hora depois ele está corado e renovado, uma pessoa nova em folha, e em todo o caminho pela cidade é como se os olhos dele tivessem mudado, como se todas as cores de tudo que vê fossem douradas e antigas e novas. Eles chegam em casa e ele sobe. Está deitado no chão tocando seus discos, cheio de recordações (tem um menino bonito, John Afford, inteligente, um ano na frente dele na St. Faith, que diz que a palavra recordação significa, em latim, algo que retorna pelo coração), no toca-discos portátil que Kenna comprou e deixa ele usar às sextas — ou também quando ele está triste e precisa apagar as velhas músicas tristes com algo mais novo, o que Kenna compreende, porque Kenna às vezes pode ser muito bondosa. Ele está com uma orelha bem apertada contra o alto-falante da máquina atrás dos buraquinhos da malha de metal, e se abaixa para tirar o próximo disco do seu envelope de papel e colocá-lo para tocar, *Then He Kissed Me*, e é então que ele vê bem ali, o milagre, a palavra Greenwich, ali no selo logo debaixo da palavra Kissed, e é como se Mark tivesse sido compreendido por alguma coisa em algum lugar.

London American Recordings
Made in England
Then He Kissed Me
(Spector, Greenwich, Barry)
The Crystals

Ele tem uma ereção com a música, e aí, quando ele se toca com a mão, um rito de passagem absolutamente tão linda quanto a que teve no parque. Ele sabe agora o que significa transbordar de felicidade. Greenwich! A Inglaterra Espera Que Cada Um Cumpra O Seu Dever! O mundo é uma agitação de ríspidas harmonias. E aí acaba; a música, abrupta, morre, se dissolve no som da agulha no vinil e já era. Mas ele pode se abaixar e fazer aquilo com o braço mecânico para o disco ficar tocando sem parar, circularmente, até que decidisse interromper, e ele podia até estar morto que o disco ia continuar tocando sem parar.

Há um mar de coisas a considerar/ quem poderá saber quais vão durar/ somente lã e gesto e pele e encanto/ surpreende que tão pouco virou tanto? Mark estava sentado no parque. Há mais de cinquenta anos. Ele e a mãe estão correndo pela cidade de Londres num dia em que a chuva deixa mais cinza as calçadas, o vento espalha mais o lixo espalhado, um dia ríspido de primavera. A manga da mãe naquele casaco de tweed *pied-de-poule*, aquele com as lapelas largas, está dobrada e o punho áspero esfrega o pulso dele enquanto eles correm. As mechas do cabelo dela para fora do chapéu estão molhadas, bonitas sob a chuva. Ela está lhe dizendo coisas enquanto eles caminham-correm, se virando para dizer coisas sem parar de andar e quando eles passam por homens os homens viram a cabeça para olhar para ela. Mark sente orgulho. Ela é inteligente e rápida, ela é linda, sua mãe, ela é como um pássaro de asas cortadas e de asas abertas ao mesmo tempo, e quando ela passa as pessoas percebem, e quando ri alto na rua as pessoas param e olham.

 É coisa de gênio, meu velho, ela diz enquanto o puxa e solta, como uma mágica que escorresse dela, como a echarpe daquela dançarina Isadora que voava atrás dela e prendeu na roda e a matou, rimas de um de seus favoritos, ele rima *aí* com *Camus*, *Freud* com *moloide*, *dá a mão* com *gamão*, *civil* com *se viu*, *lenha* com *sem a*, *faz* com *jamais*, *Irving Berlin* com *tédio sem fim*, ele rima *moribundo* com *Raimundo* e *mundo* com *imundo*. Tudo bem que o Porter é espirituoso, mas ele é meio traiçoeiro, um pouco sinistro, eu sei, e eu não consigo gostar dele por causa disso, Mark. Mas o Ira, ele é bondoso, sempre bondoso, e tem que ser um tipo especial de gênio pro gênio ser bondoso, Mark meu velho, anda, a gente está atrasado (eles estavam sempre atrasados, ela sempre estava, gloriosamente, só um tiquinho atrasada, o que fazia tudo merecer uma corrida apressada), e com o irmão morto, imagine, ele deve se sentir meia pessoa, imagine, tente, ele ainda no mundo e a sua outra metade, a metade melódica, morta tão cedo, só um pouquinho mais velho que eu, e eu sei que você me acha velha, mas eu não sou velha, meu velho. Eu não sou nada velha.

    A mãe dele diz as rimas em voz alta na rua, na chuva, no ritmo dos passos. É porque ela adora música. Adora, de verdade. As histórias de ninar que ela conta pra ele, depois que o David já está na cama e ela vem passar aqueles minutos maravilhosos de crepúsculo no quarto dele, são sempre histórias de músicas. Ela entra no quarto e senta na cama e diz alguma coisa como está pronto? Então eu vou começar. Uma vez um menininho nasceu sem dedos na mão esquerda, imagine, só um toco de mão. E quando o neném cresceu e virou menino, a mãe do menino o encorajou a tocar piano apesar de não ter dedos naquela mão. E ele ficou tão bom no piano que quando cresceu e virou homem, ele descobriu que era músico, e escreveu músicas, e mais ainda, ter aquele toco virou uma vantagem quando as pessoas ficavam bêbadas se ele estava tocando piano num bar. Ele não só tocava piano, mas dava uns socos incríveis de botar qualquer um pra dormir com aquela mão. Fim.

    Aí, sentada na beira da cama, ela canta "When the Red Red Robin", que é uma música que esse cara que só tinha metade dos dedos escreveu de verdade. Ela canta bem baixinho e como se fosse um acalanto muito embora devesse ser rápida, a música, e aí apaga a luz e se abaixa para dar um beijo nele e se vira para ir embora. Mais uma, por favor, Mark diz, por favor, quando ela está na porta. Então ela volta e senta na beira da cama na semiescuridão e canta outra música do cara com uma só mão. Lado. A. Lado.

    Mas os Gershwin! ela grita agora enquanto passa correndo pelas lojas, arrastando o filho atrás de si, a chuva escorrendo pelo rosto deles e ele com os joelhos nus amortecidos pela chuva, a mão dela na dele toda pintada e o cheiro das coisas que ela usa para tentar tirar as manchas. Na chuva, no meio da pacata Holborn, com as pessoas e os táxis e os ônibus passando e o tempo feio em volta deles, ela está cantando acima da cabeça dele e a letra fala de como estão escrevendo canções de amor, mas não para ela. Uma estrela da sorte está no céu, mas não para ela.

De tudo isso, o que Mark lembrava, se é que lembrava de alguma coisa, mais de cinquenta anos depois de ter acontecido?

Ele lembrava do borrão de um cinzento dia londrino e da mão dele na da mãe.

Ele lembrava que ela estava usando um casaco cuja manga estava dobrada.

Ele lembrava da sensação da manga desse casaco enquanto eles andavam, enquanto ela se esfregava no pulso dele.

Digamos que o caminho é bem estreito

Mark estava sentado no banco do parque, lá no futuro. Semana passada ele tinha lido no jornal sobre o vigésimo quarto suicídio por imitação numa companhia telefônica francesa, onde agora estavam tratando o suicídio como uma doença contagiosa.

E aí, então, Faye?

Digamos que a resposta está no peito

De um lado, nulidade; do outro, pássaros que cantavam dormindo.

De um lado, nada; do outro, uma rasa tentativa, a rima.

De um lado, nada; do outro, mas olha só uma coisa, Faye, eu li num livro e sabia que você ia gostar. É sobre aquela música chamada "For Me and My Gal". Precisou de três adultos pra escrever aquela música. E um dos três era judeu, bom, de repente mais do que um deles era, eu não lembro

direito, mas um definitivamente era. E ele se apaixonou por uma moça e queria casar com ela, e ela queria casar com ele também. Aí ele vai com ela até o rabino, casar na sinagoga, isso em Nova York, e o rabino diz a ela, você é uma boa moça judia, minha filha? e ela diz mas claro, excelência, sou sim, e ele lhe diz, como era o nome completo da sua mãe, minha filha? E ela diz, o nome da minha mãe era Emma Cathleen Bridget Hannigan Flaherty O'Brien, excelência. E o rabino mandou os dois levantarem acampamento imediatamente. Aí eles foram casar no Juiz de Paz. Enfim, o nome da menina era Grace, e a música favorita de Grace durante a vida toda foi essa que o marido dela tinha ajudado a escrever, e quando ela morreu ele mandou gravar o título na lápide dela. Para mim e para a minha menina.
 Fim.
 Bacana, hein, Faye, o que é que você achou?
 O seu coração batendo em meu peito
 Ele se apoiou nos joelhos. Levantou do banco. Quatro e meia.
 Ele saiu do parque.
 Passou por um pub, viu seu reflexo no vidro da janela.
 Meu velho.

A porta da frente da casa dos Lee estava escancarada. Uma menina com uma prancheta e um sujeito com equipamento de filmagem estavam parados à porta. O câmera estava gesticulando para um sujeito dentro de uma van estacionada na frente da casa. A menina com a prancheta conversava com Jen Lee, que também estava parada à porta e que, bem naquele momento, viu Mark no pé da escada e desviou os olhos como se não fizesse ideia de quem Mark era ou estivesse deixando claro que não queria ter que lidar com ele agora.

Oi!
Mark olhou para baixo.
Era a criança, a filha dos Bayoude.
Ah, oi, ele disse.
Eu lembro de você, ela disse.
Eu também lembro de você, Mark disse. Acontecendo alguma coisa aqui?
É o Channel 4, ela disse.
Entendi, Mark disse. Como é que estão o papai e a mamãe?
Muito bem, obrigada, a criança disse. Eles receberam o seu cartão simpático que dizia obrigado pelo livro e tudo mais. A gente deixa ele à mostra o tempo todo, em cima da lareira, bem na frente. É uma honra que a gente reserva pros cartões mais especiais.
Que lindo, Mark disse. Eu fico honrado.
Fica mesmo, a criança disse.
Ah, oi Mark, Jen agora disse lá de cima. Como vai?
Ela estava livre; a menina com a prancheta tinha descido os degraus até a van e estava descarregando um tripé que parecia pesado. O câmera tinha desaparecido, provavelmente lá dentro.
Acho que eles não vão precisar falar com você, ela disse. Acho que a gente já está meio que dando tudo que eles querem.
Que bom, Mark disse. Bom. Eu estava só de passagem. Eu passei a tarde no parque, e estava só, sabe, de passagem.
Certo, Jen disse. Bom, se você me dá licença. Ótimo te ver. Você está com uma cara bem boa mesmo.
Ela voltou para dentro de casa.
O que foi que você fez no parque?, a criança disse. Você foi ao Observatório? Você foi ao Planetário?

Sim pro primeiro e não pro segundo, Mark disse.

Você passou a tarde toda no Observatório?, a criança disse.

Não, eu passei um pedaço da tarde sentado num banco conversando com a minha mãe, Mark disse.

No telefone?, a criança disse.

Na cabeça, Mark disse. Ela morreu faz tempo, a minha mãe.

Ah. Eu sabia isso, a criança disse.

Quarenta e sete anos da morte dela semana passada, Mark disse.

Isso aí é de fato mais tempo do que os meus pais viveram até agora, a criança disse.

Quinta passada, pra ser preciso, Mark disse.

Assim parece que foi quinta passada que aconteceu, a criança disse.

Em certos sentidos foi mesmo, Mark disse. Agorinha, quinta passada. Logo antes da Crise dos Mísseis em Cuba. Já ouviu falar da Crise dos Mísseis em Cuba?

Não, mas parece coisa séria, a criança disse.

Ah, e foi mesmo, muito séria, na época, Mark disse.

Mark tirou os papéis dobrados do bolso, conferiu que o que estava guardando de novo era o bilhete manuscrito de Miles, e estendeu o artigo da revista para a criança.

Você acha que consegue meter isso aqui por baixo da porta dele pra mim?, ele disse.

A criança fez que sim com a cabeça, claro.

Ela entrou correndo na casa.

Meio minuto depois ela zuniu porta afora e escada abaixo de novo.

Eles me mandaram sair pra eu não atrapalhar a filmagem, ela disse. E eu tentei subir mesmo assim mas a sra. Lee está sentada na escada e não deu pra eu passar.

Puxa, Mark disse. Bom. Não faz mal.

Mas eu posso dar pra alguém que depois pode colocar lá pra você, a criança disse.

Ótimo, Mark disse.

E a sra. Lee mandou te dizer que pode ser que no fim eles ainda queiram falar com você, a criança disse, porque quando a Celia, que foi como ela chamou a produtora, descobriu que você esteve aqui na noite em que tudo aconteceu ela decidiu que portanto ia ser uma abordagem interessante.

Eu não tenho vontade, Brooke, de falar com ninguém sobre coisa nenhuma agora, Mark disse.

Bem naquele momento Celia a produtora apareceu à porta e ficou ali cobrindo os olhos para olhar rua abaixo, como quem procura alguém. Mark deu as costas pra ela, fez uma careta para a criança. A criança acenou com a cabeça para mostrar pra que lado deveriam ir. Ela se esgueirou por uma passagem à direita deles, por dentro de uma fresta entre as casas. Mark foi atrás.

Quando eles deram a volta na esquina e desceram os degraus da passagem o nível do barulho cresceu. Havia um monte de gente parada ali diante da cerca dos fundos das casas, e mais gente de pé e sentada na grama do outro lado, perto dos apartamentos modernos. Era tanta gente que parecia um festival de bairro, ou uma manifestação ou um acampamento improvisado. Havia várias tendas de tamanhos diferentes na grama, Mark contou. Nove.

A criança o apresentou a uma escocesa que, aparentemente, estava coordenando entregas de comida pela janela através de um sistema de polias com toda pinta de coisa amadora que ligava algumas das janelas nos fundos da fileira de casas. Ela apertou a mão dele. Estava muito interessada em ouvir que ele estava presente no jantar original.

Agora dentro da casa eles só dão carne pra ele, ela disse. É cruel. A gente tinha que fazer alguma coisa. Finalmente ele está comendo frutas de novo, e verduras frescas, graças a Deus. As pessoas estão trazendo comida feita em casa, também, pra ele, mas só pra garantir, porque nunca dá pra prever as pessoas, a gente só está mandando pra cima as coisas frescas e cruas ou as coisas que a gente sabe que estão legais, coisas que a gente pode garantir que são seguras.

Mark olhou para o zigue-zague vacilante do sistema de polias, e os cartazes imensos que as outras pessoas que moravam ali tinham pendurado nas janelas.

SAIAM DAQUI

ISTO É UMA PROPRIEDADE PRIVADA

VOCÊS NÃO TÊM

CASAS E RESPONSABILIDADES?

A gente tende a mandar o cesto pra cima no mesmo horário todo dia, ela disse. Você pode achar que tem muita gente aqui agora, mas no fim de semana passado na hora do cesto da uma a gente estava com cento e cinquenta esperando pra ver a mão aparecer.

O cesto da uma?, Mark disse.

Ahm-ham, Anna disse.

Ela sorriu.

Só a mão?, Mark disse. Vocês nunca veem a cara dele?

Ele está com a persiana bem abaixada, está vendo?, ela disse.

Ela apontou para a janela atrás da qual, supostamente, Miles estava.

E todo dia às dez pra uma, Anna disse, a gente pode entrar no apartamento vizinho, o pessoal é super gente boa, os Gispen, olha lá a sra. Gispen, ó —

Ela acenou, e uma mulher de meia-idade apoiada no capô de um carro respondeu ao aceno.

— e exatamente à uma hora a gente ativa as polias e balança o cesto até chegar lá, e ele abre a janela e estica a mão, o braço, e pega o que quer da cesta, Anna disse.

Nossa, Mark disse. Quem está pagando pela comida e tudo mais?

Quando viu que ele estava puxando a carteira ela o mandou falar com uma adolescente e uma mulher mais velha e linda, as duas sentadas num tapete sobre a grama na frente de uma das barracas. Alguém tinha pregado um papelzinho em cima da porta da barraca com as palavras Área de Fumantes; as duas estavam fumando. Elas ficaram interessadas ao saber que Mark era um dos originalmente presentes — até a adolescente rabugenta, que parecia alguém para quem um estado de interesse pelas coisas fosse constituir uma mudança total de estilo de vida.

O nome da menina era Josie, Brooke disse a ele. Ela tinha acesso constante à casa. Ela podia pôr o bilhete por baixo da porta.

Mesmo?, Mark disse.

Mesmo. Na boa, ela disse.

A mulher parecia muito chique. Ela se apresentou como tesoureira ad hoc do acampamento.

Eu só tenho trinta libras em dinheiro aqui comigo agora, Mark disse, mas posso dar uma passada num caixa eletrônico e pegar mais, se for ajudar.

A tesoureira disse que eles tinham recebido tantas promessas de doações recentemente que estavam brincando que iam pedir uma máquina.

Que máquina?, Mark perguntou.

De cartão de débito, a mulher elegante disse.

Aquela de digitar senha, a adolescente disse dando um peteleco nas cinzas da ponta do cigarro.

Uma menininha estava chutando uma bola de futebol contra uma placa que dizia Proibido Jogar Bola. Um grupo de mulheres de todas as idades estava sentado em círculo, tricotando em volta de um fogareiro de camping. Um homem de boa aparência estava cozinhando o que tinha cara e cheiro de paella numa panela imensa em cima de outro fogareiro. Três cachorros estavam sentados por ali, olhando. Um homem veio com uma bandeja de copos de chá leitoso e ofereceu um a Mark.

Valem ouro, esses cachorros, ele disse, mesmo que não pareçam ser de ninguém, e a gente recebe tudo quanto é passarinho e esquilo, lá do parque, nunca vi tanto bicho, até um ou outro papagaio, e tem uma raposa que vem de noite e tudo, bem mansinha, e eu nunca vi raposa e cachorro que não querem se matar, mas não se matam. Algumas pessoas, as mais ripongas, dizem que é porque o Milo atrai os animais, que nem são Francisco. Mas é o pessoal cozinhando e o lixo, eu acho. Linda, essa raposa que eu vi. Vermelhona. Veio bem ali, quase até a grama.

Mark perguntou ao homem há quanto tempo ele estava acampado ali.

Vai dar três semanas agora domingo, o homem disse. Antes disso, eu passei outras três semanas aqui só durante o dia. Aí eu pensei, puxa vida, isso aqui é interessante, né? Eu queria ver o que ia acontecer. Cada vez que eu ia pra casa eu ficava com medo de perder alguma coisa. E se acontecesse alguma coisa e eu não estivesse aqui pra ver? Aí o meu filho, olha ele ali, disse, olha, pai, pega o saco de dormir. Não sei quanto tempo ainda vai dar pra ficar nessa (ele mostrou com a cabeça os cartazes nas janelas). Não é que a gente faça barulho nem nada. A gente vale ouro. Eles tentaram expulsar a gente três vezes mesmo assim, duas com polícia. Mas eu fico aqui até o fim.

Só uma coisa, por favor, Mark disse. É Miles, o nome dele. Não Milo.

É, eu sei, a Anna volta nisso o tempo todo também. Mas Milo é melhor, Milo tem alguma coisa, não tem? o homem disse. É mais chiclete. Está pegando aqui no acampamento, Milo, enquanto Miles soa meio, enfim, chocho. Meio classe média, sabe?

Mas o nome dele é Miles, Mark disse.

Quando o homem ouviu que Mark estava no jantar original ficou muito empolgado.

Todo mundo vai querer saber dessa, ele disse. É tipo contato de verdade. É o que há. Quer dizer, a gente até mandou um laptop pra ele na cesta um dia, mas ele mandou de volta. Intocado. A gente está, tipo, seco, de verdade. Você é, tipo, um grau de separação até ele.

Ele saiu quase galopando para juntar todo mundo do acampamento para vir ouvir Mark dizer como era conhecer Milo de verdade. Mark aproveitou a oportunidade para tomar o rumo de volta pela passagem entre as casas.

Melhor você ir pelo outro lado, a criança nos calcanhares dele disse, porque o pessoal da televisão está na frente da casa agora, filmando as vagas dos carros na rua.

Mark acenou para se despedir do homem. Quarenta pessoas acenaram, gritaram despedidas contentes e simpáticas.

Ele pediu para a criança levá-lo a um caixa eletrônico. Sacou cem libras.

Para a tesoureira, ele disse. Ou dê praquela escocesa simpática. Tome cuidado. Dez pra você por ser a mensageira, o que acha?

Não, obrigada, sr. Palmer, a criança disse. Eu não estou precisando de dinheiro.

A criança acenou para ele enquanto ele descia a escada rolante do metrô.

Mande um oi pros seus pais, ele gritou enquanto descia.

Pros seus também, a criança gritou em resposta.

Mas
(meu caro Mark)
conforme prometido
apesar de poder muito ocasionalmente funcionar como
advérbio é na maior parte das vezes uma conjunção, e a palavra
conjunção, segundo o meu *Dicionário Chambers Século XXI*
aqui, significa:
conexão
união
combinação
ocorrência simultânea no espaço e no tempo
palavra que conecta sentenças, frases e palavras
um dos aspectos dos planetas, quando dois corpos têm a mesma
longitude eclíptica e a mesma ascensão reta
A conjuntiva é uma [palavra ilegível] na parte anterior do olho,
que cobre a superfície externa da córnea e o lado interno da
pálpebra.

Conjuntura é uma combinação de circunstâncias, esp. aquela capaz de levar a uma crise.
Mas mas?
E e?
(Tão simples.)
Conjunções.
E conjunções?
(Tão simples.)
A forma como as coisas se conectam.

PRA

falar a verdade não havia mais palavras ditas em voz alta, agora, nem haveria, por dinheiro nenhum, por ninguém.

    May Young estava velha. Você vai ser sempre "jovem" agora que casou com um "Young", Philip tinha sussurrado no ouvido dela no altar, no dia 7 de junho de 1947. Mas ela não era boba, sabia exatamente a idade que tinha. Sabia que era janeiro. Sabia que era quinta. Ela sabia muito bem quem era o primeiro-ministro, muito obrigada. Sabia muita coisa, não graças a eles. E aqui estava ela, numa cama que não era sua, não vá ficar cheio de ideias aí, ela não queria fazer graça com isso, hahah. Ela olhou para baixo e viu a coisa, aquela coisa meio bracelete de plástico no pulso. 13.12.25. Sem data pra outra coisa ainda. Então cá estamos nós, rapaz. Prova. Ainda aqui.

    Mas ai Jesus Maria José, será que era dela mesmo aquela coisa ali, aquele punho seco e rugoso de velha, saindo da ponta da manga de uma camisolinha que May não conhecia? Bom, não intimamente, não conhecia. Imagine não reconhecer nem as roupas que estão em você. Se ver de rosa quando você não usaria rosa nem morta. Se ver com uma cor que você nunca ia ter escolhido entre um milhão de cores. Nem se estivesse no escuro. A velhice não vem só: velho dito da sua saudosa mãe lá com os anjinhos desde outubro de 1964. Bom, não mesmo, mãe, a velhice não vem só, olhe pra isso, ela trouxe outra pessoa com ela, uma estranha cujos pulsos eram velhos, que usava rosa quando você nunca teria aceitado rosa e todo mundo que te conhecia nem que só um pouquinho nunca ia ter vestido você de rosa.

Bom, mas estava doendo o bastante, aquele pulso em cima da cama, para ser o dela, não era o pulso de uma estranha afinal, lá com aquele treco de plástico. Era assim que você sabia que era você e não outra pessoa, então, será, quando as coisas doíam? Ela ergueu uma mão. Ou então: uma mão envelhecida que parecia ser de outro corpo, de um corpo velho, ergueu-se, e *quase* fez o que ela queria, ela oscilou, não teve pressa, tateou o caminho, errou o alvo, veio de novo, se você não acerta de primeira, e no fim meteu um dos seus velhos dedos vermelhos e magoados entre o plástico que tinha a data dela e a pele ali embaixo e olha! olha só! como era apertado! mal cabia um dedo entre isso aqui e aquilo lá.

Então não era de estranhar que doesse daquele jeito.

Ela não disse nada disso em voz alta. Disse dentro dos confins da cabeça.

A cabeça tem seus confins. A cabeça tem sim, um sem-fim de confins, *e* o coração. O coração tem suas razões. Era um livro, o como que era, o nome, como que era o nome do livro, o livro que ficou anos ali pela casa, um dos da Eleanor, era a Eleanor cheia de pose até quando era criança, gostava daquela coisarada de história e da família real. Tinha uma foto, a duquesa antiga, a americana, ali, a desquitada, uma coisinha ordinária. Não a duquesa, o livro. Apesar de que a duquesa a bem da verdade era meio uma coisinha ordinária também todo mundo achava, e ela casou com o rei e ele abdicou. Eles gostavam dos alemães. Eles eram totalmente germanófilos, aqueles dois. Não que a May tivesse qualquer coisa contra alemães. Pelo contrário, ela conheceu uns alemães que vieram ficar na casa dela de intercâmbio com a escola e coisa e tal quando as meninas e o Patrick eram novinhos e eles tinham sido uns amores os alemães na realidade.

A cabeça tem seus confrins.

Não é o cofre dos rins, é o cofre em que te levam pros confins.

!

May se fez rir com essa.

Em voz alta?

Não, não foi em voz alta. Não tinha sido em voz alta, nada disso. Dava pra dizer por causa da menina.

Que menina?

Aquela menina ali, a menina no quarto, aquela menina sentada na poltronona alta em que os visitantes sentavam.

Quem que era aquela ali, a menina?

Não era da família.

Era só uma menina.

Até sem os óculos, May sabia que não conhecia a menina, não conseguia ligar um nome à pessoa, nem em um milhão.

Bom, fosse ela quem fosse, não tinha erguido os olhos nem piscado nem nada e ia ter erguido os olhos se May tivesse ficado parolando em voz alta.

Bom.

Se bem que ela podia, a menina, estar usando aquelas coisinhas que eles usam, na orelha, todo mundo usa hoje em dia, pra não ouvir mais nada, só eles mesmos e as entranhas, e mesmo assim eles não conseguem nem se ouvir direito. E se ela estivesse usando uma dessas coisinhas não ia escutar se May falasse ou risse ou fizesse qualquer coisa em voz alta, nesse caso não faria diferença se fosse ou não em voz alta.

Ela estava usando quase nada de roupa, aquela menina.

Era mais pele que roupa.

May virou a cabeça.

Do outro lado da janela havia neve.

Eram todas piores que gatas vira-latas, essas meninas de hoje em dia.

Era neve de verdade, aquilo.

Era um inverno como aqueles de antigamente, ali fora. Nesses últimos dias teve mais vezes neve que passarinhos no céu daquela janela.

Ninguém pra me amar e lugar nenhum pra ir. Lá na neve fria.

May cantou isso dentro dos confins da cabeça numa vozinha fingida de velhusca.

Isso fez ela rir.

Ela virou a cabeça de novo.

Não, ela não estava morta.

Ela ainda não estava morta.

Bom, mas todo mundo tem que ir um dia.

Bom, mas não tem como escapar.

Bom, o que é do homem o bicho não come.

Bom, o Patrick me estendeu a nota de dez libras, da carteira dele, e eu disse, eu falei, pra que é que eu ia precisar de dinheiro? Eu estou no fim das minhas férias.

Bom, essa foi a última das últimas coisas que eu disse em voz alta, e a última das últimas coisas que eu jamais vou dizer.

Bom, levei esses dias de graça. E a gente não ganha *muitos* desses.

Bom, me deseje boa sorte enquanto me dá adeus. Não, não adeus. Té mais. Um perigoso até mais. Adeus não, May, Philip disse quando esteve ele mesmo aqui nessa esparrela, e era ela quem fazia visitas e estava indo pegar umas coisas em casa, pijamas, roupas limpas. Nunca adeus, tá?

Philip parecia pequeno contra os travesseiros da cama, e o sujeito da cama ao lado da dele não conseguia fazer funcionar o intestino, choramingava num chiadinho agudo atrás da cortina enquanto tentava; ele estava sofrendo muito parecia. Tinha um camarada do outro lado de Philip tão magro que já parecia uma caveira. Do outro lado da enfermaria tinha um sujeito que parecia totalmente bem. Ele era o mais doente de todos com alguma coisa acontecendo lá no cérebro. Philip ficava encostado nos travesseiros e erguia as sobrancelhas para ela como um comediante. Aí ele erguia a mão até a boca e os olhos e o nariz para confirmar que o rosto estava decente para ela. Ele nunca gostava de ser uma afronta. Era um homem limpo. Um montão de mulher acabava dando azar com os homens.

May Violet Young (em solteira Winch) (M) (84) (viúva, esposo fal. 20/07/99) internada na UTI em 06/09 com colapso geral/delírio/febre alta/ITU, transferida para reabilitação em 07/09 para a ala 7 depois em 08/09 para ala 5 (Geriatria) (fechamento agendado em 02/10 conforme novas diretrizes do Sistema de Saúde donde destarte futura convalescência crônica da terceira idade: relocação para cuidados da comunidade/ família). Após sete meses de ciclos de ITU por SARM: na reunião de aconselhamento com a Nor encaminhada a "tratamento apenas paliativo" (embora a sra. Young não estivesse informada de que essa decisão tinha sido tomada em seu nome, por seu filho Patrick Young, por sua filha Eleanor Bland, contatos dos dois constantes do arquivo, e pelo camaradinha metido e peremptório de nariz pontudo que era o médico, um e sessenta e cinco estourando, e só, mas que só de aparecer na enfermaria já deixava as enfermeiras, e os enfermeiros também, correndo pra tudo quanto era lado que nem umas galinhas assustadas, que dava pra ouvir lá do outro lado da enfermaria.

Não que ele desse medo em May Young, ela tirava esses tipinhos de letra, camaradinha esquisito que, só pelo jeito que tinha de meter a mão na coisinha de plástico da porta com o treco dentro que soltava antisséptico, fazia May Young querer dizer, para as costas dele que iam sumindo pela porta, com a voz mais calma do mundo, palavras sujas como nunca tinha dito na vida, nunca tinha pensado na vida, não tinha nem mesmo sabido até aquele momento que nem sequer sabia que existiam).

O que era tudo prova, tudo demonstrava, que May Violet Young (May Winch como era, até casar com Philip naquele dia de junho de 1947, o rio na frente da igreja em que eles se casaram brilhando no comprimento todo com a luz do sol, e até as próprias ruínas dava pra chamar de lindas naquele dia, com a grama crescendo e as flores silvestres todas que ninguém tinha imaginado espichando a cabecinha por toda a cidade) não estava morta ainda. Ela podia provar com certeza que ainda não estava morta porque ali, suado na garra que era aquela mão velha, mão velha de quem? mão velha *dela*, dela mesma, anda, abre, prova: o lenço de papel embolado que continha o que ela tinha conseguido tirar da boca de toda aquela coisarada que davam para ela esquecer de lembrar o dia, o mês, o primeiro-ministro, pra fazer ela derrubar a tigelinha do mingau, uma coisarada que ela *não* tinha engolido, *não ia* engolir, que ela deixou embaixo da língua quando a enfermeira, a irlandesa-de-Liverpool, sempre animadinha, deu para ela, e se não era a irlandesa-de-Liverpool era Derek o enfermeiro, um menino querido do Caribe, com May balançando a cabeça e se despedindo de todos eles com um olhar simpático.

    May também não estava morta porque tinha visto o futuro, e o futuro *deles*, enquanto ela tivesse um sopro de vida, não ia ser o futuro *dela*.

    Não a Casa Porto Seguro.

    Bom, pra dizer tudo de uma vez, ela preferia morrer.

    Pois na Porto Seguro (e até o próprio nome já era uma mentira, porque de porto seguro aquilo ali não tinha nadinha) ela tinha, uns anos atrás, visitado uma coitada de uma velhinha. A velhinha coitada era a sra. Masters, e ela era o que você podia chamar de uma senhora de verdade, bem de vida, uma cliente fiel e constante da Pisos e Carpetes Reading desde que Philip abriu a empresa em 1952. Philip tinha vendido a ela e graças a ela também aos amigos dela, por décadas, as linhas de lã e de rayon, as linhas de forros de látex, de linóleo, de tramas coloridas, os dinamarqueses, os de pelo curto, os longos, as linhas acabadas à mão, até os pisos de madeira e de laminados. Graças à sra. Masters, Philip tinha acarpetado as casas de classe por anos a fio. Classe sempre atraía classe. E a sra. Masters era uma senhora inteligente, tinha de fato trabalhado na Inteligência durante a guerra.

    May tinha ficado na Sala de Estar da Porto Seguro com a sra. Masters. Ela sabia que era a Sala de Estar porque tinha uma placa, daquelas que você compra na Woolworths, presa na parede. Era de um plástico dourado barato e dizia Sala de Estar.

    Ela tinha ficado segurando a mão da sra. Masters e tinha olhado, enquanto a sra. Masters cochilava, para os pés da velhinha dentro dos chinelos limpinhos sobre o carpete da Porto Seguro.

O carpete era uma afronta àqueles chinelos. O carpete era inadequado. Era remendado. Não estava nada limpo.

Na outra mão May estava com um folheto que tinha pegado na entrada. O folheto dizia que os futuros Residentes da casa Porto Seguro eram *definitivamente encorajados a trazer uma ou duas lembranças* com eles quando viessem, e que *um ou outro (pequeno) item de mobília também era permitido sob consulta*.

Alguém, bem naquele momento, tinha posto uma mão no braço de May. May ergueu os olhos. Uma mulher, não muito velha, talvez com quase cinquenta e usando uma bela echarpe, cashmere, perguntou com um tom bem direto se ela não se incomodaria de ir acertar as contas.

May explicou que só estava visitando naquela tarde. Não era da família nem nada.

Nós aceitamos Mastercard e Visa, a mulher bem vestida disse.

Acho que você vai ver que houve algum mal-entendido, May disse.

Aí a mulher bem vestida pegou May pelo braço com alguma firmeza e a levou até a Recepção, mostrando onde a decoração tinha sido alterada e onde ainda precisava ser e dizendo a May quanto o papel de parede tinha custado. No balcão ela pegou cordialmente a mão de May, disse adeus, e aí enquanto subia rapidamente as escadas a recepcionista adolescente da Porto Seguro se inclinou sobre o balcão, fez uma careta, tocou de leve a testa e informou a May que a mulher bem vestida era uma interna (palavra dela) que achava que aquilo ali era uma pensão que ela tinha administrado na sua vida anterior.

Depois disso May nunca mais tinha parado de se censurar por não ter tido a presença de espírito de gritar para a mulher bem vestida na escada que ela devia demitir aquela recepcionista insolente na primeira oportunidade.
Mas o resultado de longo prazo, no entanto, era esse.
May ia saber que estava morta definitivamente quando não lembrasse mais de ter em mente: eu preferia morrer e ir pro inferno a acordar um dia e descobrir que sou uma interna daquela pensão de mentes perdidas, coisas perdidas, carpetes feios, mobília que precisa de autorização.
Pois a mulher bem vestida estava certa quanto a certas coisas. Havia contas que tinham que ser acertadas na vida de uma pessoa. Mastercard, Visa, quem dera.
Tinha o coelho. Não havia Mastercard ou Visa que acertasse a conta do coelho que May tinha ferido, e de primeira, com a velha espingarda de pressão de Philip.
Era um coelho silvestre que tinha dado de visitar o quintal. Não era nem que o coelho estivesse fazendo alguma coisa errada. Ele ficava por ali mordiscando por entre as flores.
Um dia May tinha visto ele de novo ali e, sem tirar o olho dele, parou na cozinha e tirou os sapatos. Ela se afastou da janela e foi o mais quieta que pôde até a primeira porta, depois para a outra porta até entrar na garagem. Ela persuadiu a tampa a sair da latinha enferrujada em que Philip guardava os chumbinhos. Tirou a poeira do cano da arma com o avental e pegou um chumbinho bem petiquinho e meteu no buraquinho da arma aberta ao meio, aí fez o mesmo com outro, e fechou a arma e voltou para a casa com pezinhos silenciosos calçados de meias para abrir a janela da cozinha.
Ela segurou a arma, mirou, puxou o gatilho.
A arma nem deu coice. Era mais brinquedo que arma. Mas mesmo assim o coelho caiu de lado, ficou imóvel deitado de lado.

Quando ela pôs os sapatos de novo e foi dar uma olhada, ele ainda estava vivo. Tinha acertado uma parte carnuda. As patinhas traseiras felpudas estavam bem certinhas uma em cima da outra. Ele estava deitado na terra do canteiro de flores ao lado do gramado e não fazia nenhum barulho. Era como se estivesse morto. Mas quando ela olhou para ele, ele olhou diretamente de volta para ela, diretamente para ela com aquele olho marrom na cabeça dele como que dizendo: então, sua..., pode sumir daqui.

Não precisa se preocupar, mãe, Eleanor tinha dito. Eles trocaram o carpete, foi a primeira coisa que eu perguntei. Pra falar a verdade eles trocaram duas vezes desde a época da sra. Masters.

Ela falou isso com boa intenção, a Eleanor.

Mas May Young (que tinha parado de falar em voz alta, e cujo azul dos olhos tinha se imobilizado, com a cor mais clara, por trás de uma camada de gelo no dia em que eles lhe disseram Porto Seguro quando estivesse bem para ir, incontinente, provável princípio de demência leve, perigo para si própria, o tipo de cuidado que não se pode ter na própria casa) pensou sozinha que a saída desta vida, quando viesse, podia muito bem vir acompanhada de uma visão diferente, talvez algo parecido com a visão daquele coelho.

Era isso que os nenês faziam, afinal, quando nasciam. Eles lançavam um olhar para o mundo como se conseguissem ver alguma coisa que os nossos olhos não viam, ou tinham esquecido como ver. Era isso que os três, Eleanor, Patrick e Jennifer, tinham feito.

Se o começo era assim, tinha uma boa chance de o fim ser assim também.

Bom, é o que me aguarda agora, seja o que for.

Bom, quem está na chuva é pra se molhar.

Bom, mas eu queria, queria mesmo não ter feito aquilo com o coelho.

Em voz alta? Não. Aquela menina que estava no quarto, fosse ela quem fosse, não tinha se mexido. Ela nem ergueu os olhos daquele telefone que ficava olhando ou sei lá o que é que todo mundo carrega na mão e fica apertando botão. Isso que eles eram hoje em dia, passando o tempo todo procurando coisas na intromete. Os bisnetos, até, que mal tinham saído das fraldas, passavam o tempo todo na intromete. Era só intromete, e secretária eletrônica e coisas nas quais e não para as quais você tinha que falar. Ninguém presente.

Só não fique dizendo *não tem ninguém lá* o tempo todo quando telefona, mãe, Eleanor disse um dia. Diga alô, sou eu, e aí deixe a mensagem. É esquisito pra nós, é esquisito pras crianças, é esquisito apertar o botão de mensagens da secretária e ouvir você ali, e sete vezes ontem, e toda vez dizendo *só a coisa não está funcionando* ou *não tem ninguém lá*. É meio medonho, mãe. E a coisa *está* funcionando. Deixe uma mensagem, como uma pessoa normal.

Eu digo *não tem ninguém lá* porque quando eu ligo não tem ninguém lá, May disse.

A gente *está* lá, Eleanor disse. A gente só decidiu não atender o telefone.

Isso era demais da conta. Pra que é que servia um telefone?

Por que é que alguém ia ter um telefone e aí decidir não atender?, May disse.

Touché. Essa pegou ela. Viva Touché! Era uma tartaruga que aparecia num desenho animado da TV, uma tartaruga com chapéu francês que nem um mosqueteiro, e a Jennifer gostava de usar aquele quepe de marinheira e brincar que era a tartaruga no quintal.

Era sempre a Jennifer, foi o que Eleanor disse uma vez. Ela estava brava. Chorando. Isso foi anos atrás, dez anos atrás. May tinha feito Eleanor chorar porque lembrou uma coisa errado. Eleanor estava com quarenta e cinco. Àquela altura ela devia ter superado essa fase, ela mesma já mãe, com filhos crescidos, santo Deus do céu, de ficar ali parada chorando do lado do aparador por causa do que era lembrado e do que era esquecido.

Eu sei que foi terrível, mãe. Eu sei o quanto foi terrível. Mas naquela vez fui eu. Não foi ela, fui eu. Fui eu que a senhora pintou com calamina. Nada mordia ela. Era eu que tomava mordida sempre. A senhora dizia que era porque eu tinha gosto docinho. Foi o que a senhora disse na época. Nada mordia ela. Era sempre eu que tomava mordida. Eu ainda tomo mordida. Ainda. Ainda sou eu quem toma mordida.

Era possível que May tivesse se equivocado de propósito para irritar Eleanor. Era possível que ela soubesse exatamente qual das filhas tinha sido, de costas nuas, dobrada sobre si mesma como um clipe de papel na caminha do quarto das meninas com as mordidas ficando bem vermelhas por toda a região dos ombros e na parte de cima dos braços, se encolhendo por causa do frio da loção nas cerdas do pincelzinho de pintura numerado.

Aquela menina ali na cadeira parecia ter mais ou menos a idade de Jennifer. Ela parecia mais ou menos da mesma idade.

As datas de Jennifer: 04/04/63, 29/01/79.

Eles estavam assistindo um filme de Alf Garnett na noite anterior na TV. Era um filme até bem triste pra alguma coisa que devia ser engraçada. *Até que a morte nos separe*. Era a versão longa-metragem da série de TV. Era uma das ironias cruéis da vida, foi o que Philip disse depois, que tenha sido isso que eles estavam assistindo naquela noite. Janeiro, o mês que leva as criancinhas pra baixo da terra. Quando ela estava a dois meses de completar dezesseis anos o coração de Jennifer teve um problema de que ninguém desconfiava.

Uns pés tão estreitos e elegantes que ela tinha. Como os pés do pai. Os dele, também, eram estreitos, foi daí que ela puxou. Philip tinha uns pezinhos surpreendentemente femininos, bonitos.

Bom, os pés no final iam todos pro mesmo lugar, a seis pés de profundidade, hah, era a vida.

Você tinha que agradecer pelas coisas boas, Philip sempre dizia. Ele sempre dizia isso quando estava desapontado. Era assim que dava pra saber que ele estava desapontado.

Bom, que bom pra ele. Pelo menos ele sabia exprimir. May tinha passado os seus anos observando como eram agudas e pequenas e perfeitas as unhas das mãos, as unhas dos pés de cada neto que nascia, com uma tristeza que não sabia exprimir.

(Jennifer entra na cozinha. Ela está com oito anos e muito brava. Está segurando um livro que achou na pilha de livros sobre a mesa do banheiro de cima. Ele tem na frente uma imagem de um homem pegando fogo, com os braços e as pernas esticados dentro do que parece ser uma roda de fogo.

É a coisa mais injusta de que eu já soube não só no mundo inteiro, mas no mundo inteiro e em todos os planetas próximos, Jennifer diz.

Ela estava lendo sobre pessoas que pegam fogo. O livro todo é sobre gente que de repente morre queimada bem ali na sala de casa ou em qualquer outro lugar sem nenhum motivo. Às vezes as pernas e os braços sobrevivem a eles e alguém chega em casa e encontra os membros empilhados em cima do tapete, sem resto nenhum das partes principais do corpo, só uns montinhos de cinza.

Jennifer está quase às lágrimas.

E se o Rick estivesse simplesmente jogando futebol e chutando bola e bem quando ele estivesse pra chutar pro gol, assim, do nada —? Ou a Nor estivesse fazendo a sua dança moderna normal na aula de quarta e aí bem na frente daquele espelhão, ela —? E se o papai estivesse pescando e ele simplesmente, sabe —?

Bom, então, o rio ia ser o melhor lugar pra ele, May diz. E não é sempre que você vai me ouvir dizendo isso.

Ela larga o ferro e ergue Jennifer, que está molhada de raiva, para o colo sobre uma das banquetas da cozinha.

Mas e se um dia eu chego da escola, Jennifer está dizendo, e eu vou fazer uma xícara de chá, e aí quando termino de fazer o chá, tem só uma, uma pilha de cinzas na cadeira, e ali no chão estão as suas pernas, e ali nos braços da cadeira estão os seus braços?

Certo. Se isso um dia acontecer de verdade, May diz, está ouvindo? Olha as minhas instruções. Você simplesmente põe a caneca de chá numa das minhas mãos ali ao lado daquela cadeira mesmo assim, entendeu direitinho? Porque eu vou estar precisando desse chá.

Jennifer quase ri. Ela está quase persuadida. Aí ela amolece de novo no colo de May.

A água dentro do ferro sobre a tábua de passar faz um barulhinho impaciente.

Jennifer, não tem nem uma chance em um milhão de você pegar fogo, May diz.

Mas não é comigo que eu estou preocupada, Jennifer diz.

Você não tem que ficar pensando nessas coisas, May diz. Se você ficar pensando nessas coisas vai ficar louca. E a pior coisa das preocupações é que pega.

Como assim pega?, Jennifer diz.

O que eu estou dizendo é que se *você* fica preocupada, May diz, aí *eu* tenho que ficar preocupada também.

Jennifer parece desolada. Ela desce do colo de May e vai para perto da pia.

Daqui em diante, ela diz, eu vou manter as minhas preocupações dentro dos confins da minha cabeça.

Santo Deus do céu, de onde ela foi me tirar essa. Ela tem um jeito de dizer cada coisa mais estranha. *É minha vida também, sabe*, foi o que ela disse no meio de uma discussão que elas estavam tendo sobre o cereal do café da manhã, e isso quando mal tinha completado quatro anos. May tinha sido obrigada a se virar, a se afastar, para sua filha não a ver rindo. E outra vez, no ano passado, ela tinha acabado de completar sete anos. *E se, quando a gente reza pra São Longuinho pra achar as coisas que a gente perdeu, e se o ser que escuta a gente e vê a gente e ajuda a gente não for São Longuinho mas for um cachorro chamado Fido?* Recentemente também ela começou a se negar a segurar a mão da mãe quando elas estão atravessando a rua.

May dá tapinhas no joelho. Jennifer cede, volta e sobe de novo. Mas a cabeça dela está quente sob o queixo de May, faz muita pressão contra o peito. O peso dela está moroso, talvez se acomodando para passar a tarde se May não tomar cuidado.

O ferro suspira de novo na tábua.

Podia ser até bom, sabe. Se você pegasse fogo, May diz.

Bom? — se —?, Jennifer diz erguendo a cabeça.

Especialmente se você estivesse a cavalo, May diz. Você naquele pônei, como é que ele chama, saltando os obstáculos. Você ia ficar parecendo uma fogueira a cavalo no Festival de Verão lá no Parque.

Hah!, Jennifer diz.

Em vez daquele Aro de Fogo, May diz, os cachorros da polícia iam querer saltar através de você.

É mesmo, Jennifer diz, uma coisa dessas ia ser bem bacana.

Ela senta mais ereta. Mas aí larga a cabeça de novo.

O que foi agora?, May diz.

Porque e se eu estou lá fazendo os saltos no Festival e eu olho lá pras cadeiras nas arquibancadas pra você me ver fazendo, Jennifer diz abafada pelo cardigã da mãe.

Ahm-ham?, May diz.

E se você não estivesse lá, Jennifer diz.

May balança a cabeça.

Vamos fazer o seguinte, ela diz com a boca contra a risca do cabelo da menina. Se eu entrar em combustão espontânea eu mando os meus braços e as minhas pernas sozinhos pro parque pra te ver saltar.

Finalmente ela fez Jennifer rir.

Eles vão precisar cada um de uma cadeira, veja bem, então vão ser quatro cadeiras. E você pode pagar com o dinheiro da mesada. Mais do que justo, May diz.

Jennifer agora está rindo alto.

Eu só vou deixar você ir nesse festival pra começo de conversa se você segurar a minha mão quando a gente atravessar a rua, May diz. E a minha outra mão. E o braço. E o outro braço. E a perna. E a outra perna.

Quando Jennifer está devidamente se contorcendo de rir May mexe as pernas como você faz quando está brincando de cavalinho com uma criança bem pequena, só aquele tantinho que faz elas acharem que vão cair mas sabendo o tempo todo que estão bem seguras.

Ela segura a filha mais nova exatamente no momento de deixá-la cair.)

May Young deu uma olhada na menina estranha ali na cadeira. As unhas das duas mãos dela eram roxas de esmalte e longas demais para uma moça limpinha. Ela estava apertando os botõezinhos da coisa que tinha nas mãos. Era como se o mundo todinho fosse escravo daquelas coisas. Todos eles tinham, usavam com a mesma sofreguidão, com a mesma docilidade, com que May deveria tomar a coisarada do armário de remédios. Eles engoliam tudinho, sem pestanejar. Tudo parecia uma questão de velocidade; eles estavam sempre falando da velocidade com que você conseguia passar uma mensagem ou a velocidade com que você conseguia falar com alguém ou ver as notícias ou fazer isso ou aquilo ou conseguir sei lá o que era que eles todos tinham ali nas coisinhas. E ao mesmo tempo era como se estivessem todos drogados, pesadões como gado, cabeças baixas, sem ver aonde iam.

A menina pressionava e dedilhava a perder de vista naquele mundinho dela da palma da mão como se não fizesse diferença ela estar no quarto de hospital de May, ou no quarto de hospital de qualquer um, na terra, no céu, sei lá. Não fazia diferença onde no mundo ou fora do mundo ela estava.

Quem sabe ela estivesse num, como que era, programa, um programa da escola, aquelas coisas que obrigam eles a fazer em vez de estudar, visitar gente no hospital, ir ser visita de gente que não tinha mais visita.

Mas May tinha bastante visita. Ela não precisava de uma menina de programa de escola. Elas não paravam de vir, as visitas de May, e de ficar por ali em volta da cama. Ela não precisava que desconhecidos viessem fazer isso também.

Quem sabe ela fosse amiga das meninas do Patrick e estivesse fazendo uma boa ação nas Bandeirantes, visitando uma pessoa de idade pra ganhar uma insígnia.

Quem sabe fosse que nem quando eles vinham cantar

pras pessoas no hospital, que nem os corais de Natal. E não era só no Natal não, porque já fazia semanas que o Natal tinha passado e eles tinham vindo de novo, tinham vindo nem fazia tanto tempo assim cantando aquela música alegre deles, aquilo não acabava, interminável, de eu sou Jesus e eles me crucificaram, e eles me penduraram numa árvore, os detalhes todos do sangue e dos pregos. Era janeiro, não estava nem perto da Páscoa. Não tinha por quê, uma coisa dessas.

Ela ergueu a mão e fez um gesto dispensando a menina.

Eu não estou necessitada de visitas, ela disse com a mão. Você está liberada.

A menina na cadeira viu a mão de May se mexer. Ela ergueu os olhos da coisa que estava segurando na sua própria mão. Levou uma mão até uma orelha e tirou a coisinha que estava lá.

Acordou, então, a menina disse.

A menina falava alto e com clareza.

May a olhou fixamente. Ela se inclinou na direção de May. Ela não era dessas velhinhas que sempre dormem de boca aberta, dessas velhinhas que não escutam.

Ela esticou a mão para a jarra e não errou, pegou mesmo, pela alça.

Quer que eu faça isso?, a menina disse.

May lhe lançou um olhar pétreo. A menina era claramente algum tipo de boazinha, e se não fosse, era ladra. Bom, May não tinha dinheiro na bolsa. O relógio dela, no armário, não valia quase nada, tinha custado dezessete libras, no aeroporto uma vez. A menina logo ia descobrir que aqui não tinha nada para levar.

May largou a mão no cobertor de lã. Ela segurava o lencinho de papel com os remédios em cima do cobertor. Abriu a mão. Deixou o lencinho cair. A mão velha se ergueu.

Ela seguiu oscilante na direção do copo plástico. Pegou. Ela levou o copo de volta à jarra e pôs a parte de servir da jarra contra a borda do copo. Ela se serviu do suco. Ele entrou mais ou menos em segurança no copo. Ela esticou a mão e pôs de volta a jarra, e não apenas pôs de volta, mas no lugarzinho certo.

Aí ela olhou nos olhos da menina.

Aquela menina devolveu direitinho o olhar.

É a sra. Young, certo?, a menina disse. Se a senhora não é a sra. Young me diga. Eu tinha que vir ficar com a sra. Young.

Ela balançou uma folha de papel para May.

Por favor garanta que alguém vá visitar a sra. Young no número 12 de Belleville Park, a menina disse. Se a senhora é a sra. Young, deu um trabalhão achar, mas a gente achou, no fim. Isso se a senhora é ela mesmo, tipo de verdade.

Agora May Young soube quem era a menininha.

O que Philip tinha visto, quando foi a hora dele, foi um homem de terno parado no fundo do quarto. Oi, quem que é o camarada?, ele disse, e May se virou e não viu ninguém lá. A mãe de May também tinha visto um homem. Aquele sujeito voltou, ela disse. Onde? May e Philip disseram, que homem? A mãe de May estava tomando morfina. Ali, ela disse apontando para a janela com a cabeça, mas ele não vai machucar ninguém. May e Philip olharam. Não tinha ninguém lá.

Então era verdade. Era assim que acontecia. Eles mandavam estranhos, não alguém que você conhecia. Eles tinham mandado uma menina em vez de um homem de terno. Eles não tinham mandado Jennifer, porque Jennifer não ia ser uma estranha, mas tinham mandado uma menina da idade de Jennifer.

A cabeça de May Young rodava. Não tinha como negar. Ela estava no bico do corvo.

Fazer o quê.

Ela fechou os olhos.

Bom, melhor eu ir de uma vez e me mandar.

Bom, vai ser simpático ir acompanhada, vai mesmo, até o outro lado.

Bom, não é tão ruim assim. Há destinos piores que a morte.

Bom, quando a sua vez chegou, a sua vez chegou.

Bom, pode me chamar, são Pedro, e a gente vai ver se tem um bingo aí. Bingo! Desde que não seja na Porto Seguro, meu santo Deus do céu.

May Young respirou. Ela sentiu a respiração se mover no peito, dentro do rosa horrendo ali debaixo. Sentiu o longo comprimento da última respirada funda que ia dar. Respirou por todo aquele comprimento.

Mas aí, no momento seguinte, ela respirou de novo direitinho sem nenhum problema.

Soltou o ar. Aí respirou de novo.

Não tinha nada de errado com a respiração dela.

Ela não tinha ido a lugar nenhum.

Eu estou morta mas não paro quieta. Hahah!

May se sentiu imediatamente melhor. Ela abriu bem os olhos. Olhou em volta. Não havia qualquer homem de terno no quarto. Só uma menina. Bem nesse momento a porta do quarto de May começou a abrir. Uma enfermeira! Rápido! May se afundou de novo nos travesseiros. Ela largou o braço pela borda da cama de modo que o suco estava quase derramando bem na hora. A irlandesa-de-Liverpool entrou. May Young não queria correr riscos. Mas a menina tinha visto. Tinha estendido a mão para pegar o copo. Tinha ficado olhando enquanto a enfermeira entrava, e agora lançou um olhar safado para May.

May, hoje você tem visita, parece!, a enfermeira disse. Outra das netinhas.

A menina sorriu amarelo para May. May olhou para o lencinho com os remédios, embolado em cima do cobertor. A menina viu que ela olhou, se virou para a enfermeira e sorriu.

É, ela disse. Só visitando a vó.

E como é que você está hoje, May?, a enfermeira gritou.

A menina estendeu a mão como se fosse para dobrar melhor o cobertor. Ela apanhou o lenço de papel. Ela enxugou com ele um pouco do suco que tinha derramado quando May se largou na cama para a enfermeira ver, aí se pôs de pé e abriu o cestão de lixo com o pé no pedal e jogou a bolinha de papel lá dentro. Ela sentou de novo.

Que dia é hoje, May? Ah, ela ainda não está falando com a gente?, a enfermeira disse. Que peninha. E que coisa mais fofa, May. Quando a gente acha que já conhece todos, ainda tem mais. A vida não é um milagre com uma criança atrás da outra?

Perca a calma e perca tudo. May deixou a cabeça continuar pendente e os olhos semicerrados. Ela balançou a cabeça como alguém que tivesse engolido o que ela devia engolir balançaria.

Como estava o ônibus, foi de ônibus que você veio?, a enfermeira disse à menina.

Ela se referia à neve.

A menina não abriu a boca.

Não está tão ruim quanto parece lá fora, a enfermeira disse.

Ela endireitou May e ajeitou os travesseiros atrás dela. Ela verificou se havia acidentes. Anunciou para todo o quarto que May estava limpa, e que May era excepcionalmente boa em se manter limpa, e que isso não era nem de longe uma coisa fácil, e que May devia se orgulhar. Ela verificou a prancheta no pé da cama. Se virou para a menina.

Vê se consegue fazer ela falar, ela disse. Todo mundo está

com saudade de ouvir ela falar. Eu digo pra ela o tempo todo. Está todo mundo com saudade das tiradas dela por aqui. E se você quiser levar ela pra dar uma volta pela enfermaria, ou lá no café, só me dê um avisinho. Ela não sai do quarto desde domingo. Ia fazer bem ver umas paredes diferentes. Dá um grito que eu pego uma cadeira e a gente coloca ela rapidinho e você pode levar ela pra dar um passeio.

Era uma enfermeira boazinha, a irlandesa-de-Liverpool. Tinha a medida do espírito das coisas. Sabia que um corpo velho era mais que um corpo velho. Mas mesmo assim, May Young manteve o queixo frouxo. Ela manteve a cabeça de lado. Manteve os olhos semicerrados até que a enfermeira, mera mancha de uniforme branco, passou pela porta e a porta travou com um estalo. Aí ela esperou mais um momento caso alguém estivesse espiando pela janelinha da porta e visse alguma coisa que não devia ver.

Não, a enfermeira tinha ido embora, dava para ela ouvir, toda animadinha pelo corredor.

Ela se ajeitou cama acima como pôde.

A menina ficou vendo ela fazer isso.

O meu avô, a menina disse, teve dois derrames, um depois do outro, em seis meses. O segundo afetou os olhos, a visão. Aí eles disseram que ele não podia mais dirigir. A gente foi na casa dele e a minha mãe e o meu pai pegaram a chave do carro dele e levaram o carro da garagem dele pra nossa casa, a minha mãe foi com o nosso carro pra casa e o meu pai foi com o do meu avô. Aí o meu avô ficava o tempo todo no telefone gritando que eles tinham roubado o carro dele, às vezes ele até ligava no meio da noite. Aí um dia o meu avô foi lá de onde ele morava em Bedford até onde a gente mora, a gente mora tipo em Greenwich, ele foi sozinho de trem e de metrô e tal, apesar dele supostamente não estar cem por cento, tipo ele estava andando de bengala e tal, e ele apareceu socando a nossa porta tipo como se nem tivesse campainha, mas ele estava superputo, e não queria entrar, ele ficou na porta todo sem fôlego e mostrando uma carta que dizia que ele tinha feito um exame e que podia dirigir se quisesse, e ele estendeu a mão bem assim e exigiu o carro e a chave, e o meu pai simplesmente deu pra ele, ali mesmo, e lá se foi ele de carro. E ele dirigiu aquele carro até morrer.

E aí depois que ele morreu — que foi tipo dois anos atrás, aliás — a gente acabou descobrindo que ele tinha pedido pra um menino superbom de computador fazer uma carta, fazer parecer o tipo de carta que você recebe se passar por um teste que diz que você pode dirigir de novo. Tipo uma falsificação excelente mesmo. O único motivo da gente ter ficado sabendo disso foi porque o menino foi na casa do meu avô quando estava todo mundo lá comendo sanduíche e tal, depois do enterro. Ele mora do outro lado da rua, na frente de onde o meu avô morava. Ele disse que o meu avô pagou cinquenta paus pra ele o que era dez libras a mais do que ele tinha pedido, e que o meu avô também tinha dito que se ele morresse o menino podia ficar com o carro dele de graça por fazer a carta. Aí o menino esticou a mão e perguntou pro meu pai se podia ficar com a chave. E o meu pai simplesmente foi direto pra cozinha e tirou a chave do gancho e voltou pela porta e deu pra ele. Ali mesmo. E a minha mãe ficou tipo ensandecida. Acho que não dá pra fumar aqui, né.

A menina levantou e foi dar uma olhada no detector de fumaça no teto.

De repente dava pra tirar a tampa, ela disse. Se for a bateria.

Ela arrastou a poltronona das visitas até ficar bem embaixo do detector. Ela subiu na cadeira e se equilibrou com um pé no assento e outro em cima da borda do grande espaldar. Mas como ela estava usando umas botas com uns saltos de adaga, quando um dos saltos escorregou de lado na capa do assento brilhante ela perdeu o equilíbrio e desmoronou de lado lá de cima da cadeira, por cima do braço e rumo ao chão com as perninhas finas e as botas no ar.

Como caíram os poderosos! May quase disse isso em voz alta. Ela quase riu em voz alta. Ela fechou o bico. Se conteve. Mas a menina era das boas, riu de si própria. Ela se pôs de pé, se espanou, ajeitou o pouco que havia daquela sainha boba e sentou na borda do assento para abrir o zíper das botas. Estava claro que ela ia tentar de novo. Pegou May olhando para ela.

A queda do homem, a menina disse.

May gostou dessa. Deu uma piscadinha para a menina.

(May Winch está na hora de folga do Escritório do Correio e está no Palace com algumas das meninas. Elas estão vendo o primeiro filme da sessão, de Gracie Fields. É um dos velhos, e as pessoas vaiam já de saída já que Gracie recentemente se bandeou para os Estados Unidos e as pessoas não estão lá muito felizes com isso. Mas é engraçado, e logo as pessoas estão rindo apesar de Gracie ser meio que uma traidora.

No filme Gracie está mais jovem e usando um chapelão com cara de histórico. Ela arremessa uma laranja e acerta alguém da realeza por engano. Aí ela discute com o policial que a prende, e diz para o policial, *se você não parar de falar comigo desse jeito eu vou ter que chamar a polícia*. Aí o juiz no tribunal pergunta se ela achava que aquilo era adequado, jogar uma laranja numa pessoa de sangue real. E Gracie diz: *bom, era uma laranja-de-sangue*.

Tem um cachorro em algum lugar do teatro. Devem ter entrado com ele escondido; não deixam entrar cachorro no cinema. Quando Gracie começa a cantar uma música e

atinge uma nota particularmente alta o cachorro começa a cantar junto. Awuuuuuuuuuuuu. Logo logo a plateia toda está rolando de rir cada vez que Gracie atinge a nota e o cachorro vai com ela. Logo logo parece que o pessoal do balcão está rolando de rir também.
 O som fica lento de repente e logo para. O filme para. Todo mundo grita. As luzes do cinema se acendem. As pessoas estão sacudindo os braços e gritando. O gerente e o porteiro sobem e descem os corredores. Uma bagunça lá na frente, aí um dos porteiros volta arrastando dois meninos, um de cada lado, um pela orelha e outro pela nuca, aí o outro porteiro carregando bem longe do corpo um vira-lata mil e uma variedades preto e branco, com o rabo rodando como se fosse uma hélice. O gerente caminha atrás deles, ignorando todos os olhos.
 O cinema enlouquece de assobios e gritos. O camarada sentado na frente de May virou para assistir o desfile passar pelo corredor. Aí o olho dele cai em May e nas amigas ali sentadas. Ele está com a farda da Força Aérea, e é jovem. Ele não é feio. Está com uma moça, mas apesar de estar com ela ele ainda assim dá uma boa olhada nas três, e é May quem chama a sua atenção.
 A namorada dele não está com cara de muitos amigos.
 O filme começa de novo mas não no ponto correto. A plateia grita e vaia e aí começa a seguir a história de qualquer maneira, uma bobajada sobre o príncipe de um país inventado que desiste do reino para ter um caso com uma garçonete que canta bem. Gracie começa a cantar de novo e sabe lá Deus o que dá na May. É como se ela não conseguisse evitar. Ela sabe o que está prestes a fazer, e sabe que vai fazer só para irritar a namorada de nariz empinado. Nada mais. Em nenhuma outra ocasião da vida dela até aqui ela foi tão saliente e tão má quanto está prestes a ser bem agora quando Gracie atinge aquela nota

aguda, e May começa com um uivo, fazendo ele soar o mais parecido possível com o uivo do cachorrinho.

É uma fração de segundo antes do troar das gargalhadas sacudir a sala toda. Aí todo mundo se junta a ela. Logo o cinema é só uivos e ganidos e risos. As amigas de May estão injuriadíssimas. A menina da frente está injuriadíssima. Mas o camarada da frente virou de novo e deu uma bela de uma olhada, sob a luz que vem de Gracie lá na tela, em May, que está sentada caladinha no centro de todo aquele barulho e de todo aquele troar e assovio, sorri seu sorriso mais bonito, aí pisca seus olhos bonitos com toda a esperteza que tem para a silhueta do menino que, ela vai descobrir duas noites mais tarde quando puser seu melhor vestido, aquele azul e branco com as árvores africanas e as gazelas, e ele estiver esperando ali por ela na frente do Palace com as entradas para *This Happy Breed* já compradas na mão, é Philip Young, na metade de uma licença de dez dias.)

Tem uma música antiga na cabeça de May agora por algum motivo. Sally, Sally, não se mele. Era esse que era o nome dela, Gracie, Gracie Fields. E era essa a graça de Gracie Fields, ela desafiava o bom senso, e aí te mostrava que você estava errada ao duvidar dela. Não dava pra acreditar que ela conseguiria atingir uma nota tão aguda assim. Dava pra pressentir a nota que estava chegando, a nota que tinha que chegar, e você pensava ali sozinha que nunca que ela ia conseguir atingir aquele agudo, nunca que alguém ia atingir. E aí não é que ela atingia uma nota tão mais alta que aquela que você esperava, mais ou menos uma escada inteira de notas acima daquela, e você ficava no chinelo com a altitude da nota. Ela era classuda. Ela sabia cantar que nem as mulheres da ópera. E ainda era engraçada. Tinha aquela música que ela cantava de uma mosca que lavava as perninhas no jarro de cerveja e se secava no bigode de um homem, era aniversário da mosca na música, e ela levava a namoradinha até o Grand Hotel pra uma festa. Ah, essa era engraçada. Tinha uma música de um relógio de parede que se apaixonava por um de pulso e o de pulso dizia que ele estava se adiantando.

Sally, Sally não se mele, e tinha Walter, Walter leve-me ao altar que eu te mostro onde eu tenho uma tatuagem. A gente se divertia, era essa a diferença entre aquele tempo e hoje. Aquilo que era intromete. Acho que nunca vi o pai deles completamente sem roupa, e acho que ele também nunca me viu sem as minhas, mas a gente tinha intromete sim, e a gente se divertia. Eu não vejo muita diversão nisso aí, o que eu vejo disso hoje, May disse dentro dos confins da sua cabeça, não em voz alta, olhando para aquela menina ali sentada com a saia que mal valia a pena vestir. A menina agora estava emburrada, porque o detector do teto tinha levado a melhor. Ela estava cutucando as unhas roxas. Pegou a maquininha de novo e cutucou alguma coisa ali nela. Ah eles acham que foram os primeiros a descobrir, todo mundo achava, eles estavam convencidos de que ninguém sabia até *eles* saberem, com aquela coisa de *flower-power*, aqueles anos 1960 metendo florzinha nas armas e com aqueles verões do amor, como se a gente só tivesse inverno, só tivesse ração de tempo de guerra. Talento pra guardar segredo, era isso que a gente tinha. Tinha que ter. Era o jeito. Eles com esse mundo a jato.

Lá estava o Patrick, quando aconteceu com ele, chegando em casa todo encantado e olhando para o nada por cima da comida, aí sempre no chuveiro e deixando uma trilha do cheiro daquela colônia pós-barba horrorosa pela escada toda, e toda hora no jardim arrancando rosa do talo quando achava que eu não estava olhando, metendo o botão dentro da jaqueta de couro pra alguma menina e lá ia ele pra cidade, e a Eleanor eu soube porque ela voltou da faculdade aquela vez e me deu um abraço tão apertado, e não era coisa dela me abraçar assim daquele jeito, e eu dei uma olhada secreta pra ela e ela estava como que reluzente aí eu soube imediatamente, e eu *fiquei* feliz por ela, não que desse pra gente dizer essas coisas em voz alta, e não que eu fosse ter coragem de contar pro pai dela.

Mas não a Jennifer.

Mas e ele, aquele menino, aquele menino o tempo todo, o menino que May não conseguia olhar nos olhos.

Mesmo com os anos todos daquele menino vindo vê-la, e virando homem diante dela, ela ainda conseguia ver o menino dentro dele.

Mas ele aparecer na porta todo ano não tinha como não lembrar que tinha passado mais um ano que a menininha da May não tinha vivido.

No primeiro ano em que veio a batida na porta May não deixou ele entrar. No ano seguinte veio de novo, o mesmo menino. Daquela vez May deixou ele entrar. Ela lhe deu uma xícara de chá. Ele sempre trazia alguma coisa. Bombons, flores, bulbos para plantar. Uma vez ele trouxe um tentilhãozinho de porcelana. Ele tinha percebido, quem sabe, que ela gostava desses passarinhos de enfeite, pelos que já estavam no armário. Depois que ele foi embora May colocou o bibelô na prateleira atrás do armário do aspirador, onde não ia ter que ficar olhando para ele. Fiel como o mês de janeiro. Quando ele veio pela primeira vez estava com o cabelo comprido, e um jeito um pouco daquele menino do filme sobre o Oliver, o talentoso, não o mariquinha. Eles sentavam um de frente para o outro, todo ano. Ele cresceu, como a filha dela teria crescido, diante dos seus olhos. Um ano ele perdeu o dia, mas mandou um cartão do Canadá escrito numa letra bem bonita. Desculpe eu não poder estar aí, mais ou menos isso. Era o tipo de cartão-postal que um homem escolheria, longe de ser bonito. Na frente dizia Toronto, sobre uma foto colorida de gente caminhando numa neve fininha, uma rua cheia de lojas sob a neve. Loja era tudo igual no mundo inteiro. Mas ele tinha pagado para o cartão chegar na casa na data exata. Foi simpático.

Um ano, quando era quase o dia, ela disse para si mesma que ia falar.

Mas quando ele veio, ela não conseguiu dizer nada.

A única coisa que ela conseguiu dizer foi: Você está bem, então, meu filho?.

Muito bem, obrigado, sra. Young, e a senhora?

O que mais ele poderia dizer? O que mais eles poderiam dizer?

Eu não sei que outro jeito, eu não vejo que outro jeito eu podia ter dado nisso.

Não havia nada a fazer além de pôr um biscoitinho a mais do lado do pires dele, e lhe dizer que eram biscoitos chiques, e garantir que ele comesse, e ele comeu.

Ela disse essas coisas todas não em voz alta mas dentro dos confins da sua cabeça.

Pois quando May pensava na filha mais nova ela a via pura, fixada no tempo aos dez anos de idade, não mais velha que isso, e enfeitiçada com seus braços e pernas fininhos no tapete diante de uma televisão nova em folha assistindo seu programa favorito em cores pela primeira vez. O programa favorito dela era cheio de crianças limpas e intocadas, reluzentes por terem nascido bem depois da guerra, e elas todas moravam num ferro-velho cheio de porcariada britânica e cantavam *a gente se vê na semana que vem* em volta do mastro de um velho ônibus londrino, e pela primeira vez, um milagre, Jennifer viu que o ônibus era de um vermelho vivo. Pela primeira vez as crianças do programa favorito dela corriam em incríveis cores. Elas perseguiram um cachorro num cemitério, estavam tentando pegá-lo para uma senhora num carro esporte, e as cores deles eram ainda mais coloridas contra os túmulos e assim por diante. A sala toda estava com cheiro de TV nova. Jennifer ficava levantando e encostando o nariz no lugar onde saía o som. *Eu só quero ver que cheiro tem a cor.*

Foi uma bênção, graças ao santo Deus do céu, que a Jennifer tenha conseguido ver as cores antes de ir embora. O irmão e a irmã dela trabalharam em equipe por semanas a fio, folheando o novo *Radio Times* toda quinta na hora do almoço na mesa de jantar e lendo o nome de cada programinha que tinha a palavra inclinadinha *Cor* impressa ao lado; por semanas a fio eles fizeram isso, até May não aguentar mais e fazer Philip comprar a nova, apesar de a preta e branca ainda estar ótima, e ter funcionado ainda por anos a fio. Mas se a princesa Anne ia se dar ao trabalho de casar e tudo mais, o mínimo que eles podiam fazer era garantir que os filhos vissem a história acontecendo em cores.

Todos os seus três filhos passaram correndo pela cabeça de May com as cores estouradas, num gramado verde pulsante contornado por pulsantes rosas amarelas. Eles corriam entre o jardim da frente e o quintal, aparecendo e desaparecendo do campo visual como se fossem eles, correndo por ali daquele jeito, que davam cor à grama e às rosas pra começo de conversa. Era uma época em que o cheiro do seu filho limpo no seu colo era como que um cheiro de sonhos, como quando os limoeiros lançavam o perfume deles adiante e você andava através dele e quando chegava à própria árvore não restava mais cheiro nenhum.

Mas, Jesus, Maria, José, lembra o cheiro da casa do Patrick quando ele se mudou com a Ingrid! Ele não deve ter nariz,

Philip disse quando ele e May chegaram em casa depois da visita com as roupas com um cheiro muito estranho por causa das varetinhas de hippie que ela deixava queimando por todo o apartamento. May teve que pendurar as roupas que eles estavam usando nas janelas de trás para arejar e tirar o cheiro depois. Ingrid era mais doida que cachorro em dia de mudança, ela achava que Deus estava nos cristais dela, e deixava todas aquelas pedrinhas arrumadas dentro de um armário. Como se Deus estivesse num cristal e você tivesse que adorar uma pedra.

Bom, definitivamente não tem Deus nenhum naquela igreja em que você fez a gente ir anos e anos, Patrick disse uma vez.

Bom, ele estava bravo porque eles tinham sido grosseiros com a mulher dele.

E ele não ia à igreja, não ia havia anos e anos, não foi mais depois da Jennifer. Bom, isso definitivamente era compreensível. Eu ia acreditar em Deus se Deus tivesse feito alguma coisa a respeito, Patrick disse. Mas quem ou o que mexeu um dedinho que fosse? Quem vê a queda do passarinho? Ninguém. Ele só cai. Ela só foi embora. Ninguém viu. Não tinha ninguém lá pra ver.

Deus está em todos os lugares, sra. Young, o padre moço e bonzinho que tinha ido para a igreja depois da saída do cônego antigo, e que não a conhecia nem um pouco, lhe disse na escada da frente da igreja. Deus está em tudo.

Bom, será que Deus estava nisso de você não conseguir mais controlar a bexiga, ou o intestino?

Ah, isso era blasfêmia. Ela nunca ia chegar à vida após a morte pensando uma coisa dessas.

Mas será que Deus estava nisso de eles te dizerem *Porto Seguro, quando estiver bem* pra você ficar sabendo, graças a isso, que alguma coisa tinha deixado todo mundo cego para você? Deus não era mais que um ritmo que se repetia numa construção de pedra antiga. Era nisso que Deus estava, se é que Deus estava em alguma coisa.

Será que Deus estava no olho daquele coelho?

Então, sua..., pode sumir daqui.

Bom, a gente não passa de um monte de flores cortadas no chão no fim das contas.

Bom, não dá pra fazer omelete sem quebrar os ossos!, é o que Philip gostava de dizer.

Bom, alguns vão mais cedo que outros, isso é verdade.

Bom, eu tive bem mais sorte do que certas pessoas que mereciam.

Será que Deus estava no olho do menino de janeiro, o homem de janeiro?

Era janeiro agora. Era janeiro já fazia algumas semanas.

O coração de May Young deu um salto. Aí disparou de vez.

Não, não podia ser hoje, o dia da Jennifer, porque o menino, o homem, não tinha vindo.

Mas quem sabe ele não sabia onde ela estava. Quem sabe ele tinha ido até a casa e batido na porta e descoberto que não tinha ninguém lá, e não tinha ideia de onde ela estava.

Bom, ele ia perguntar pra um vizinho, não é?

Mas e se alguma coisa tivesse dado errado, se alguma coisa tivesse acontecido com ele?

Não. Se fosse o dia, ela ia saber, porque ele ia estar aqui. Ele sempre vinha, sem falha. Se bem que só aquela vez, que ele mandou o postal. Mas ele sempre vinha. E ele não estava lá.

Mas aquela menina estava lá, na poltrona.

May mirou o olhar na menina.

Ela precisava dos óculos.

Ela ergueu a mão. A mão velha sobre a cama se ergueu. Ela a levou em direção ao tampo do armário, onde estavam os óculos. Mas a mão errou, ela meteu a mão nos óculos por engano, assim como em vários cartões de melhoras, e os óculos caíram com os cartões lá de cima do armário, no chão.

Ela olhou para a menina da poltrona e viu o que era a juventude. Era distraída, com coisinhas na orelha.

Ela ergueu a mão. A mão velha se ergueu e acenou no ar.

A menina estava de olhos fechados.

May redirecionou a mão para o tampo do armário. A mão topou com mais cartões de todos eles dizendo para ela melhorar. Ela os jogou de lado. Achou a caixa dos lenços de papel. Pôs os dedos dentro do lugar aberto, o buraco por onde saíam os lenços, e segurou firme a caixa e a levou para a cama, ali, e segurou mais firme ainda.

Com tudo que tinha ela fez a mão velha jogar a caixa na menina.

Deu certo! Acertou a perna dela. A menina abriu os olhos num sobressalto e olhou para ver o que tinha acontecido. Ela olhou primeiro para a perna e depois para a caixa de lenços caída de lado aos pés dela e aí para May na cama.

O que foi?, ela disse.

May respirou fundo dentro dos confins da sua cabeça. Aí fez. Abriu a boca. Falou.

Olha só aquele monte de água quente, correndo daquele jeito.

Saiu tudo embrulhado em pedrisco. Não era o que ela queria dizer, não mesmo.

Olha o monte de quê?, a menina disse.

May tentou de novo.

Se alguém tivesse feito direito o que devia.

Se alguém tivesse feito o que devia, a menina disse.

Não ia estar acontecendo.

Não está acontecendo nada mesmo, a menina disse. Não tem água. Eu não estou vendo água.

May sacudiu a cabeça. O quarto balançou.

Eles fizeram errado.

Beleza, a menina disse.

Um horror esse desperdício.

As coisas erradas estavam saindo da boca dela por conta própria. Ela sacudiu de novo a cabeça para a menina.

Beleza, a menina disse. A gente dá um jeito.

Cadê o bolo?

A senhora quer bolo?, a menina disse.

Você segura que eu corto. Cadê os pratos? Cadê a faca?

A menina largou aquele telefoninho na poltrona e foi até o armário de May. Ela abriu as portas e fuçou lá dentro. Tirou um par de sapatos e os colocou em cima da cama. Tirou um pote de balas.

Eu não achei bolo nenhum. Mas achei isso aqui, ela disse.

Ela desenroscou a tampa. May abriu a boca como uma criança. A menina desembrulhou uma bala vermelha e a colocou na boca de May.

May aquiesceu.

A menina pegou uma bala também. Ela levou o pote com ela e sentou de novo na poltrona de visita. May chupava uma bala. Ela apontou com a cabeça os sapatos em cima da cama.

Dá azar.

Isso saiu direito. Foi a primeira coisa que ela disse que saiu direito.

A menina levantou, pegou os sapatos de novo e colocou no chão embaixo da cama.

Eu não gosto de rosa.

A menina ouviu.

Sabe, a gente tinha que odiar ela, achar que ela não

prestava. Porque ela fugiu pros Estados Unidos. Mas ela tinha que ir, por causa do marido. Na guerra. Que ele era carcamano lá da ilha de Capri. E ela não fugiu. Isso era mentira. Ela fez as músicas. Fez fortuna. Dinheiro que dava para cem Spitfires, eles disseram! E o alemão chefe. O alemão chefe.

Tipo assim, Hitler?, a menina disse.

Não, não. Fuinha. Uma cara de fuinha. Ela estava cantando na França. O esforço de guerra. Ele deu a ordem, disse que era pra bombardear o hotel dela. Pra marcar posição. Mas não pegaram ela.

Beleza, a menina disse. Na guerra, então?

Isso, na guerra! Em Arras.

Isso é um lugar?, a menina disse.

!

Hahah!

A menina, atônita, ficou sentada na poltrona de visita vendo May rir.

(May Winch está de licença, de bicicleta no meio do blecaute antibombardeio, voltando para casa de um baile, e não há lua, mas tudo bem porque ela sabe onde ficam os buracos, parece um jogo isso de desviar dos buracos, e é um jogo em que ela é boa. Mas ela dobra a esquina no trecho entre a cidade e a vila logo além da encruzilhada onde antes ficava a placa e BANG o próprio ar se torna um muro, e uuf ela tromba com o ar, acontece tudo bem rápido e bem lento, ela decola da bicicleta e a bicicleta vai para um lado e ela para o outro, bate no chão primeiro de lado, braço erguido para deter a cabeça, aí o joelho e a coxa batem na estrada, e ela leva um segundinho para perceber que bateu num flanco quente, um animal, ali, ela pode ouvir o bicho se afastar, correu rápido demais para ser uma vaca, deve ter sido um cavalo, quem sabe um veado, as patas não soam como a de um cavalo, ninguém ia deixar um cavalo solto na estrada desse jeito. Ela se põe sentada, passa a mão pelo cotovelo, ralado, molhado, um pouquinho de sangue, parece. Ela levanta, coloca o peso sobre o joelho. Tudo bem.

Ela está bem.

Ela cai no choro.

Ela faz o resto do caminho a pé e tremendo.

Foi a escuridão tomando forma, ficando sólida do nada na frente dela. Não era como quando a bomba acertou a fábrica de rolamentos bem do lado da loja e ela foi arremessada pela sala de costas e bateu na parede atrás de si. Aquilo foi diferente. Aquilo ali tinha vindo do nada e não tinha barulho, só o baque abafado de May sendo atingida pela escuridão. A diferença era que ela simplesmente tinha ido direto de olhos bem abertos para cima daquilo, ela tinha de alguma maneira feito aquilo para si própria, trombado com o escuro.

Quando chega à fonte ela dá uma lavada no rosto e se seca nas mangas. Na frente da casa ela espera atrás da sebe um tempo até se acalmar, ajeitar a cara, pois você precisa da cara certa para entrar na casa, pois o Frank, na Marinha, já é dado por, dizem as más línguas, e isso há oito meses.

A mãe dela vem até a entrada. Quando vê May as mãos dela voam para o rosto.

Eu estou bem!, May diz. Eu trombei de bicicleta com um veado na estrada. Caí e me raspei toda.

Com isso ela consegue chegar lá em cima sem muito falatório, ela dá uma olhada no cotovelo e no joelho e eles não estão tão mal assim.

No dia seguinte ela está toda dolorida e o cotovelo está incomodando bastante.

Ela volta pela estrada e acha a bicicleta, na grama alta da valeta, e está perfeita. Ela monta de novo. Anda direitinho, está perfeita.)

Ele me levou para Londres uma vez, o Frank.
Quem?, a menina disse.
Nos trens subterrâneos. O cheiro de toda aquela lã suja. Eu era pequena, veja bem.
Certo, a menina disse.
Eu estou um trapo, aqui.
Parece que a senhora está ótima, pra mim, a menina disse.
Podre. Plantão noturno.
Sei, a menina disse.
Mas é bacana ser amada. Não é bacana ser amada.
Nem me fale, a menina disse e o seu rosto ficou triste.
Os olhos dos homens depois da guerra. Pareciam coelhos no meio da estrada. Todo mundo. Todos os que não voltaram. Todos os que voaram e não aterrissaram. Um risco por cima do nome de manhã, Philip me disse. E pronto. Bom, a gente passou por essa, Philip e eu. E ficou pra trás, e nós casamos, criamos uma família, tínhamos uma casa nova, novinha. Nunca tinha tido casa ali antes. Até a lama no jardim. Escuta só! Lama novinha em folha.

Mas aquela menina sentada ali na poltrona de visita não estava ouvindo, agora estava de bico. May ergueu uma mão. Uma mão velha diante dela se ergueu no ar, tremulou, aí desceu com a devida força no cobertor de lã.

Ânimo, menina!

(Jennifer entra na cozinha. Ela está com catorze anos. Está com a cara emburrada de sempre. É um fim de tarde de verão e May está na máquina de costura.

Jennifer, olha esses ombros, May diz.

É, porque eu vou precisar de uma coluna bem retinha quando todo mundo morrer num holocausto nuclear, Jennifer diz.

May aperta o pedal no chão e guia o tecido que passa sob

a agulha. Agora Jennifer abriu o armário, abriu a tampa de um pote Tupperware e se serviu de um punhado de passas. Pelo menos está comendo alguma coisa.

Se você tivesse comido na hora do chá, May diz. Eu preciso disso aí pros scones.

Jennifer era tão bem vestidinha. Ela era uma criança exemplar. Hoje em dia ela é pálida e magra com uma cara bicuda horrorosa e usa umas roupas puídas terríveis e deixa o cabelo bagunçado. May não para de lhe dizer. Ânimo, menina! É a idade. Além de tudo ela está andando com umas meninas que são velhas demais pra ela, as meninas espertinhas do ano acima do dela na escola, e passando tempo demais com aquele menino, com o cabelo comprido demais e com uns pais de quem May e Philip não sabem absolutamente nada. Ela está passando muito pouco tempo pensando na escola. Não dá pra você ser tradutora na Europa, que é onde vai ter emprego pra quem faz línguas e não ciência, sem estar devidamente qualificada. Ela está sempre andando por aí com aquele menino, e se não está com ele, aí está ligando para ele. Ela está com catorze anos. Nova demais pra ter namorado.

Ele não é meu namorado, é o que Jennifer diz quando May ou Philip dizem isso. Ele é meu amigo. Eu não quero namorado. Ele não quer namorada. Nós somos amigos.

Ela não fala isso num tom alegre. Fala num tom macabro. Ela fala tudo assim agora, e era tão alegre quando criança. O rosto dela mudou, ficou mais bicudo, oco, como se a idade adulta tivesse experimentado a menina como uma luva que ainda não serve direito, e aí tivesse arrancado a Jennifer e deixado ela toda esticada e deformada. Os ombros dela estão curvos porque ela nunca ajeita a postura. O que ela não percebe é que nunca vai se dar bem na vida andando por aí com essas costas curvas.

Jennifer está atrás de May na máquina de costura agora, apoiando as costas no balcão da cozinha. Ela está usando a jaqueta jeans horrorosa. Ela dá um pulinho para sentar no balcão como fazia quando era criança.

Se você sujar esse armário com o sapato, Jennifer, May diz sem se virar.

Ela consegue ouvir as pernas de Jennifer contra as portas. Ela está querendo alguma coisa, certeza. Dinheiro? May a ignora. Ela aperta o pedal e empurra o tecido. A bobina de algodão gira em cima da máquina. Ela larga a tesoura na mesa com um baque e vira a perna das novas calças de trabalho de Philip sob a agulha.

Sabe o meu amigo, Jennifer diz num dos curtos silêncios entre o pé de May se erguer do pedal e apertá-lo.

Que amigo?, May diz.

Ele disse uma coisa, Jennifer diz.

May suspira.

Ele disse que quando ele era pequeno, Jennifer diz, e o avô dele ainda estava vivo, o avô comia ele enquanto ouvia as músicas do disco da trilha sonora que ele tinha em casa do filme da Mary Poppins.

May aperta o pedal. A máquina zune. Ela tira o pé de novo.

Você quer dizer, May diz na gritante ausência que se segue ao zunido, que o avô dele comia enquanto ele ouvia as músicas do disco da trilha sonora que ele tinha em casa do filme da Mary Poppins.

Ela aperta o pedal. A máquina zune.

Quando ela tira o pé de novo Jennifer fala atrás dela.

É, mas não foi isso que ele disse, Jennifer diz.

Silêncio por um momento.

Ele disse que sempre começava quando chegava naquela música que diz Eu adoro rir, Jennifer diz.

May aperta o pedal. A bobininha de linha em cima da máquina gira como louca. Jennifer escorrega de cima do balcão e sai da cozinha, sai rapidinho pela porta com as mãos nos bolsos, assobiando uma música. A porta da cozinha fecha sozinha atrás dela.

May fica sentada à máquina com o pé fora do pedal e parece ter uma tempestade troando dentro da cabeça dela.

Quando olha de novo para o relógio, vários minutos se passaram.

Ela levanta da máquina e vai até a pia. Abre a torneira quente e põe as mãos ali embaixo. Ela as deixa ali até a água ficar quente demais para continuar. Ela seca as mãos avermelhadas num pano de prato limpo.

Vai até a porta dos fundos e chama o marido na garagem. Philip aparece na porta dos fundos sob a leve escuridão do verão. Ele vê o rosto dela e uma expressão de sobressalto cruza o seu. O que foi?, ele diz.

Quando Jennifer volta naquela mesma noite de sabe o santo Deus do céu onde ela estava, está assobiando a mesma música que tinha saído assobiando.

Eles a veem pela janela subindo a trilha do jardim, com as mãos nos bolsos da jaqueta horrorosa, e eles a ouvem passar pela porta da frente e se dirigir direto para a escada.

O pai dela levanta e desliga a televisão. Ele chama por ela, pede que ela venha até a sala um minuto. Ela para no meio da escada, aí se vira e desce de novo e faz o que eles pediram. O pai pede para ela sentar no sofá. Ela senta.

Por que a TV está desligada?, ela diz.

É porque eu fico assobiando?, ela diz.

Anda, *o que foi?*, ela diz.

Eles a proíbem de voltar a ver o menino. O queixo dela cai. Aí ela diz que eles não podem proibir porque ela e o menino estão nas mesmas turmas na escola.

Eles a proíbem de vê-lo fora da escola. Ela sacode a cabeça.

Eles a proíbem de falar com ele no telefone. Ela diz que eles não podem fazer isso, que não é justo. Eles lhe explicam o que é criar encrenca, fazer coisas para chamar a atenção e mentir. Ela cruza os braços e olha para o rosto dos dois e diz que eles estão sendo injustos. Eles lhe dizem que estão dizendo essas coisas pelo bem dela, que as pessoas que contam mentiras manipuladoras para criar encrenca e fazer drama não são decentes. Ela vai dizer alguma coisa mas desiste. Ela se contém. Se levanta. Sai da sala, fechando a porta atrás dela.

May e Philip trocam olhares. Philip levanta e liga de novo a TV.

May e Philip assistem TV. Aí eles vão dormir, quando é hora de dormir.

O que acontece depois é que ninguém fala com a Jennifer por dias a fio. Na verdade, o que acontece é que Jennifer para de falar. Jennifer não quer falar. Manhã, hora do jantar, noite, se está perto deles ela fica imóvel, insolente e silente.

As refeições são particularmente difíceis.

Aí felizmente tudo se acomoda um pouco. Chega uma hora em que parece que nada aconteceu. Ninguém mais menciona aquilo.)

Só vergonha, agora.

O que é uma vergonha?, a menina disse.

O que é uma vergonha?, May não consegue lembrar. A única coisa que consegue ver na cabeça é uma borboleta, mas no inverno também, então pouca esperança, uma borboleta solta no mundo no inverno já podia estar morta. O que que era uma vergonha? Ela tentou lembrar. Deve ter sido durante a guerra, seja lá o que for.

Um periscópio num submarino torpedeado. Dragaram de

lá, ah, quarenta anos depois, foi. Coberto de, de, daquela coisa que cobre tudo que fica embaixo d'água. Craca, sabe, e o, o negócio colorido.

Tipo assim um coral?, a menina disse.

Na TV.

Nossa, a menina disse.

Ah o talento o pecado a perversidade dos homens. Você vai cair e quebrar o pescoço com essas botas tão altas, menina.

A senhora é pior que a minha mãe, a menina disse, me dizendo o que fazer. E eu nem conheço a senhora.

Você veio me buscar. Né?

Eu só vim passar o dia, a menina disse. A senhora deu trabalho pra achar, mas a gente achou.

A menina lhe mostrou um papel com alguma coisa escrita, mas May não estava de óculos e não conseguia ler o que estava escrito.

Vcsab.

O quê?, a menina disse.

Philip uma vez deu uma câmera de presente de Natal para May. Era a mais moderna, uma Kodak Disc, como uma câmera normal mas com uma coisinha redonda dentro em vez de um rolo. Não pegou; não demorou muito para começar a ficar difícil revelar as coisinhas redondas nas lojas. Mas May ainda guardava a dela na caixa na prateleira mais alta em cima do guarda-roupa. *Guarde a Lembrança. Guarde com Kodak.* Como era um presente de Natal, tinha um lugar na caixa de papelão onde você podia escrever para quem era e de quem era. Ao lado do *Para* estava o nome de May, com a letra de Philip. Ao lado do *De* ele tinha escrito VC SABE, aí riscado com a caneta a letra E, para ficar apenas VC SAB.

VC SAB escrito com esferográfica agora significava mais para May do que qualquer câmera.

Bom, ele foi, agora vou eu.

A porta abriu. A enfermeira olhos-de-águia entrou. Essa enfermeira era a que limpava May de um jeito meio rude. May se deixou largar com um segundinho de atraso, mas essa enfermeira não era de perceber, não percebeu nada.

Horário de visita é só a partir de duas e meia, a enfermeira disse para a menina. Você chegou cedo demais. Você definitivamente vai ter que sair enquanto a gente cuida do almoço, não tem conversa.

Beleza, a menina disse.

Eu te mostro onde fica a sala de recreação, a enfermeira disse. É no fim do corredor, eu te mostro daqui a pouquinho depois de dar uma olhada nela.

May se encolheu.

Beleza, a menina disse. Sem galho. Valeu.

A menina veio com a caixa de lencinhos. Ela ficou entre May e a enfermeira e tirou um lenço. Limpou o canto da boca de May com o lenço, de leve.

Ela já está falando?, a enfermeira disse por cima da cabeça de May.

Nem um pio, a menina disse. Ela está bem apagadona.

Depois de dizer isso ela deu uma piscadela para May como uma profissional.

Aí a enfermeira saiu para o corredor com a menina e a porta se fechou.

Bom, é só o que acontece numa vida.

Bom, se eu fosse para a Casa Porto Seguro, será que Vc Sab ia ser o que eles chamam de *uma lembrancinha*?

Eles e essa Porto Seguro.

Bom, se eles não puderem me mandar pra Porto Seguro, bom, eles não iam ter dado fidusca pra morte, né? E aí eles iam ser os próximos. Ia querer dizer que eles eram os próximos. Logo em seguida. Os primeiros na linha de sucessão.

Bom, são mesmo.

Bom, eu não vou fazer pouco deles por essa falta de jeito.

Bom, eu desejo boa sorte pra eles.

Bom, a verdade é como o sol. Olhe direto pra ela e estrague os olhos pra sempre.

Bom, está na hora. Está na hora. Está na hora de eu me mandar.

Quando a menina voltou e sem nenhuma enfermeira, May se endireitou, pronta.

Sapato.

O que foi?, a menina disse.

Sapato.

Você quer o sapato?, a menina disse.

Ela se abaixou e pegou os sapatos debaixo da cama. May esticou os braços. Dois braços velhos se esticaram na frente dela. A menina pôs os sapatos nas mãos velhas. As mãos velhas os seguraram no colo de May, prontas.

Vamos.

Para onde?, a menina disse.

Vamos.

A senhora não pode sair daqui desse jeito, a menina disse.

Para onde a gente vai?

É pra eu ficar aqui com a senhora, a menina disse. Ninguém falou nada de sair daqui.

Você tem que me levar.

Levar pra onde?, a menina disse.

Não pra Porto Seguro.

Beleza, a menina disse. A gente não vai lá.

Vamos então. A gente vai pra onde?

Eu não sei, a menina disse.

Você sabe.

Eu não posso, a menina disse. Eu não posso fazer uma coisa dessas. E o seu almoço? Eles estão passando pela enfermaria. O cheiro está bom.

Bom, depois do almoço então.

May estava satisfeita com isso. Era picadinho, pelo cheiro, hoje. O picadinho era bom aqui.

Depois do almoço então.

A menina foi pegar os sapatos das mãos dela. As mãos velhas se agarraram aos sapatos como se os sapatos fossem tudo. May lançou um olhar tão direto para a menina que o rosto dela se franziu e mudou.

Ah meu Deus. Beleza, a menina disse. A gente tenta. A gente arrisca.

Depois do almoço. A gente zarpa.

Mas pra onde?, a menina disse de novo. Pra onde que a senhora quer ir comigo? Pra casa?

Pra lá de onde você veio.

Eu?, a menina disse. Certeza?

Nunca tive mais certeza na vida.

A menina parecia atônita.

Aí ela puxou aquele telefoninho e mexeu um pouco nele.

Oi, ela disse. Eu. Beleza. É. É, se você for também. É, então quer dizer que você está de folga então. Agora? Escuta, maravilha, porque. Cê acha que dava pra me fazer um favor, me pegar num lugar? É, pegar, hahah. Engraçadinho. É, mas escuta Aidan, não de moto hoje, dá pra você pegar o carro? Porque sim. Ahm. Ahm-ham. Não, amor, escuta. É. Tá, eu te mando o link. Bom, qualquer hora, mesmo. Nossa, brigada, amor. Hora e meia. Beleza. Eu espero no, tipo. Não, a porta que eu entrei é onde o ônibus para também, e os acidentes e a emergência, então só entra ali mesmo. Valeu. Tá. Não, vou sim, eu vou estar lá. Beleza. Te amo te quero mas nunca te espero.

Não pode usar isso aí aqui dentro.

Tá mas a senhora não vai me dedar, a menina disse. A senhora precisa de um casaco. Tem casaco?

Tudo menos rosa.

Digo pras enfermeiras que a gente vai sair?, a menina disse.

Não diga nada pra ninguém.

(Jennifer entra na cozinha. Ela está com nove anos de idade. May está aproveitando para fumar um cigarrinho à mesa da cozinha já que Eleanor, que não para de falar que cigarro mata, não está em casa.

Mãe, ela diz.

O que foi agora?, May diz.

Não, escuta. Eu preciso te fazer uma pergunta. Os seres humanos existem pra quê?, Jennifer diz.

Pra quê?, May diz. Como assim, pra quê?

Jennifer tira o peso da maçaneta da porta e se afasta da porta.

Qual é a finalidade dos seres humanos? Assim pra que que a gente serve?, ela diz.

Hum, May diz. A finalidade dos seres humanos. Bom. É, é cuidar uns dos outros. A gente está aqui pra cuidar uns dos outros.

Ela está prestes a perguntar por que Jennifer quer saber, mas Jennifer já saiu, porta afora, e já está subindo estrondosa as escadas.

Naquela noite, quando May sobe para ver se a luz do quarto das meninas está apagada, ela vê um papel em cima da cômoda. Com a letra de Jennifer. Ela vive se dando mal na escola por não escrever com uma letra bonita. May segura o papel sob a luz do patamar e dá uma boa olhada. PRA QUE SERVEM OS SERES HUMANOS. Está decente, a letra. Nem é tão ruim assim. E ela tira notas boas em todas as matérias, então não é que uma caligrafia bonita seja o mais importante de tudo.

De repente já se passaram sete anos, um piscar de olhos mais tarde. Jennifer está morta há um ano exatamente, neste dia. May está na cozinha segurando um papel com a letra de uma criança. PRA QUE SERVEM OS SERES HUMANOS.

Pra se divertir RICK
Pra deixar o mundo melhor NOR
Pra cuidar uns dos outros MÃE
Pra construir coisas que duram PAI

Mas como o que ela tem na mão, escrito com a letra de Jennifer, no fim de contas é só um papel, nada além de um papel, e como a mão que escreveu é agora o que a palavra fria significa, e sempre vai significar daqui por diante, ela abre a porta do armário. A tampa do cestinho abre sozinha quando você abre a porta do armário. Philip prendeu o cesto à porta de propósito para isso. Ele tem muito jeito com essas coisas de casa.

Ela dobra o papel de novo e o joga no lixo. Fecha a porta do armário e a tampa, com esse simples movimento dela, cai sozinha em cima do cesto.

Toc-toc-toc.

Alguém na porta da frente.

May atende. Tem que atender. Não tem mais ninguém em casa. É um menino, parado à porta. Ele não abre a boca. Nem ela. Eles dois ficam simplesmente ali parados. Aí ele estende alguma coisa para ela pegar e quando ela pega ele recua para a calçada. Ela também recua, para a passadeira de plástico sobre o carpete, que mantém o carpete novo. Ela fecha a porta.

Ela olha o que tem nas mãos. É uma caixa retangular embrulhada em celofane, uma caixa de chocolates. Milk Tray. Ela fica olhando pelo vidro jateado da porta da frente enquanto a forma borrada do menino fica menor, e some.)

Eu peguei a mão dela. Estava fria. Foi a pior parte. A pior.
    O que ela está falando?, o careca que dirige o carro disse.
    Ela só está falando, a menina disse. Deixa ela em paz.
    A menina estava espremida lá atrás. May estava amarrada no banco da frente. Depois de a irlandesa-de-Liverpool ter colocado May na cadeira, a menina ter empurrado a cadeira pelo corredor e as duas terem acenado alegres para as enfermeiras. Aí a menina empurrou May direto rumo ao elevador e apertou desce, e quando as portas abriram elas passaram pelo lugar onde ficam as lojas e as pessoas tomando chá e café. A menina tinha então tirado a sua jaqueta fofona e colocado em volta dos ombros de May e tinha saído correndo pelas portas principais quase sem roupas e no frio. Ela estava falando no telefone. Acendeu um cigarro. Ela ficou pulandinho de um pé pro outro lá fora. O frio cercava May toda vez que as portas abriam sozinhas.
    Você vai morrer de frio.
    Eu não sinto frio, a menina disse antes de as portas fecharem de novo.
    O careca não estava usando terno.
    Ele acabou dando um jeito de prender a cadeira atrás do carro. Ele fez uma cena enorme. Era um bebezão.
    Não dá pra ver merda nenhuma com aquilo ali atrás, o careca ficava dizendo e apertando os olhinhos para o espelho quando eles estavam indo com o carro.
    Ela ficou no hospital, a Gracie, isso antes de fugir pra

América, e teve câncer lá embaixo, sabe, ninguém dizia onde, o lugar não era o que se poderia chamar de mencionável, e ela teve que ser operada. E quase morreu por causa disso, tinha uma boa chance dela morrer. Mas no cinejornal ela estava lá de volta, de pé, e deu uma piscadinha pra câmera que estava filmando. Ah, que maravilha. Bem pra câmera, ela piscou. Ela tinha superado mais essa. E teve um que ela fez em que ela era uma cantora chamada Sal. Foi daí que veio a música, aquela da Sally. E no filme ela tinha que ir numa festa metida cantar pros ricos, sabe, ser a diversão da noite deles. E ela chamava a ricaça de Senhora Lenço de Papel, ah como eu ria. E ela ensinou essa ricaça a cantar a letra de uma música comum, e ficava pegando no pé dela por pronunciar as palavras errado, ah era tão engraçado. Eu nunca vou esquecer. E no filme, eu também nunca vou esquecer isso, eu vou lembrar enquanto estiver viva, tinha uma menina na história um pouco mais nova que a Sal, meio bobinha, e ela era muito pobre, e o pai dela bebia, e isso dele beber e bater nela fazia ela se comportar mal. Bom, a Sal, ela deixou essa menina ir morar com ela. Bondade do coração dela, a menina não tinha mais pra onde ir, o pai tinha expulsado ela de casa, ela estaria na rua se não fosse a Sal. E a menina um dia ficou brava com a Sal só porque a Sal era boa com ela. Ela começou a ser malvada, quebrar os pratos e os enfeitinhos da sala. Não é que fosse muita coisa. Mas era tudo que ela tinha. E a Sal fica parada na sala e olha enquanto a menina quebra todas as xícaras e as coisas preciosas que estão ali em volta. E ela simplesmente diz pra ela, pode ir em frente, quebre tudo. E toma o meu relógio e tal. Pode pegar, aqui, pega. Faça o que quiser com ele. Porque eu acredito que tem alguma coisa que entrou em você por causa de tudo que te aconteceu e que tem que sair.

    Nem é de falar, ela, o careca disse.

Deixa ela, a menina disse.

Eu fui com o Frank no Palace pra ver esse aí. Meu irmão, o Frank.

Ah é, ela estava falando dele antes, a menina disse.

Ele perdeu o cabelo porque não cuidou direito? Ô. Você aí. Perdeu o cabelo porque não cuidou direito?

Ela está falando com você, a menina disse e riu.

Eu?, o careca disse.

Parece um detento. Um campo concentrado, na minha opinião.

Está na moda, sra. Young, a menina disse.

Eles estavam seguindo pela via expressa e May estava pensando qual santo que era, ela não lembrava, aquele que carregou a criança nas costas e atravessou rios e subiu e desceu montanhas e manteve a criança em segurança o tempo todo, quando sentiu aquilo acontecer, aquilo tudo simplesmente vazou de dentro dela sem ela conseguir segurar.

Ai Jesus. Ai meu Jesus.

O cheiro denso e ruim se desfraldou e tomou o carro.

Meu Deus!, o careca disse. Mas que porra é esse cheiro? Caralho!

Ele deu uma guinada para o acostamento. Abriu a porta e ficou dando pequenos saltos fora do carro sob a neve fraca e no escuro. O ar frio entrou e cercou o cheiro.

Cacete, ele gritou. Caralho, o meu Mazda. Pelo amor de Deus, Josie.

O careca chorava. Ele ficou na neve um tempo e estava chorando. A menina estendeu a mão para fechar a porta porque o frio estava entrando e tinha neve na jaqueta dela sobre o ombro de May.

Obrigada, querida.

Uma hora ele parou com aquilo. Voltou para o carro. Fechou a porta, ligou o carro de novo e voltou para a pista.

O teto por cima deles se recolheu.

Fecha isso, a menina disse. Ela vai morrer com o frio. Ela não está legal.

Ah, tá, e que porra que você pensa que tá fazendo, que merda que você vai fazer com ela afinal, eu é que não sei, o careca disse.

O ambulatório St. John lá no parque, a menina disse. Eles vão limpar ela, eles sabem dessas coisas. Liga o aquecimento. Aidan. Agora.

E quem é que vai limpar a merda do meu carro, será que a porra do ambulatoriozinho St. John vai cuidar disso?, o careca disse. Tá, tá bom, ligue o aquecimento e deixe o cheiro entrar na ventilação pra eu nunca mais me livrar. Perfeito pra caralho. Valeu, Josie. Valeu.

Vai ver eu até já estou morta.

Juro por Deus que eu preferia. Queria que você tivesse morrido antes de pôr um pezinho que fosse no meu carro, o careca disse.

Aidan, a menina disse. Ela é velha.

Eu não sou velha.

Eu estava falando assim tipo relativamente, a menina disse. Aidan. Fecha a janela. Fecha.

Eu vou vomitar, o careca disse. Sério. Eu vou vomitar.

É só uma porra de um carro, a menina disse.

E onde é que ela vai de noite?, o careca disse. Onde é que você vai enfiar a velha? Quem é que vai cuidar dela, no estado em que ela está?

Você é um puta egoísta, Aidan, a menina disse.

Estava fria, quando eu segurei, a mão dela. Mas ela era

uma menina séria e corajosa, enquanto esteve aqui, e saiu assobiando. Saiu assobiando que nem um soldado.

Mostra pra ele, sra. Young, a menina disse.

Na cidade o careca estacionou e saiu. Ele foi até a parte de trás do carro e sacudiu um monte de coisa lá. Aí foi até o lado do carona e jogou alguma coisa na calçada que fez um estardalhaço quando bateu no chão. Ele abriu a porta e ficou bem pra trás. A cadeira estava caída de lado aos pés dele.

Eu não encosto nela, ele disse.

Eu vou pra casa tomar uma chuveirada, ele disse.

Não me ligue de novo, você, ele disse.

Graças a Deus que os assentos são de couro, ele disse.

A menina foi a algum lugar enquanto o careca ficou encarando May dentro do seu carro, enojado.

Ânimo, menino.

E você cale a boca, o careca disse.

Casado, né? A patroa não sabe, né?

O careca lhe deu as costas.

Uma criancinha. Conheço o seu tipo.

Ele não abriu a boca. Ficou de costas pra ela, batendo o pé na calçada. A menina voltou com dois grandalhões que tinha achado num pub, um de cada lado dela. Nenhum deles estava de terno.

Fuó, um disse e deu um passo atrás. Alguém aqui está que é uma beleza.

Eu falei, a menina disse.

Cuidado, o outro disse enquanto tirava May do carro. Não, eu peguei aqui, eu te peguei aqui, querida, não se preocupe.

Faz um tempinho que eu não me vejo nos braços de um homem grandão.

O homem que a segurava riu.

Um prazer, meu amor, ele disse.

Esse homem a colocou na cadeira e os dois grandalhões voltaram para o pub. Eles atravessaram a rua acenando, rindo do careca e do que tinha acontecido com o carro dele. O careca bateu a porta do carro e trancou o carro com uma chave que fazia bip. Ele foi sem perdoar.

Conheci uns desses no meu tempo.

Aposto que conheceu mesmo, sra. Young, a menina disse. Você se cuide com ele.

Eu me viro, a menina disse. Não se preocupe.

May estava sentada em meio ao doce aroma de May. Ela podia se sentir até lá embaixo, agora fria, bem desagradável, tudo em volta e escorrendo pelas pernas. A menina a empurrava pela calçada escura, por uma esquina, e a rua virou multidão. Havia um barulhão e um cheiro forte de comida, e tinha gente por todos os cantos, de pé e sentada até num frio desses. Havia barraquinhas, lugares de comprar comida. Era como um circo, ou um enforcamento. O lugar estava lotado. Gente parada fazendo fila abriu caminho para elas poderem passar; a menina riu e disse para May que a fila era para os banheiros químicos.

Bom, eu não estou precisando, agora.

Até aí a gente já sabe, a menina disse.

Onde é que a gente está?

Greenwich, a menina disse atrás dela.

Ah.

Você disse. Que queria vir, a menina disse.

Disse? É a Feira de Greenwich, então?

Dá pra chamar assim, a menina disse.

A menina empurrou a cadeira por uma rampa até uma grande tenda com aquecedores. Ah, que quentinho! Uma mulher a empurrou até os fundos e lá havia pias, com torneiras e tudo mais. Tinha água quente e coisas para limpar as pessoas naquela tenda. Era maravilhoso o que era possível fazer numa tenda hoje em dia, e uma mulher boazinha limpou May com um chuveirinho e a secou com uma toalha e tinha talquinho também, num armário da tenda. Quando a menina voltou tinha trazido um pijama azul, com calças, e um pulôver e um casaco e tudo mais.

Corta isso aqui do meu pulso, por favor, menina?

A menina achou uma tesoura e cortou a coisa de plástico com a data do nascimento. Melhor assim, muito. Aí a menina a empurrou de novo pela porta da tenda até onde um camarada estava esperando sentado. Era um camarada mais velho mas bem tipão. Ele não estava de terno.

Esse é o Mark, sra. Young, ela disse. Foi ele que achou a senhora. Ele vai levar a senhora pra casa dele hoje de noite pra gente ter certeza que a senhora está legal.

Não pro Porto Seguro.

Ela tem medo de barco, a menina disse.

Eu não tenho medo de barco.

O homem apertou a mão dela.

Cuidado onde encosta aí. Eu não consegui segurar.

Compreensível, o homem disse.

Você agora está bem limpinha, a menina disse.

O homem ia levá-la para um lugar quente. Seria um prazer, ele disse. Ele disse que ia pegar May na avenida, se a menina, ele chamou a menina de Joe, a deixasse prontinha ali na calçada pra ele poder só encostar o carro rapidinho.

A menina empurrou May de volta para a grande multidão, através de todo mundo. Era uma grande celebração. Bem que nem depois da guerra. A menina parou a cadeira e veio até a frente e se abaixou para ajeitar a echarpe em volta do pescoço de May, ver se o chapéu estava no lugar.

Pra que isso tudo?

Meu Deus você está bem mais cheirosa agora, ela disse. Você de fato está bem cheirosinha.

Quando tem que sair tem que sair. Não tem como segurar.

A menina se virou com um braço em volta de May e apontou por cima da multidão, para o fundo das casas.

Está vendo aquelas janelas? Está vendo a do meio? Ele está ali, ela disse.

O homem de terno?

Ele não está de terno, não que eu saiba, a menina disse.

Bom, então eu ainda não morri.

Pode apostar, a menina disse.

Pra 29 de janeiro

Cara sra. Young,
Lamento muito não poder estar aí este ano, fui transferido para o Canadá e só vou voltar para a Inglaterra no fim de fevereiro.
Mas estou mandando este cartão para dizer oi.
Com os meus melhores desejos.
Espero que a senhora esteja bem.
Miles

O

fato é que Londres pode não estar aqui pra sempre! Houve momentos na história de Londres em que Londres praticamente deixou de existir! Brooke está parada ao lado do Relógio Galvanomagnético de Shepherd. Ela está segurando a barriga. É o que as pessoas fazem quando estão recuperando o fôlego. Aí ela tateia o bolso do jeans para ver se o Moleskine está ali. Os cadernos Moleskine são famosos por terem sido usados por autores como Ernest Hemingway e Bruce das Quantas. Ela consegue sentir a beira do adesivo que Anna grudou na capa. A palavra HISTÓRIA está no seu bolso. Isso é bem legal! Por exemplo tem quando a rainha Boadiceia incendiou Londres inteira uma coisa que tinha a ver com uma tribo chamada tribo dos icenos e uma revolta de que eles participaram.
Se você fosse brincar com as palavras era assim que você ia chamar a vinda de Brooke mais uma vez a esse morro: uma re-volta. Ela acabou de subir o morro e levou menos de um minuto yip yip! Brooke Bayoude Maior Velocista do Mundo Chega Bem Abaixo de Marca de Sessenta Segundos. Dá pra

deixar o artigo a de fora de Maior Velocista do Mundo e de outros lugares porque é uma coisa meio de manchete e as pessoas vão entender que o artigo a está aí mesmo se ele não estiver aí. Parece que o a fica implícito. Mas obviamente ia ter sido bem mais rápido que cinquenta e quatro segundos se ela não tivesse que desviar de um monte de gente. Um monte de gente decidiu visitar o Observatório hoje porque é feriado de Páscoa. O Relógio Galvanomagnético de Shepherd é um relógio-escravo. Um relógio-escravo é um relógio comandado por um relógio-mestre, cujo mecanismo está fora do relógio-escravo. O Relógio Galvanomagnético de Shepherd também tem vinte e três horas marcadas em vez de só as doze normais, tipo é um relógio duplo mais um zero em cima de onde devia estar o doze do meio-dia e da meia-noite, pra dar vinte e quatro. Quer dizer que às vezes é zero hora mesmo. Zero hora! Que horas são? Zero e quinze. Zero e meia. Doutor, doutor, acho que eu virei relógio. E o médico: Não deem corda! Piada dos tempos antes das baterias e dos digitais. O relógio da própria Brooke é novinho. É um relógio É Pra Você. O desenho no mostrador é de um ursinho segurando uma flor de modo que toda hora que você vê a hora parece que o urso quer te dar a flor. Era da mãe e do pai dela de aniversário e veio com um ursinho de verdade que era feito pra parecer velho apesar de nem ser, é novinho com um remendo fajuto costurado no rosto com uns pontos grandões. Isso é porque as coisas velhas são mais queridas. O ursinho se chama Úrsulo. Cinquenta e quatro segundos é o primeiro tempo morro-acima de Brooke (segundo o relógio) desde que ela completou dez anos. Ela tem dez anos há um dia. Ela completou no domingo dia 11 de abril. Dez dia 11 de abril de 2010. Vai ser particularmente legal no ano que vem porque ela vai fazer 11 dia 11/04/11! Ano passado na escola Brooke disse a Wendy Slater que tem toda uma série de números fora os de sempre que vem depois de vinte e nove, que é vinte e dez, vinte e onze, vinte e doze, vinte e treze. Wendy Slater acreditou nela e *alterou a lição de casa consoantemente* foi o que disse a carta para os pais dela VOCÊ SE ACHA TÃO ESPERTA a turma de Brooke está tendo aula com o sr. Warburton já faz dois anos agora. *Não há dúvidas no que diz respeito à inteligência da Brooke. A destreza verbal dela é notável e ela é incrivelmente imaginativa e claro que isso não é problema para nós nenhuma dessas coisas. Mas às vezes a imaginação contagiosa dela pode ser meio vertiginosa para os colegas* ACHA QUE É A MAIS ESPERTA DO MUNDO vertiginosa: deixa você tonta.

Mas o fato é que Greenwich, neste exato momento, com todos os prédios lá embaixo que as pessoas vêm aqui especialmente pra ver, e as torres que são de agora, e os prédios velhos que são históricos, foi um dia, lá no antigamente, bem movimentado e assim por diante exatamente como é movimentado hoje. Mas aí do nada e de um jeito que ninguém podia ter previsto tudo deixou de ser movimentado, não só quando a rainha Boadiceia pôs fogo em Londres e incendiou tudo, mas também quando o Império Romano começou a não ser mais império. Aí, por alguma razão que é histórica, Londres deixou de ser um porto importante — rá! o *porto* im*porta*dor deixou de ser im*porta*nte. Greenwich era bem im*porta*nte naquela época, hoje os historiadores sabem, porque tinha um templo e um altar e tal e coisa.

O fato é que eles acharam uma moeda e um artefato, ou artefatos.

O fato é. O arte-fato é. Brooke se abaixa para amarrar o cadarço. O arte-feito é que tinha uma imagem de uma cabeça de homem na moeda, e era uma das coisas que eles acharam e que provam que um dia houve um templo romano-bretão aqui. O retrato é da cabeça de Flávio Constâncio que foi imperador e a moeda é datada do ano de 337 e aí a história de Flávio Constâncio é que ele foi morto no ano 350 que é de fato só treze anos depois que a cabeça dele estava numa moeda! Então quem tem autoridade devia ter mais cuidado porque ter a cabeça numa moeda não significa que você está imune à história como as pessoas ficam imunes depois de terem tomado vacina no médico. Só porque alguém tem autoridade, por exemplo, se a pessoa for responsável por você, e puder te pegar pelo braço quando ninguém for saber pro teu braço depois ficar doendo bastante, e gritar no teu ouvido, tão alto que parece um tapa e o teu ouvido fica sentindo as palavras ali um tempão depois do grito, não quer dizer que a história não vai acontecer de volta com eles.

O fato é que quando alguém grita desse jeito com você é que nem um balão de ar quente pra passageiros se enchendo do ar quente que deve fazer ele subir pro céu mas em vez disso ele está sendo inflado perigosamente rápido dentro de um cômodo bem pequenininho e daí as laterais e o topo dele se apertam contra as paredes e o teto o que quer dizer que ou as paredes e o teto vão ceder ou o balão que é a tua cabeça vai explodir. O balão que é a tua cabeça é metafórico. Isso não quer dizer que não seja de verdade. É só um jeito de dizer alguma coisa que é difícil de dizer.

(A mãe e o pai de Brooke a chamaram lá da cozinha. O pai dela estava parado perto da janela, segurando as duas cartas. A mãe estava sentada à mesa. Ela deu tapinhas na cadeira ao lado dela, o que significava que queria que Brooke entrasse e sentasse ali. Brooke ficou de pé onde estava, à porta. Ela baixou os olhos e ao mesmo tempo olhou de revés para as cartas com o cantinho do olho, porque é possível você ficar com cara de quem está olhando pra baixo mas de fato estar olhando pra cima. Ela conseguia ver o cabeçalho da escola numa das cartas. Brooke, a mãe dela disse, a gente consegue resolver qualquer coisa se você contar pra gente mas se você não contar não tem como. A gente não está bravo, o pai dela disse, a gente só queria entender por quê. Brooke ergueu um ombro e aí o outro. Depois, a mãe a pegou nos braços e a pôs no colo. Eu sei que tem alguma coisa errada, ela disse, eu conheço a minha filha e sei quando ela está triste, a gente não vai deixar isso assim, o seu pai está muito preocupado. Brooke não abriu a boca. Depois, o pai dela a levou para passear à beira do rio. Quer passar pelo túnel?, ele disse. Brooke sacudiu a cabeça. Achei que você gostava do túnel, o pai disse. Brooke ficou encarando a superfície marrom e estapeante da água. Ela passava como se fosse milhares e milhares de pazinhas. Você tem que começar a se comportar melhor, o pai dela disse, a sua mãe está muito preocupada, isso de não sair mais do quarto, de não aparecer na escola, aonde é que você vai parar? qual é o problema? Você pode me contar. O pai dela também olhava para a água quando disse isso. Aí ele disse, ou quem sabe você pode contar pro professor, se não quiser contar pra mim SE ACHA ESPERTINHA POIS ESPERE PRA VER SENHORITA ESPERTOLINA SEJA LÁ QUAL FOR O SEU NOME DE VERDADE PORQUE SER ESPERTA NA MINHA TURMA É MOLE MAS NÃO QUER DIZER NADA NO MUNDO REAL COISA QUE VOCÊ VAI DESCOBRIR DA PIOR MANEIRA SUA INSIGNIFICANTE SUA MERDINHA aí o pai dela disse, tudo bem, imagine que não sou eu te perguntando. Imagine que você está aqui com você mesma, só que você é da minha idade, ela é velha e sábia e não tem mais nove anos, e imagine que dá pra você dizer tudo que você quiser pra você mesma, sobre tudo, e se você imaginar isso, aí qual ia ser a coisa que você mais precisaria contar pra ela? Aí teve um tempão em que ninguém falou nada. Aí a Brooke falou: Papai? Diga, o pai dela disse e o rosto dele era de expectativa e seriedade. Acho que na verdade eu *queria* passar pelo túnel no fim das contas, Brooke disse. O pai dela concordou com a cabeça. Ele a pegou pelos braços e a girou no ar e a levou para a abóbada do túnel. Eles desceram de elevador. Não tinha muita gente no túnel porque era o meio da tarde. Ele e Brooke fizeram aquilo de assobiar, quando um vai na frente do outro e aí fica ouvindo como soa bonito o assobio que ecoa nos azulejos lá embaixo, o que é especialmente legal quando não dá pra você ver quem está assobiando ou dizer de onde o assobio está vindo. Quando eles chegaram até a outra ponta e subiram de elevador e deram tapinhas na cabeça do cachorro de um olho só que fica sentado na grama no Island Gardens e viram o panorama dos prédios e coisa e tal lá do outro lado do rio, o pai dela tinha esquecido o que estava perguntando no outro lado antes de eles descerem para o túnel. Então tudo bem.)

Então. Então o fato é que no fim do século iv Greenwich estava coberta pelo tipo de vegetação e coisa e tal que cresce nos lugares aonde ninguém vai ou que ninguém usa. Provavelmente teve um monte de animais selvagens que chegaram quando isso aconteceu, os equivalentes de sapos e porcos-espinhos e o tipo de coisa que vem habitar lugares selvagens que nem no *Springwatch* da tv. Nesse programa eles te ensinam a fazer um ambiente selvagem no jardim pras coisas vivas irem visitar ou até decidirem morar por ali. Tem umas que são até bem raras que nem o pássaro que eles chamam de felosa-musical que era bem comum mas que agora quase não tem mais. Mas o fato é que tem lugares que neste exatíssimo minuto são lugares aonde as pessoas vão em Londres e mal param para pensar que estão neles, podem simplesmente *desaparecer*, sério. E se isso aconteceu naquela época pode acontecer agora ou a qualquer hora, porque tem um precedente histórico, que não é a mesma coisa que o presidente Obama, que é outra palavra mas também ao mesmo tempo é um precedente de um presidente! o que é bacana e bem sacado quando você para pra pensar VOCÊ SE ACHA MUITO ESPERTA

o fato, de fato, é que tudo bem ser esperta. Mais do que tudo bem, isso. É experto, ser esperta. Brooke Bayoude: Experta. EXPERTA. Então esse pessoal todo aqui hoje olhando pra Greenwich, Londres, e pensando que a história passou e acabou, que é só um monte de morrinhos de grama no chão onde enterraram os anglo-saxões uma vez com aqueles escudos todos e a música das lanças, eles deviam olhar melhor. É só olhar! Afinal de contas isso aqui é o Observatório! Hahah! Tem um retrato de um cara na capa do livro do telescópio lá em casa. O cara que é do ano 1660 está com o corpo todo coberto de olhos arregalados. Tem um olho no pé e um olho no joelho. Tem uns pela perna e pelo braço dele, e um no ombro, um no pulso e um na mão. A mão com o olho está apontando pro céu, onde outra mão, sem olho, está saindo do meio de uma nuvem de luz e tem umas palavras saindo dos dedos da mão do alto. Mãos ao alto! Piadinha. O cara que está olhando pra mão-palavra tem olhos abertos até na barriga. Os olhos cobrem todo ele como borboletas iam cobrir se borboletas um dia pousassem em cima de você todas de uma vez. Imagine se o seu corpo inteiro estivesse *mesmo* coberto de borboletas e as borboletas fossem olhos, abrindo e fechando as asas como pálpebras e todas vendo ao mesmo tempo em alturas e em ângulos diferentes. Será que a gente ia ver as coisas de todos esses pontos de vista ao mesmo tempo? Será que isso ia fazer o que a gente vê ter uma dimensão diferente no nosso cérebro? Naquele livro do telescópio tem também uma imagem de um marujo aposentado em Greenwich dos tempos antigos alugando o telescópio pras pessoas e embaixo da imagem diz que provavelmente as pessoas gostavam tanto de olhar por aquele telescópio porque ele apontava pra um patíbulo. Porque as pessoas de fato pagavam dinheiro pra um marujo aposentado pra ver pelo telescópio alguém ser executado! Uma pessoa no patíbulo provavelmente ia ser enforcada, não guilhotinada, porque a guilhotina não era usada na Inglaterra apesar de ter um jeito de executar as pessoas chamado de Patíbulo de Halifax na Inglaterra da história antiga que era meio parecido com uma guilhotina. O negócio da guilhotina era que ela servia pras pessoas morrerem mais rápido e mais fácil. Ela foi popular na França, e dezesseis mil e quinhentas pessoas foram historicamente executadas em uma delas no que hoje é a Europa aonde dá pra você ir de Eurostar, nos anos 1930 e 1940 do século XX, ainda que não mais desde pelo menos 1967 quando a última pessoa foi guilhotinada em algum lugar. Brooke não consegue lembrar onde. Ela vai ter que conferir os fatos. O problema com isso de ler as coisas na internet e às vezes em livros é que às vezes você pode não estar lendo os fatos reais.

    O fato provavelmente é que um sujeito foi mandado pra cadeia na França por dar um tapa na cara da cabeça de uma pessoa que tinha acabado de ser decapitada pra ver se a cara ainda estava viva depois que a cabeça foi cortada!

    O fato provavelmente é também que em Halifax você podia ser mandado pro Patíbulo de Halifax se roubasse treze pence antigos e meio, e Halifax não é muito longe de York, onde tem uma casa em que morou uma mulher que foi morta achatada por umas pedras enormes. Brooke sabe disso porque visitou a casa histórica da mulher onde tem um museu.

    Mas o fato é, como é que você sabe que uma coisa é verdade? Dã, óbvio, registros e tal, mas como é que você sabe que os *registros* são verdade? As coisas não são verdade só porque a internet diz que são. Pra falar a verdade a expressão devia ser não o fato é, mas o fato parece ser.

 O fato parece ser que alguém tentou explodir este mesmíssimo Observatório aqui em 1894! É fato, aparentemente, que ele não danificou o Observatório mas na verdade só explodiu a própria barriga bem aqui neste parque! Ficou um buraco onde era pra estar a barriga dele e uma das mãos dele voou longe, quando a bomba explodiu naquela mesmíssima mão em que ele estava segurando ela, bom, a moral da história é, não segure bombas na mão, dã, óbvio. De fato um pedaço de osso daquela mão com quase cinco centímetros foi encontrado perto da parede do Observatório depois que o homem morreu mas o próprio Observatório não ficou danificado nem nada. Brooke coloca as mãos onde fica a sua barriga e sente o que não consegue ver dentro de si. O homem aparentemente ainda estava vivo quando as pessoas o acharam, e ele ainda conseguia falar aparentemente. Doutor Doutor, eu estou me sentindo meio vazio por dentro. Doutor Doutor me dá uma mão. !!! Não, mas deve ter sido horrível. Aquele homem, portanto, podia literalmente de fato de verdade mesmo basicamente ter metido a mão pelo buraco na barriga pra ela sair do outro lado (ou seja, a mão que ele ainda tinha, óbvio, não a que voou longe). Então é isso que é a história, pessoas e lugares que desaparecem, ou são decapitados, ou são danificados ou quase, e coisas e lugares e pessoas que são torturados e queimados e assim por diante. Mas isso não significa que a história não seja também as coisas não vistas. Pra dar um exemplo: daqui de cima dá pra você ver um pouco de Greenwich — mas não tudo. Não dá pra você ver todas as pessoas que ainda não sabem de fato de verdade o que aconteceu, ainda esperando lá fora o sr. Garth sair ou não sair. Elas são invisíveis pela simples razão de que o lugar e as pessoas ficam atrás das árvores e dos prédios e então não dá pra ver daqui. É uma questão de perspectiva. Não dá pra ver o teatro, nem o telhado do teatro, onde o sujeito chamado Hugo que estava lá na primeira noite em que o sr. Garth se trancou está fazendo aquele monólogo. Um monólogo é uma peça que só tem uma pessoa. O título da peça de verdade é *Milhas antes de dormir*, porque Milhas é o que significa o primeiro nome do sr. Garth, apesar de todo mundo lá fora chamar ele de Milo. Pretende ser uma coisa sobre o sr. Garth e o que está acontecendo dentro do quarto.

(O homem chamado Hugo estava sentado ali no palco quando o público chegava e sentava. Ele às vezes acenava pra eles e às vezes agia como se eles não estivessem ali. Quando a peça começava, não dava pra você saber que tinha começado, e aí de repente já tinha começado e pronto. Ele falava muito sozinho e com a plateia sobre como tinha se trancado no quarto porque queria ser ator e estar na TV e no Palco mas tinha Fracassado na vida. Ele passava um tempão sentado na peça, e um pouco de pé, e aí sentado de novo. Ele sentava na cama e falava, e aí ficava atrás de uma cadeira e falava, e aí sentava na cadeira e falava, e aí sentava no chão e falava. Tinha muita falação. Ele tinha um cabelo comprido falso e uma barba comprida falsa que nem de um mago. Ele não parecia nem um pouquinho o sr. Garth. Brooke e a mãe e o pai dela foram sexta à noite. Foi o Himalaia do tédio. Brooke caiu no sono na segunda metade. Aí Brooke e a mãe e o pai dela estavam saindo do teatro e encontraram a sra. Lee que vai ver toda noite e de tarde também porque ela tem alguma coisa a ver com a peça. Ela ficou falando horas, de novo, sobre como era realista aquilo tudo e como ela às vezes ia ficar parada no palco antes ou depois da plateia entrar e imaginava que estava no quarto real da casa dela, e às vezes acreditava de fato que estava, de tão realista que era. Ela contou de novo que as pessoas que montaram a peça até foram falar com a Amazon. co.uk pra conseguir alguns dos DVDs que estavam de fato no quarto, com as mesmas imagens na caixa, pra deixar tudo de verdade e verossímil. Ele não parece nada o sr. Garth lá no quarto, Brooke disse. Bom, nenhum de nós sabe ao certo, não é, Brooke?, a sra. Lee disse, e a atuação, toda noite, quanto talento!, a sra. Lee sacudia a cabeça como se estivesse olhando alguma coisa em que não conseguia acreditar. Foi muito simpático você reservar os ingressos pra nós, a mãe de Brooke disse, especialmente com a temporada já lotada desse jeito. Aí a sra. Lee falou mais um pouco de como a peça logo ia se mudar pra um teatro de verdade. Esse aqui é de verdade, Brooke disse. Você gostou da peça, não gostou?, a sra. Lee disse a Brooke. Eu achei morna, rançosa, rasa e inaproveitável, Brooke disse. A sra. Lee riu. Meio demais pra ela, a sra. Lee disse por cima da cabeça de Brooke para os pais dela. Não é demais pra mim não, Brooke disse. A gente gostou muito, obrigada mesmo, a mãe de Brooke disse. Gostamos mesmo, o pai de Brooke disse. Aí os Bayoude disseram adeus à sra. Lee e saíram do teatro. Eles ficaram um pouco na porta esperando para atravessar a rua. Quanto talento, o pai de Brooke disse. Quão tu tá lento, Brooke disse. Os pais dela riram tanto que ela pensou em dizer aquilo de novo mas as pessoas normalmente não riem tanto na segunda vez que você conta uma piada. Não ia ser uma mostra de quanto talento ela tinha. Ia ser na verdade meio lento da parte dela! Por que nunca terminam de construir um teatro, Brooksie?, o pai dela disse pegando a mão dela enquanto eles atravessavam a rua. Piada ou sério mesmo?, Brooke disse. Piada, o pai dela disse. Eu desisto, por que nunca terminam de construir um teatro?, Brooke disse. Porque sempre aparece uma peça nova, o pai dela disse. Era uma piada boa quando você pensava nos dois sentidos da palavra peça.)

O fato é que o marido da sra. Lee não está morando mais na casa dos Lee. Josie Lee tem que ir a Bloomsbury pra visitar o pai já que foi pra lá que ele se mudou. Hugo que está na peça agora mora na casa dos Lee porque é mais perto do teatro e fica mais prático. Será que isso também é história? Ela vai escrever no Moleskine. Mas a história normalmente só registra os Abades e Reis e Duques e assim por diante lutando pra ver quem fica de dono de um parque que nem o Greenwich Park e quem vai pra cadeia porque alguém quer o que ele tem e aí simplesmente mete o cara na cadeia e deixa ele apodrecer e vai lá e pega o que queria. Mas isso não significa que a gente não deve registrar todas as histórias. Pelo contrário.

(Veja o One-Tree Hill, por exemplo, Anna disse quando deu o Moleskine de aniversário para Brooke. Apesar do nome querer dizer Morro de Uma Árvore, olha quanta árvore tem lá. Bem mais que uma só. Olha o Carvalho da rainha Elizabeth. Todo mundo conhece a história, ou dá pra achar bem facinho se a gente não conhecer, de que a árvore já era velha e oca quando a rainha Elizabeth I se escondeu ali embaixo quando de repente foi apanhada por uma chuvarada. E a gente sabe que ele finalmente foi cair só uns vinte anos atrás, quando as pessoas que decidiram que iam proteger a árvore arrancaram toda a hera e aí descobriram, quando fizeram isso, que era a hera que de fato mantinha a árvore de pé pra começo de conversa, e quando elas tentaram deixar a árvore no lugar pra sempre com uma barra de metal derrubaram por engano a árvore inteira no chão. Hahah! Brooke disse era a hera, e o sr. Palmer riu também. Eles todos ficaram eras rindo. Foi engraçado. E se a rainha Elizabeth I estivesse lá e tivesse visto tudo isso acontecer? Cortem-lhes as cabeças, provavelmente! Mas pense em todas as outras árvores do parque também, Anna disse. Elas todas têm suas histórias.)

O fato é que cada árvore que já viveu ou que está viva tem uma história exatamente como aquela árvore. É importante saber as estórias e as histórias das coisas, mesmo que tudo que a gente souber for que a gente não sabe.

O fato é que a história de fato é tudo quanto é coisa que ninguém sabe ainda.

(Uma noite mais ou menos na hora do jantar Brooke estava preocupada com o que ia acontecer se as paredes e o telhado simplesmente desabassem, o teto simplesmente caísse em cima de você. Em vez de se preocupar, ela tirou o livro da estante, *O agente secreto*, de Joseph Conrad. Era sobre Greenwich e o cara que se explodiu no parque! Aí Brooke descobriu o seguinte: da página 63 até a página 245 daquele livro específico havia círculos a lápis em volta de certas palavras. Ostentação. Transcendental. Quia. Macular. Fisiognomia. Propensão. Meditabundo. Ludibriando. Brooke foi até a cozinha. Por que você pôs esses círculos em volta de umas palavras e por que foi escolher essas palavras em especial pra circular?, ela perguntou ao pai. O pai dela estava fazendo alguma coisa com um pacote. Que palavras?, ele disse. Brooke ergueu o livro aberto na página 63. O pai dela largou a colher e o pacote e folheou o livro. Interessante, ele disse. Ele olhou na parte de dentro da capa e mostrou para Brooke o lugar em que alguém tinha escrito a lápis o preço de £2.50. É, ele disse, é de segunda mão. Segunda mão! isso era engraçado. Primeiro: porque todo mundo tem uma mão mais competente e, assim, meio que uma segunda mão, e segundo: de um jeito meio esquisito por causa do cara com a mão que saiu voando do braço. Primeira mão. Segunda mão. Deve ter sido quem foi o dono do livro antes da gente, ele que fez, o pai dela disse. É, mas pode ter sido uma menina ou uma mulher que foi dona do livro antes da gente, Brooke disse. É bem verdade, o pai dela disse. Quem você acha que era?, Brooke perguntou. Não sei, o pai dela disse, não tem como saber. Deve ter algum jeito de saber, Brooke disse. Ela deu uma dançadinha apoiada ali na mesa. O pai dela lhe devolveu o livro. Ele começou a ler a lateral do pacote, que tinha alguma coisa a ver com arroz. Ineditismo. Insinuada. Brooke voltou para a parte da frente da casa e sentou no tapete e fez uma lista num papel de todas as palavras com aros a lápis em volta. Prístina. Inescrupuloso. Aí ela voltou para a cozinha. De que sebo veio este livro?, ela perguntou. O pai dela estava olhando para o fogão com uma cara preocupada. Ele sempre errava o arroz. Não sei, Brooksie, ele disse, não lembro. Isso era inimaginável, não lembrar de onde vinha um livro! e onde ele foi comprado! Isso era parte da história toda, a questão toda, de qualquer livro que você tinha! E quando você pegava o livro depois em casa você *sabia*, você simplesmente *sabia* só de olhar e de segurar, de onde ele veio e onde você comprou e quando e por que tinha decidido comprar. Mas papai, por que você acha que uma pessoa que antes foi dona desse livro ia ter circulado exatamente essas palavras?, ela disse. O pai dela estava segurando uma caçarola embaixo da torneira mas sem abrir a torneira. Difícil dizer, ele disse. Acréscimo, Brooke disse. Ela folheou mais o livro para achar outra. Emulação, ela disse. São umas palavras fáceis de dizer. O pai dela riu. Não, eu não quis dizer literalmente, ele disse, eu quis dizer que é difícil dizer por que ele, ou ela, fez isso aí. Ah, Brooke disse. De repente ele ou ela estava circulando as palavras que não entendia ou não sabia o que queriam dizer, o pai dela disse. É, Brooke disse, é uma possibilidade. Ela voltou para a sala da frente. Subiu no sofá, se equilibrou de joelhos sobre o encosto alto e alcançou o dicionário grande. Oportuno: adequado ou apropriado. Coruscar: reluzir, emitir luz de maneira intermitente. Acréscimo: aumento, ampliação. Ela já sabia o que lúcido queria dizer. Aí olhou a lista de palavras na folha para ver se a pessoa que tinha marcado as palavras de repente estava fazendo um código, digamos, com as primeiras letras, porque o livro afinal de contas era sobre espiões e espionagem, pelo menos era o que dizia no textinho da quarta capa sobre o livro. Tqmfpml. Ou de repente o código estava escondido nas últimas letras. Laraooo. Esse parecia um pouco alguém cantando.

    Mas o fato era, na realidade, que era um mistério o que tinha acontecido com esse livro e por quê. Era algo que Brooke simplesmente jamais saberia e ela simplesmente tinha que aceitar esse fato, sua mãe lhe disse umas noites depois quando ela estava na cama e se revirando sem parar e puxando as cobertas, e não conseguia dormir nadinha de tantíssimo que queria saber. Era a terceira noite em que ela não dormia por causa disso. Eram quase duas da manhã. Faça uma contagem regressiva começando de quinhentos, a mãe dela disse. Conte carneirinhos. Mas não era esse tipo de noite insone. Era um tipo de sem dormir diferente do tipo em que todas as pessoas mortas da história se alinham em vez dos carneiros, olhando com umas caras tristes e bicudas e fazendo milhas e milhas de fila diante de um portão alto demais para elas poderem saltar, tantas delas que não tem como você contar. Milhas de fila! ia ter sido legal se todo aquele pessoal tivesse ido fazer fila na frente da janela do sr. Garth e não no pé da cama de Brooke! todas as pessoas que morreram no Haiti quando as casas delas caíram em cima delas, simplesmente desmoronaram do nada, e todas as pessoas que morreram no tsunami, que foram varridas, crianças também, e as pessoas cujo avião caiu no mar, e o menino que tinha dez anos e foi executado porque roubou um pão porque estava com fome, e o menino que foi esfaqueado e morreu na frente de uma escola só porque era negro, e a menina cujo corpo foi encontrado enterrado num quintal e que tinha sido assassinada pelo homem, e todas as pessoas mortas nas guerras do Afeganistão e do Iraque e de Darfur e do Sudão, e essas eram só as que estavam na frente de todas as pessoas que tinham morrido quando não deviam morrer em todas as guerras da história, e até as crianças que tinham morrido porque eram obrigadas a trabalhar em fábricas ou limpar chaminés nos tempos vitorianos ou que foram executadas à pena de morte por coisas como roubar menos que catorze pence. Você não precisa dizer executadas à pena de morte, a mãe dela disse então, porque a pena de morte está implícita quando você diz que elas foram executadas. A mãe dela estava ficando impaciente. Mas a acordadeza de agente secreto por causa das palavras era uma acordadeza bem mais incômoda. Não havia ninguém pra quem você pudesse pedir desculpa na acordadeza de agente secreto. A pessoa a quem alguém devia pedir desculpas era Brooke! por fazer ela não ser capaz de saber qual era a resposta de por que as palavras tinham sido escolhidas! Brooke tinha que decidir, a mãe dela estava dizendo agora, de novo, que se ela queria ler aquele livro e não se deixar incomodar pelo não saber, ela tinha ou que simplesmente se persuadir, agora mesmo, a encarar o não saber, ou ia ter que tomar a decisão ativa de apagar os círculos que faziam as palavras representarem sabe-se lá qual razão irrecuperável, e aí ela ia conseguir ler o livro sem ficar incomodada. Brooke pôs a cabeça embaixo do travesseiro. Ia ser contraproducente, ela disse lá embaixo. Ela ficou pensando se sua mãe tinha conseguido ouvir o que ela disse lá debaixo do travesseiro. A mãe dela estava dizendo alguma coisa. Brooke não conseguia ouvir direito. Ela tirou o travesseiro de cima da cabeça de novo. A minha borracha especial lá do escritório amanhã, a mãe dela estava dizendo, aquela bem boa mesmo, pode ser? Obrigada, Brooke disse. Vai ter que ser. A mãe dela lhe deu um beijo de boa-noite e apagou a luz e encostou a porta. Mas dentro da cabeça de Brooke o que ela pensava enquanto fechava os olhos sabendo que não ia dormir era: não vai ser. Ela abriu os olhos e viu o teto lá em cima.)

    O fato é que Brooke é a seiscentésima septuagésima quinta pessoa registrada hoje na entrada do Observatório pelo sr. Jackson com a maquininha de contar gente que ele é pago para segurar. Às vezes quando o sr. Jackson está de mau humor ele não te diz qual número você é. Hoje ele está com um humor bem bom. Olha quem está aqui, o London Eye, ele diz. Por onde foi que você andou? Faz semanas que eu não te vejo. Hoje está bem movimentado aqui, sr. Jackson, ela diz. Feriado escolar, ele diz. Tende a ter esse efeito. Você é o número 675 desde o começo do meu turno. Brooke diz tchau e muito obrigada. Aí ela vai costurando entre as pessoas que estão tirando fotos de coisas e passa por onde ficava o Poço de Flamsteed.

    O fato é que o astrônomo chamado sr. Flamsteed cavou um buraco que descia quarenta metros pelo solo, o que é uma profundidade bem substancial, e deitou num colchão lá embaixo para olhar as estrelas porque ele achou que ir o mais fundo que desse ia ser um bom jeito de enxergar o mais alto que desse. Mas era muito úmido lá embaixo então não era o jeito ideal. Brooke passa pelo último pedaço que sobrou do telescópio de Herschel, dentro do qual toda a família Herschel sentou uma vez no Ano-Novo porque o telescópio de fato era tão grande que eles todos cabiam lá dentro, porque o astrônomo chamado sr. Herschel acreditava que quanto maior o telescópio mais alto *ele* ia conseguir enxergar. Quando a família dos ancestrais do sr. Herschel sentou lá dentro porque o telescópio agora não servia pra mais nada e tinha sido desmontado, tinha na verdade espaço pra eles fazerem a ceia de Ano-Novo e aí eles até cantaram uma música dentro do telescópio! O que é bem legal. Olhar por um telescópio daquele tamanhão ia ser como olhar para o céu pelo Túnel de Pedestres de Greenwich. Telescopus: quem olha longe ESPERTA quando eles inventaram o telescópio as pessoas ficaram felizes porque era uma invenção que podia ser bem útil em guerras, tipo câmera de circuito fechado agora EXPERTA o nome de Brooke em código Morse é: traço ponto ponto ponto. Ponto traço ponto. Traço traço traço. Traço traço traço. Traço ponto traço. Ponto. Tem um múltiplo de traços bem no meio do nome de Brooke. Como é que você manda uma mensagem pra um urso-polar? Por código Morsa. Brooke traça trajetória direta até um ponto além daqueles arbustos lindos e sobe a escada que leva até o lugar onde eles vendem os guias. A menina chamada Sophie que trabalha atrás do balcão acena para dar oi e grita, por onde é que você andava? Faz um tempão! A gente estava começando a achar que você tinha se mudado! Não, eu ainda moro aqui, Brooke grita e acena em resposta. A mulher com quem Sophie está trabalhando não sorri porque é uma daquelas pessoas que não falam com crianças. O museu até que é bem bacaninha, apesar de que o museu de York, que é perto da cidade onde Brooke morava, tem umas ruas antigas de verdade no porão com lojas e coisas do passado à venda nas lojas e cavalos que um dia foram vivos. Lá em York, a campônia ia a esmo. Do seu porco, fizeram torresmo. E por mais que gritasse. Achou bom que provasse. Seu porquinho bem frito ali mesmo. Esse é um dos *limericks*, um tipo de poema que ela fez com a Anna e o sr. Palmer na sexta de manhã sentados no muro, no dia em que Anna lhe deu o Moleskine uns dias antes do aniversário e escreveu a palavra História no adesivo com aquela letra linda dela. Achei que isso ia te dar uma animada, Anna disse. E eu estou te nomeando oficialmente como historiadora. A história de eles escreverem o *limerick* naquele dia era que Greenwich era bem difícil de rimar mas no fim das contas o *limerick* de Greenwich era mais engraçado por causa disso. Havia uma moça em Greenwich. Cujo pai disse coma um sanduíche. Quando ela não quis. Ele não foi feliz. Ela agora só almoça pepinich. O sr. Palmer é superbom de *limericks*. O sr. Palmer e a Anna agora foram embora. Você não vai ficar com saudade de nós, o sr. Palmer disse. Daqui a pouco as aulas voltam. Hoje é segunda, tem mais seis dias de férias depois de hoje você se acha muito esperta sua mer... quer dizer que Brooke vai acordar cheia de esperança por mais seis dias. E quando ela acabar voltando as coisas vão ter mudado e ela não vai ser esperta. Ela vai ser *a* Brooke Bayoude, Experta.

O fato é que é primavera e está bem mais quente do que nos últimos dias apesar de ainda estar bem frio pra ser abril. Brooke fica imaginando se a senhora que morreu em março está fria embaixo da terra, ou se a chegada da primavera significa que vai ficar mais quentinho pra ela lá embaixo. Mas essa ideia é só uma bobajada porque os mortos estão mortos e não sentem nada. É engraçado e esquisito pensar nela lá embaixo seja onde for que eles puseram a senhora embaixo da terra lá na cidade em que ela morava. As pessoas vieram levar a velhinha pro hospital e ela morreu na ambulância, a caminho. Dinheiro não tem importância, ela disse a Brooke um dia. Ela estava segurando a mão de Brooke. Foi quando ela ainda reconhecia Brooke. Foi antes de ela deixar de conseguir reconhecer as pessoas. Um monte de coisa que a gente acha importante não é, ela disse, desde que você não acorde de manhã vazia de esperança. Agora Brooke está com o bilhete que o sr. Garth passou por baixo da porta e que significou que o sr. Palmer foi lá e achou a casa da velhinha e perguntou aos vizinhos onde ela estava e eles disseram hospital. Brooke ganhou o bilhete de Josie Lee, que foi pra quem ele foi dado pelo sr. Palmer, e vai conduzir uma entrevista com Josie para perguntar pra ela como foi quando ela foi no hospital e tudo mais, porque é parte da história do que aconteceu, e aí a Brooke vai registrar tudo. É um documento histórico. Está datado de 29 de dezembro de 2009. Está grudado em duas páginas do Moleskine de História e Brooke deixou páginas em branco em volta dele. Diz com a letra do sr. Garth: Oi. *Eu espero que seja possível que alguém vá visitar e passar algum tempo com a sra. May Young, em Belleville Park, número 12, em Reading, durante algum momento do dia 29 de janeiro, em meu nome. Fico muito agradecido pela ajuda. Obrigado.* Brooke também tem o primeiro bilhete histórico que o sr. Garth passou por baixo da porta. Ele não está datado. *Tudo bem quanto à água mas logo vou precisar de comida. Vegetariana, como vocês sabem. Obrigado pela paciência.* Está na primeira página do Moleskine. Ela está com todas as notinhas O fato é. Elas também não estão datadas. Vai grudar elas ali. Daqui a pouco ela vai sentar em algum lugar e dar uma olhada no caderno e escolher exatamente em que página a grudação vai começar.

 O fato é que o código Morse do sr. Garth é • • • • – • / – – • • – • – • • • • e o código Morse do seu primeiro nome Miles é – – • • • – • • • • • •

 O fato é que teve uma ponte de Londres que foi construída em 1176. Levou trinta anos para ser construída. Ela durou até 1831. Tinha mais de trezentos metros

 O fato é que um ano-luz é a distância que a luz percorre em um ano

 O fato é que o sol vai definitivamente morrer e não tem

nada que a gente possa fazer quanto a isso, mas vai demorar bastante ainda e definitivamente não vai ser durante a nossa vida então não tem por que perder o sono por isso

    O fato é que a Lua fica a 384 375 quilômetros da Terra

    O fato é que o telescópio Hubble de Campo SuperProfundo consegue revelar estrelas no céu quando a Olho Nu parece que não tem estrelas no céu

    O fato é que o Telescópio Espacial Hubble foi lançado em 1990. Ele é feito de um tubo com um espelho em cada ponta

    O fato é que teve um construtor de telescópios na história que era mulher e o nome dela era sra. Janet Taylor

    O fato é que o autor do livro chamado Robinson Crusoé *tinha uma fábrica de tijolos onde foram feitos os tijolos que foram usados no Hospital de Greenwich*

    O fato é que o relógio atômico que substituiu todos os relógios de Greenwich não é totalmente exato porque ele ainda atrasa um segundo a cada 20 000 000 anos

    O fato é que o gesso que eles usaram para construir as igrejas de St. Peter e St. Paul é em parte feito de pelo de cavalo

    O fato é que teve umas baleias que ficaram encalhadas no porto em Greenwich em 1273 e em 1658. Um pescador jogou uma âncora lá do barco dele em uma das dos anos 1600 e ela passou direto pela narina da baleia

    O fato é que os morcegos sempre voam para a esquerda quando saem voando das cavernas

    O fato é que coelho gosta de comer alcaçuz

    O fato é que só os bidês sabem com quem você vai casar

    As notinhas O fato é estão todas escritas com a letra dela a não ser aquela que tem forma de avião de papel e está endereçada a Brooke. Anna olhou para ela antes de ir embora e disse que era definitivamente a letra do sr. Garth, ainda que Brooke conseguisse saber bem direitinho por causa dos outros bilhetes. Ela é totalmente do tamanho errado pra grudar no Moleskine e pode precisar de um caderno ou de um lugar diferente pra poder ser guardada. Anna foi embora hoje de manhã assim como o sr. Palmer, mas eles disseram que iam voltar e que iam querer ler a versão final da história quando ela acabasse e eles lhe deram os e-mails deles. Pra quem você pergunta como se pronuncia alguma coisa na Escócia? Michael McDiz. Piadinha. A Anna é escocesa. A fila das fotos no jardim do Observatório, pras pessoas que querem sair numa foto paradas no Meridiano Primário, está bem comprida hoje. Por que será que o Meridiano é Primário e o Ministro é Primeiro? A eleição do novo governo é mês que vem então os noticiários e os jornais só ficam discutindo quem fica melhor na TV. Todos os candidatos dizem que são o homem que vai vencer. Mesmo assim, ninguém sabe quem vai vencer. Não dá pra ver o futuro, nem num Observatório. Observa *Tories*. Segundo a mãe dela, os *Tories*, que não estão no governo desde bem bem lá atrás no século XX antes de Brooke nascer, têm alguma coisa a ver com a história se repetir. Brooke fica com os dedos dos pés no pedaço menos visível do Meridiano, atrás daquela coisona prateada. Tem muito menos espaço de jardim do lado leste do Meridiano que do lado oeste. Eu estou na fronteira, ela diz para si mesma. Ela imagina um homem que nem aquele do aeroporto quando eles estavam voltando da conferência que a mãe dela tinha assistido em Rotterdam, que pediu pra eles saírem da fila, aí pra eles entrarem num escritório, e que deixou ela, a mãe e o pai ali no escritório vazio com câmeras no teto, a mesa e duas cadeiras (apesar de ter três pessoas incluindo Brooke, apesar de ela ser criança e portanto possivelmente não contar de verdade) mais aquela telona que parece um espelho mas que é uma parede secreta pras pessoas te verem, e eles tiveram que esperar duas horas e quarenta e cinco minutos e aí foram liberados e nunca ficaram sabendo o motivo de terem tido que esperar. Aí. Pronto. Ela atravessou a linha e não precisou mostrar nenhuma prova de quem era! E de novo. Ela atravessou de novo e ninguém nem percebeu. Ela pode fazer de novo, e de novo, pra lá e pra cá. Ela é invisível. Ela é um agente livre. Ela salta sobre a linha de um lado pro outro. Uma mulher na fila ri dela e a filma com uma camerazinha. Aí ela faz um sinal de positivo para Brooke, como se o filme tivesse ficado superbom. Brooke acena para a mulher. Ela se imagina de um lado de uma fronteira acenando e rindo das pessoas do outro lado. São as pessoas que não têm direito de atravessar. Aí ela põe um pé de cada lado, abraça com as pernas o mundo dividido. Façam fila! Vejam Mundo Dividido Unido Por Brooke Bayoude, Menina Pequena Mas Impressionantemente Forte de Dez Anos De Idade Veloz O Bastante Para Subir Encosta De Observatório Em Menos de Sessenta Segundos! Está aí uma sentença cheia de artigos implícitos. Façam fila: filar a Josie Lee usa pra falar de cigarros. Mas façam fila é uma expressão não de pedir cigarros mas de fazer as pessoas se interessarem em ir ver alguma coisa fascinante e quem sabe pagar dinheiro. Façam fila! Vejam execuções de pessoas que ainda não estão mortas! Aí Brooke vê um homem lá no Telescópio Falante pescando uma moeda no bolso para pôr na fenda. Façam fila! Vejam Homem Salvo De Gastar Dinheiro Em Telescópio Falante Por Veloz Menina Brooke Bayoude! Ela está lá num át (um át: menos de meio átimo). Desculpa, ela diz. O homem para. Ele se vira para olhar para ela. Eu só queria lhe dizer que o telescópio é meio truculento e às vezes engole o dinheiro e aí não fala de fato, Brooke diz. O homem olha para ela como se ela não estivesse ali. Ele põe a moeda de uma libra na fenda como se ela não tivesse falado. Aperta um botão. A voz do Telescópio Falante que sai é a alemã. Brooke é educada. Ela espera até a voz terminar. Aí ela diz: na minha opinião o senhor deu sorte dessa vez. O homem desce da plataforminha e vai na direção da loja. Possível que o homem não entenda inglês, apesar de isso ser bem improvável já que os alemães em geral falam inglês muito melhor do que os ingleses falam alemão. Possível que ele não tenha reconhecido a palavra truculento e portanto não ligou para o resto do que Brooke estava dizendo. Truculento: Brooke não consegue lembrar exatamente o que significa. Ela desenha um círculo imaginário em volta da palavra na cabeça para não esquecer de ver depois. A voz alemã do Telescópio Falante é de homem. A francesa é de mulher. A inglesa é de homem. Será que a França é mais feminina que a Alemanha e a Inglaterra, ou será que só tinha uma francesa lá e nenhum cara que soubesse francês no dia em que eles estavam gravando as vozes? Vale bem mais a pena colocar dinheiro na máquina que te dá um certificado impresso que prova que você ficou sobre o Meridiano Primário e diz a data e a hora com vários dígitos de precisão por exemplo, se fosse 14h29 quando você ficou na linha, ia dizer 14h29min1234s do dia 12 de abril de 2010, pra você saber a fração de segundo bem exatamente, e também você tem alguma coisa pra levar pra casa e você pode até escrever o seu nome no espaço reservado ao nome acima de onde o certificado fala da retícula do Telescópio do Grande Trânsito e da Longitude 0°. *Isso é* o que Brooke chama de valer a pena. Enquanto mesmo falando aquele montão de línguas, só o que o Telescópio Falante te diz nessas línguas são umas coisas que você pode ver bem obviamente com os olhos sem precisar de telescópio. Aí ele até te manda ir ouvir o outro Telescópio Falante lá perto da estátua do general Wolfe. É um desperdício de dinheiro simplesmente ser mandado para ouvir outro Telescópio Falante que também te manda ir ouvir *este* aqui no jardim do Observatório te mandar ir ouvir *aquele*! Brooke coloca o olho no círculo escuro que só se acende se você puser dinheiro, e mesmo assim só às vezes. EU NÃO ESTOU VENDO NENHUM NAVIO. Foi isso que aparentemente se diz que o Almirante Nelson disse historicamente quando colocou o telescópio no seu olho cego e por ele ter feito isso os ingleses venceram a batalha. Isso foi logo antes de Nelson morrer no convés do navio e dizer *Kiss me Hardy* pra Thomas Hardy o famoso escritor. Quando eles trouxeram o corpo do Almirante Nelson da batalha dentro de um barril de uísque ou de outra bebida tipo uísque, tinha uma fila de gente pra ver o corpo e a fila era provavelmente do mesmo tamanho da que fica atrás da casa dos Lee pra olhar a janela do sr. Garth. A Multidão do Milo, a mãe dela diz. As Milomassas. Os jornais chamam de Milotância, Milomania, Milotários. Brooke não acha que está nas fotos que os jornais publicaram, apesar de ter algumas pessoas nas fotos que ela reconhece, e também nos filmes sobre o Milo no YouTube de quando a persiana na janela se mexe um pouquinho e nos Vídeos de Milo feitos pelos visitantes tem montes de gente que ela conhece. Façam fila! façam fila! Venham Ver Homem Invisível Em Quarto!

O fato é que hahah! essa gente toda atrás da casa e assistindo o YouTube e lendo os jornais ou olhando na internet não sabe qual o fato de fato sobre o sr. Garth.

(Eles voltaram de novo, então, a mãe dela disse numa sexta à tarde quando dava pra sentir o cheiro do pessoal todo amontoado de novo e ouvir o barulho enquanto você ia chegando até aquela parte da cidade. A mãe dela suspirou. Por que você suspirou?, Brooke disse. Eu tenho pena deles, a mãe dela disse. Deles todos juntos ou de cada um deles isoladamente?, Brooke disse. Meio que as duas coisas, acho, a mãe dela disse. Aí ela disse mas você está melhorzinha, não está? O que eu estou é irrelevante, Brooke disse, mas se você está *mesmo* com pena de todo esse pessoal, é uma quantidade astronômica de pena. É o Himalaia penoso, a mãe dela disse, e o que você está nunca é irrelevante, e eu sinto um Himalaia de pena disso também. Vieram alguns gritos das Milomassas: Milo, Milo, Nunca Saia! Milo, Milo, Nunca Saia! e Milo, Cadê Você! Eu Vim Aqui Só Pra Te Ver — E Já! Os dois gritos se misturaram num único barulho, como o barulho de um pequeno jogo de futebol. O pai dela estava de mau humor naquele dia porque tinha olhado as notícias on-line e tinha lido a palavra Entretenimento, e aí embaixo tinha um artigo sobre as pessoas que estavam escavando numa floresta em busca do corpo de uma mulher desaparecida. Isso tinha deixado ele de mau humor. Ele ficava dizendo a palavra Entretenimento, como se a palavra lhe desse nojo. Aí ele disse de novo, como diz o tempo todo, que achava que as Milomassas estavam aqui porque a TV e a internet eram só humilhação. Meu Deus, a mãe dela disse, uma se anima e o outro se deprime. Eu que me ferro. Esse monte de gente, o pai dela disse. É terrível. Eles estão aqui porque se sentem sem voz. Tipo roucos mesmo?, Brooke disse. Quer dizer que você não tem direito de voto, a mãe dela disse. Então todo mundo atrás da casa olhando para a janela do sr. Garth acha que não tem tipo direito de votar na eleição?, Brooke disse. Eu estou falando de um jeito mais metafórico, o pai dela disse. Como se eles não tivessem *metaforicamente* direito de votar na eleição?, Brooke disse. Exatamente, o pai dela disse. Mãe, Brooke disse. Ahm-ham?, a mãe dela disse. O que é metaforicamente mesmo?, Brooke disse. Um Himalaia de pena, a mãe dela disse, isso é metafórico. Para descrever uma coisa indescritível você às vezes traduz essa coisa diretamente numa outra, ou junta ela com outra coisa pras duas virarem uma coisa nova, então um

Himalaia de pena te informa o tamanho, a quantidade enorme, tão grande quanto uma cordilheira, da sensação. Mas isso não quer dizer que não seja um sentimento *real*?, Brooke disse. Às vezes, a mãe dela disse, é o único jeito de descrever o que é real, porque às vezes o que é real é muito difícil de pôr em palavras. Brooke decorou a palavra. Metaforicamente: outro jeito de descrever o que é real.)

O fato é que hoje a multidão embaixo da janela do sr. Garth estava tão grande que era do tipo que pode te carregar pra onde você não tem nenhuma intenção de ir. Façam fila! Venham Ver O Que Não Pode Ser Visto! As pessoas sentadas e de pé e tocando violão e almoçando em cima daqueles plasticões que evitam que a grama vire lama voltaram.
As barraquinhas de comida voltaram. A barraquinha de lembranças do Milo que a sra. Lee organizou está de volta, com as camisetas e os bottons e as bandeiras que dizem vênus de milo e 2milo9 ;-), e os Pequenos Pôneis temáticos para quem vem com os filhos. Houve flashes de câmeras nas últimas noites, mas o pessoal tem se comportado porque a polícia sempre aparece se o pessoal faz muita bagunça. Tinha câmeras de tv lá hoje de manhã porque tem mais duas mulheres que dizem que são a mulher do sr. Garth, apesar de sempre ter alguém dizendo que é mulher do sr. Garth, e depois que elas foram filmadas brigando para decidir quem era a mulher de verdade as duas mulheres saíram andando pela multidão de braço dado. Tem câmeras de tv quase todo dia agora. Tem câmeras dos Estados Unidos, e teve um povo da tv francesa que veio para o debate que eles fizeram antes da última vez que a polícia expulsou todo mundo, quando a França estava dizendo que a França tinha uma pessoa que tinha se trancado antes, antes do sr. Garth, então o sr. Garth não era o original de verdade. E o médium também, que usa aquele chapéu

e transmite Mensagens do Milo, ele está de volta. O pessoal que acende velinhas e ata fitas e ursinhos de pelúcia e outras coisas nas cercas dos fundos dos jardins embaixo da janela do sr. Garth está de volta. O pessoal com as faixas que dizem MILO PELA PALESTINA e MILO PELOS FILHOS AMEAÇADOS DE ISRAEL e MILO PELA PAZ e NÃO EM NOME DE MILO e MILO PELA RETIRADA DO AFEGANISTÃO está de volta, e provavelmente o cara vestido de Batman vai voltar também, que tenta subir no telhado e colocar a sua faixa bem embaixo da janela do sr. Garth. Aquela senhora vai provavelmente definitivamente voltar, aquela que anda por ali perguntando a todo mundo quanto você precisa ver de Jesus para acreditar nele e que distribui aquele folheto com uma imagem de carneiros e o arco-íris e as criancinhas de mãos dadas. Ela fica dizendo pras pessoas que elas vão morrer e vão pro inferno a não ser que façam como ela e Jesus mandam. Ela fica sempre perguntando a Brooke se Brooke quer ajudar quando ela distribui os folhetos.

(Seja educada mas tergiverse, a mãe de Brooke disse. Mãe, Brooke disse, se dá pra tergiversar. Ahm-ham?, a mãe dela disse. A mãe dela estava de cara fechada. Ela estava no computador fazendo admin., que é abreviação de tarefas administrativas, que é abreviação de fatores potencialmente desencadeadores de enxaqueca. Ela parou de digitar e ergueu os olhos, olhou para o arco da janela onde Brooke estava fingindo andar numa corda bamba formada pela linha das pedras do chão. Então com certeza deve dar pra tergiprosar, Brooke disse. Concordo e tergiproso, a mãe dela disse. Brooke se enroscou sobre as pedras rindo da palavra tergiprosar. A mãe dela se levantou e foi fazer cócegas nela até ficarem as duas ali deitadas no chão de pedra, sem conseguir parar de rir. Você e eu, a mãe dela disse quando as duas recuperaram o fôlego, a gente acabou de inventar uma palavra. Inventamos mesmo, Brooke disse. A mãe dela se endireitou, balançou a cabeça, bagunçou o cabelo de Brooke, levantou do chão e voltou para admin. da fac. de fil. e let.)

    O fato central é que Brooke conversou com uma senhora hoje de manhã que tinha pagado £30 para o médium pela sua mensagem especial transmitida pelo sr. Garth lá do quarto. Brooke perguntou à senhora qual era a mensagem especial. A senhora deu um sorrisinho de quem sabia um segredo. Ela disse que não tinha como contar a ninguém o que o Milo quis dizer só para ela. Aí Brooke perguntou se ela tinha certeza, se podia afirmar com certeza que a mensagem vinha do sr. Garth *dentro do quarto*. E a senhora disse que tinha mais certeza disso do que de qualquer outra coisa na sua vida. Mas aquela senhora não sabe. Aquela senhora não tem ideia, como todos os outros, totalmente sem noção, porque, primeiro, todo mundo que sabe alguma coisa sabe que Milo não é o nome real do sr. Garth. E, segundo, todo mundo que conta pra alguma coisa nesta história sabe qual o fato real sobre o sr. Garth, aquele que estava fazendo a sra. Lee chorar na escada ontem porque todos os bottons e camisetas e bonés e chaveiros e ovos de Páscoa com inscrições que ela organizou e nos quais investiu milhares e milhares de libras logo logo provavelmente não vão valer mais nada.

    (Ninguém precisa saber, foi o que a sra. Lee disse ontem quando eles descobriram. Josie Lee foi pegar um Valium para ela. O que é que você dá pra uma árvore surtada. Um tronco-ilizante. Piadinha. Foi ontem de manhã. Brooke entrou e a sra. Lee estava chorando na escada. Brooke subiu a escada. A porta do quarto estava aberta. Então Brooke recolheu as notinhas O fato é, elas estavam empilhadas bem direitinho em cima do aparador embaixo da faca e do garfo limpos e embaixo de todas elas estava o avião de papel com a história que começa com O fato é, como se ela fosse meio que uma notinha O fato é! e com o nome de Brooke ali na asa quando ela virou o aviãozinho. Ela não conseguiu ver, em nenhum lugar do quarto, a história que fez para o sr. Garth e passou por debaixo da porta sexta-feira na hora do almoço, sobre a viagem no tempo (em cujo fim Brooke escreveu dois fins para restar uma alternativa). Mas não parecia haver mais papéis no quarto. Brooke pôs os que tinha achado, que eram dela porque foi ela que escreveu pra começo de conversa, e o avião escrito que o sr. Garth fez, que era pra ela levar porque estava endereçado a ela, dentro do pulôver e meteu o pulôver pra dentro do cinto. Aí ela desceu de novo e ficou atrás da sra. Lee, que estava chorando a valer embora pudesse ir ficar no quarto de verdade na hora que quisesse. Não dá pra ver só de olhar, né?, era o que a sra. Lee estava dizendo. Não dá pra ver lá de fora, né?, ela disse enxugando os olhos, pegando o copo d'água e bebendo tão rápido que quase se engasgou.)

 O fato é que Anna sabe. Josie sabe. O sr. Palmer sabe. Brooke sabe. A sra. Lee fez todo mundo jurar segredo mas é o tipo de segredo que Brooke decidiu que pode contar para os pais, então os pais de Brooke sabem também. Mas se todo mundo lá fora soubesse, isso podia deixar eles se sentindo ainda mais metaforicamente sem direito de votar na eleição. Além disso, a sra. Lee não é a única pessoa que vai perder dinheiro e de repente tem gente que vai perder o emprego por causa disso, tipo o médium, que passou o dia todo de ontem e hoje de manhã transmitindo mensagens como sempre, como se nada tivesse acontecido, pra todo mundo que pagava, todo mundo que ficava em fila na frente da tenda dele com a plaquinha que dizia MENSAGENS PESSOAIS LÁ DE DENTRO: £30.

 O fato é que o quarto está completa e totalmente vazio e não tem ninguém dentro!

 O fato é que o sr. Garth foi embora.

* * *

História Do Que Brooke Bayoude Pensa Enquanto Corre Por Parque Para Universidade: Brooke está pensando numa piada que diz que a Madonna levou os filhos africanos que adotou pro shopping pra eles poderem se reencontrar com as roupas que fizeram antes de serem adotados. É engraçada, a piada, quando você pensa nas crianças apertando as mãos de um cardigã sem mão dentro, ou uma blusa dando um abração nas crianças porque faz tanto tempo que não as vê, mas também faz Brooke sentir uma coisa estranha na barriga. É como a sensação que ela tem quando lê um livro como aquele do homem no parque com a bomba, ou pensa numa sentença, qualquer sentença comum tipo: a menina correu pelo parque, e a não ser que você acrescente a descrição aí o homem ou a menina definitivamente não são negros, eles são brancos, apesar de ninguém ter mencionado branco, tipo quando você tira o artigo de uma manchete e as pessoas simplesmente consideram que ele está lá mesmo assim. Só que se fosse uma sentença sobre a própria Brooke ia ter que acrescentar a palavra descritiva equivalente e é assim que você ia saber. A menina negra correu pelo parque. É que nem no *Harry Potter* quando se diz que a Angelina é uma menina negra alta e é assim que você fica sabendo esse fato. Na internet diz num site que tem uma referência a um dos personagens ser negro num dos primeiros livros do *Harry Potter* e que isso foi cortado nos exemplares ingleses do livro mas ficou nos exemplares que foram vendidos pros leitores que compraram nos Estados Unidos. Mas esse fato pode não ser real, porque é só um fato na internet.

Mas o fato é que eu também sou a Hermione, Brooke pensa enquanto corre pela grama.

O fato é que eu posso ser Hermione se eu quiser. Eu

posso até ser uns personagens antiquados tipo o George de *Os Cinco*. Eu não ia querer tanto assim ser aquela Anne. Eu posso ser a Bobbie do livro *Os meninos e o trem de ferro*, se bem que eles foram embora de Londres e eu vim pra cá, mas eu posso ser ela se quiser, e achar um jeito de evitar que o acidente de trem aconteça. Eu posso ser a Cinderela. Tem mais que uma árvore no Morro de Uma Árvore! A menina corria pelo parque. Menina Corre Por Parque! A menina é Brooke Bayoude, Experta. A Brooke Bayoude. Eu posso ser a Branca de Neve se eu quiser e dã óbvio que eu nunca ia ser idiota de comer aquela maçã, ninguém ia. Eu posso ser Anne de Green Gables. O cabelo dela pode ser da cor do meu se eu quiser.

O fato é que na história um homem desceu numa máquina que ele inventou chamada de batisfera para ver de que cor era o fundo do mar. Só tinha uma cor, e era azul. O homem escreveu sobre isso e parecia que ele tinha ficado bem deprimido por só ter azul lá embaixo. Mas agora eles têm umas luzes de levar lá pra baixo d'água, se bem que antes ia ser vela e óbvio que isso nunca ia funcionar. Imagine entrar no mar com uma vela! Hahah! Mas como são luzes que eles conseguem levar pra baixo d'água hoje em dia os peixes ficam zunindo em todas as direções com aquelas cores superimpressionantes, laranja e amarelo e ciano. Brooke Bayoude passa correndo pelo portão do parque e desce a rua. Ela está correndo para o passado. Está a caminho do lugar em que o homem está prestes a submergir a batisfera na água. Ela vai gritar: Pare! Vai dizer: Olha, eu te trouxe isso aqui. É Do Futuro. Tente descer com isso aqui preso na frente da batisfera pra ver o que vai dar pra ver! Vai ser que nem levar pro fundo do mar a luz de quando você passa pela estação de trem de St. Pancras que tem um teto todo de ferro e de vidro, e aonde quer que você esteja indo, mesmo que seja pra lugar nenhum, só uma das lojas, pra comprar um sanduíche, o jeito de aquele azul cair lá do alto faz você olhar bem lá pra cima e aí faz você olhar de novo pra tudo que está por baixo daquele teto.

História Da Educação Parte 1: Brooke passa correndo pelo edifício Stephen Lawrence. É um prédio batizado em homenagem a um menino que foi historicamente assassinado. Se alguma coisa está no passado, será que ainda pode estar no presente ou não? É uma pergunta filosófica. Se você viajasse para o passado para melhorar o futuro, será que você conseguia mesmo? Ela passa correndo pela biblioteca, que tem aquelas placas embutidas na parede lá dentro com todo mundo que deu dinheiro para pagar "leitos" para velhos marujos aposentados, porque um pedação da universidade antes era o lugar onde os marujos velhos que tinham servido bem ao país em alto-mar vinham morar quando estavam velhos e não tinham casa, se é que eles não tinham morrido de fato nas guerras. As placas não são leitos de verdade, elas nem parecem camas, são só placas, dedicações, tipo pra gente morta. Elas dizem umas coisas tipo: Leito Hamilton Canada. Leito Banco Lloyds. Banco Leito Lloyds! Hahah! Piadinha. Uma foi posta pela mãe de um sujeito, em memória dele. Diz que ele morreu no HMS Pathfinder em 1914, que foi historicamente o primeiro ano de uma das Guerras Mundiais. Uma placa diz o seguinte: "Tão amados e queridos na vida". É sobre os mortos. Os mortos eram tão amados na vida. Ela passa correndo pelo prédio em que fica o escritório de sua mãe. O escritório de sua mãe é um quarto onde um dia um marujo dormiu! Mais de um marujo, pra ser precisa. Na frente em cima das portas que levam aos corredores estão pintadas na pedra do arco umas coisas tipo Britânia 46 Homens ou Batalhão União 46 Homens, o que significa que quarenta e seis homens cabiam no número de quartos que havia lá. Na frente, no corredor do departamento de filosofia tem uma mesinha, e alguém pôs umas coisas boas de brincar ali, tipo um coelho de plástico de pé em cima do desenho de uma espiral e um jogo chamado Filósofos Cabeludos em que você pode usar uma caneta imantada pra arrastar limalha de ferro e colocar cabelo e barba num rosto nu. Ela passa pelo caminho que você pega se está indo para o Salão Pintado. No Salão Pintado tem uma pintura no teto de uma mulher que deveria representar a África e ela é bem linda e na cabeça ela tem um chapéu com a forma da cabeça de um elefante. Piadinha: um homem está parado no meio da rua. Ele está espalhando um pó antielefante. Um policial vai falar com ele. O policial diz: Perdão, mas o que o senhor acha que está fazendo? O homem diz: eu estou espalhando pó antielefante aqui na rua. O policial diz: Mas não tem elefante aqui. O homem diz: Viu? Esse pó é do bom. Ela passa correndo pelos globos imensos em cima do portão principal da universidade. Eles parecem estar embrulhados com barbante, tipo umas bolonas de barbante. Mas na verdade o barbante é pra representar as longitudes ou as latitudes, ou as rotas comerciais quem sabe, ou quem sabe são arrotas comerciais.

(Mãe?, Brooke disse. Eu estou superocupada aqui, Brooksie, eu tenho que me concentrar de verdade, a mãe dela disse. A mãe dela estava com a pior cara do mundo. Ela estava fazendo um pedido de financiamento. O que é que você quer que financiem?, Brooke disse. Hum, a mãe dela disse. É um projeto que a gente está chamando de Tecmessa. Té que meça, Brooke disse. Ahm-ham, a mãe dela disse, ela é personagem de uma tragédia. Um financiamento trágico, o pai dela disse. É sobre o que você escolheria, a mãe dela disse, se tivesse que escolher entre essas duas coisas: você pode se regalar com alguma coisa bem gostosa, mas por você fazer isso alguém em algum lugar vai ter que sofrer. Ou: você pode escolher sofrer com alguém que também está passando por uma dificuldade bem séria, mas por você fazer isso o sofrimento vai ser menor pra essa outra pessoa. Beleza, Brooke disse, posso pensar um tempinho antes de decidir? Claro, a mãe dela disse, muito melhor pensar que não pensar. Quanto tempo eu tenho?, Brooke disse. Hahah!, o pai dela riu lá do sofá, eis a questão! E, mãe?, Brooke disse. Mm hmm?, a mãe dela disse com a haste dos óculos na boca. Você ficou sabendo do filho do compositor?, Brooke disse. Que compositor?, a mãe dela disse. Ele finalmente caiu em si, Brooke disse. Hahah!, o pai dela disse. Ah pelo amor de Deus, a mãe dela disse. Terence, eu tenho que trabalhar, tire essa menina daqui. Brooke, eu tenho que trabalhar, tire esse pai daqui. Mas mãe, mas posso perguntar só mais uma coisa?, Brooke disse. O quê?, a mãe dela disse. O que é um relógio-escravo?, Brooke disse. A mãe dela se endireitou. Aí ela afundou na cadeira de novo. Um relógio-escravo, ela disse. O relógio Galvanomagnético de Shepherd aparentemente é um relógio-escravo, Brooke disse, mas o que eu quero saber é o que exatamente é um relógio-escravo? Ah, a mãe disse, um relógio-escravo, bom —. E o que eu quero saber também é se alguma coisa está no passado, Brooke disse, será que ela ainda pode de algum jeito estar acontecendo agora? Se o passado está presente no presente, o pai dela disse, e se o passado está presente no futuro, boas perguntas, Brooke. São perguntas filosóficas, a mãe dela disse. São mesmo?, Brooke disse. A rosa é vermelha no escuro?, o pai dela disse. Se uma árvore cair na floresta e ninguém escutar ou vir, será que o urso excreta no bosque e será que o Papa é nacional-socialista? Ah meu Deus, a mãe dela disse. Mas não me venha com Deus também, o pai dela disse, porque aí já são outros quinhentos.)

História Da Religião: Brooke espera no semáforo e aí atravessa até a igreja de St. Alfege, que em inglês se pronuncia

St. Alfe, por mais que não tenha essa cara por escrito. Filosofia de fato é bem mole. Ela talvez estude filosofia quando estiver na universidade, se não virar alguém que canta em musicais tipo no *Over the Rainbow* que passa sábado na BBC1. Ela corre até a frente da igreja. A porta está aberta. A igreja está vazia. Lá dentro ela olha para cima, como sempre faz, para o unicórnio de madeira pintada que empina as patas dianteiras. Unicórnios são imaginários. Ela olha para o retrato do general Wolfe na janela. Ele foi alguma coisa numa guerra. Aí ela vai até a mesa com a fotocópia histórica de uma lâmina de machadinha viking que uma vez eles acharam no Tâmisa e que é do século XI, e que agora está no British Museum. Isso faz o British Museum parecer meio que tipo um rio também, cheio de coisas que foram achadas daquele jeito nos, digamos, rios reais. A lâmina de machadinha é supostamente como a que — pra falar a verdade pode até, é de fato possível, ser *a* própria — um homem bondoso que tinha sido batizado por St. Alfege usou para matar St. Alfege depois que um viking rachou a cabeça dele com a cabeça de um touro e praticamente matou o santo, só que não de vez. Aí o homem bondoso bateu na cabeça dele com o machado. *Pio, foi levado à impiedade* é o que diz no papelzinho embaixo da foto do machado. A lâmina da machadinha parece super-rombuda e enferrujada. O que aconteceu foi o seguinte: Alfege era um homem que decidiu que não queria ter possessões palavrosas então ele entrou num monastério no século XI. Mas o monastério estava cheio demais de possessões palavrosas então aí ele virou anacoreta em Bath ou num dos banhos de Bath. De um jeito ou de outro, vinha tanta gente perguntar coisas pra ele, porque ele era tão religioso, que ele parou de ser anacoreta e fundou um monastério dele mesmo, e uma vez quando ele estava indo pra Itália ele foi atacado por uns assaltantes mas os assaltantes enquanto estavam atacando ele ficaram sabendo que a vila deles estava pegando fogo, e ela só parou de pegar fogo quando eles pararam de atacar Alfege. Aí ele virou arcebispo de Cantuária (tipo o escritor Samuel Beckett que foi esfaqueado no altar) e converteu um monte de dinamarqueses. Alguns dos dinamarqueses que ele não converteu levaram ele pra Greenwich como prisioneiro e eles colocaram manilhas nele, as de prender, não as de encanamento, e trancaram ele numa cela cheia de sapos que era aparentemente geograficamente bem aqui onde hoje fica a igreja. Reza a lenda que ele conversava com os sapos e os sapos respondiam miraculosamente como se eles fossem velhos amigos. E apesar de ele conseguir se comunicar miraculosamente com os sapos e apesar de conseguir incendiar miraculosamente os lugares e também curar miraculosamente um monte de problemas digestivos sérios que os dinamarqueses tinham, os dinamarqueses ainda não queriam deixar ele ir embora a não ser que alguém pagasse um monte de dinheiro pra eles, e ninguém, nem uma das pessoas que tinham vindo falar com ele pra pedir conselhos quando ele era anacoreta nem nada, queria pagar o resgate pra ele, aí uma noite os dinamarqueses estavam dando um festim e começaram só por diversão a jogar os ossos do que estavam comendo em cima dele, e um dos ossos era a cabeça inteira de um boi. Mas depois de morto ele continuou fazendo milagres, tipo se um pau seco estivesse enterrado no chão e respingassem nele o sangue do arcebispo, aí o pau quando você olhasse no outro dia ia estar coberto de folhas. Tem um livro na igreja lá perto do teclado do órgão pras pessoas escreverem. Hoje ele diz *Por favor ajude o Tim amigo do papai a descansar direito no paraízo porque eu e a minha família temos bastante saudade dele Obrigado Deus Amém. Deus, por favor reze pela minha mãe e os amigos próximos, para eles ficaram com saúde e serem felizes*

Obrigado por tudo de bom que está acontecendo na minha vida. Reze para eu ficar com saúde obrigado. Sáb. dia 3 Caro Deus — Por favor ajude MARIO RINGER *a ser calmo/paciente enquanto ele está em casa aguardando que o tornozelo fraturado (que ganhou pinos e placas) sare bem Obrigado.* E lá está ele, o lápis deitado ao comprido no meio das páginas. É dos vermelhos e nele diz Longitude 0° 0 00. É do tipo que eles vendem no Observatório. Brooke sabia que ia ter um lápis aqui. Foi por isso que ela entrou na igreja. Não tem mais ninguém na igreja. Ela só está pegando emprestado. Ela se vira enquanto põe o lápis no bolso e puxa o pulôver por cima da ponta e finge enquanto faz isso que está olhando para o famoso teclado ali atrás de um vidro ou de um acrílico pra ninguém poder tocar. Aquilo se chama consola. Isso é engraçado, porque parece um console de video game, e também porque lembra a palavra que significa fazer as pessoas ficarem melhor. Ela lê a história ao lado da consola num cartazinho: *Essa consola do século XVIII veio do órgão quando ele foi reconstruído em 1910. Especialistas acreditam que algumas das oitavas da região central do teclado são quase certamente do período Tudor e portanto devem ter sido tocadas por Thomas Tallis e pelas princesas Mary e Elizabeth quando elas moraram no Palácio de Greenwich.* Brooke consegue imaginar essas pessoas bem facinho. Foi antes de a princesa ser rainha e usar aquela peruca vermelha e ficar com os dentes pretos de tão podres, e usar tanta joia que mal conseguia andar. É de quando as mãos dela eram pequenas e eram mãos jovens. É facinho imaginar. O que é bem mais difícil de imaginar são as mãos de todas as pessoas que tocaram nessa consola mas que o cartazinho não menciona. Deve ter tido alguém. Brooke imagina as mãos de um qualquer tocando nas velhas teclas amarelas. Ela imagina pulsos nas mãos, e aí se for uma dama ela imagina a manga de um vestido, azul, e se for homem a manga de uma jaqueta, marrom e de tweed. Aí Brooke imagina a rainha, mas viva neste exato momento, e bem jovem. Ela acabou de correr pelo parque e de se abrigar sob uma árvore porque estava chovendo. Era só uma árvore qualquer. Agora o fato de ela ter se abrigado ali fez a árvore virar histórica, e todos aqueles paparazzi vêm lá da casa dos Lee onde não faz mais sentido eles estarem, e tiram fotos da árvore e de Walter Raleigh estendendo o casaco por cima da poça pra ela pisar, eles fazem ela pisar no casaco várias vezes pra pegarem a melhor foto. Agora a rainha está sentada diante de uma tela. Tem um monte de cortesãos perguntando coisas e ela está ignorando todo mundo porque está no meio de uma partida de *Call of Duty*. Ela está mirando a arma pra uma janela e olhando pela mira telescópica. Isso é que nem a Amina, a menina uma série na frente dela na escola que todo mundo sabe que veio de uma zona de guerra e é supercristã, e diz que virou cristã e acreditou em Deus no exato momento em que uma bala que foi disparada contra ela errou o alvo. Quando ela fala de quando isso aconteceu ela traça uma linha no ar perto da cabeça onde sentiu a bala passar por ela. No momento em que a bala errou o alvo, ela diz, ela acreditou em Deus. Então tá dã. Mas o que Brooke quer saber é e as pessoas que *foram* atingidas por balas e morreram? Será que isso quer dizer que Deus não gostava delas? Ou que elas não acreditavam nEle ou nIsso? Ou que elas acreditavam no Deus errado? Ou que acreditavam mas que Deus simplesmente decidiu contra elas? O que é que os mortos acham disso de acreditar em Deus? Mas isso é só um monte de asneira porque os mortos não sentem nem acreditam em nada. Eles só ficam mortos, que nem a velhinha, embaixo da terra, ou alguns viraram cinzas se foram cremados. Brooke sai da igreja, passando por todas aquelas pedras que têm gente enterrada embaixo lá no chão que não tem que acreditar ou sentir. Ela vai devolver o lápis quando acabar de usar. Ela passa andando por Straightsmouth, aí para. Será que era melhor começar a escrever o Moleskine de História aqui ou mais perto do rio Tâmisa? Qual seria o melhor lugar histórico? O lápis diz Este lápis é feito de caixas recicladas de CDs Museu Marítimo Nacional de Londres 2007. Foi feito quando ela ainda tinha só sete anos e ainda ia pra escola em Harrogate, não aqui.

História da Educação Parte 2: faltam seis dias, depois deste dia, hoje, de feriado de Páscoa SUA MERD... tudo bem. Ainda é bastante dia.

(Wendy Slater estava escrevendo um trabalho com a caneta Hello Kitty dela. A caneta Hello Kitty era bem curtinha e gorda e prateada com uma cabecinha de Hello Kitty numa corrente presa em cima, mas como era tão esquisita e meio difícil de segurar, como ela te obrigava a fechar a mão inteira em volta dela, estava fazendo a letra de Wendy Slater parecer coisa de retardado. Ela está escrevendo com um vibrador, Jack Shadworth disse. Chloe e Emily riram que nem doidas. Brooke pensou numa rima boa. A Wendy Não Entende. Mas ela não disse isso porque ia fazer todo mundo ficar repetindo, e isso ia acabar com um monte de todo mundo sendo malvado com a Wendy Slater e como rima faz você não esquecer fácil as coisas todo mundo ia lembrar de ser malvado mais tempo. Você não sabe o que que é um vibrador, Josh Banham disse a Wendy. Sabe sim, Brooke disse. Não sei não, Wendy disse. Mais meninos vieram, Daniel e Thomas, e Megan e Jessica vieram lá das estantes da biblioteca também. Você também não sabe, Josh disse a Brooke. Dã, óbvio que eu sei o que é um vibrador, Brooke disse. Ela deu as costas aos risos, voltando ao livro sobre Voo e à página sobre os Irmãos Montgolfier, que achavam que tinham inventado um novo gás conquanto o fato fosse que eles simplesmente tinham descoberto o ar aquecido.

Ela era péssima desenhando corações. Ela sabia recortar bem retinho com tesoura, mas não estralar os dedos. Ela não tinha página no Facebook. Tinha um sotaque esquisito. Ela não falava como as outras meninas nem se parecia com elas, com nenhuma delas. Todo mundo sabia que ela não tinha nem um celular normal, imagine só um iPobre que não fosse sequer um iPhone. Wendy Slater ainda estava perguntando a todo mundo o que era um vibrador quando o sr. Warburton voltou para a sala. Ele ouviu a Wendy e aí fingiu que não tinha ouvido. Ele deu uma piscadinha para os meninos e aí para as meninas como o Simon Cowell no *Britain's Got Talent* quando dá uma piscadinha pra alguém no palco se gostou da pessoa e ela vai passar pra próxima rodada. Brooke viu os olhos dele percorrerem a sala e darem permissão para todos não gostarem dela. Ela se concentrou bem na figura do primeiro balão Montgolfier, soprado pelo vento lá no alto sobre as pessoas nas ruas da França. Todo mundo na sala sabia, ainda que ninguém jamais ousasse dizer, que o sr. Warburton não gostava da Brooke. Ela olhava para o balão loucamente levado pelo vento na figura. No ano passado um avião que estava indo do Brasil para a França simplesmente caiu sozinho no mar durante uma tempestade, simplesmente entrou no mar, e todo mundo morreu afogado. No jornal um Editor de Ciência disse que os jatos modernos deviam ser capazes de suportar qualquer tempestade.

 O fato é que Brooke estava parada no quarto dos pais às cinco da manhã, com a luz entrando por sob a persiana. Ela não tinha conseguido dormir. Tinha saído da sua cama e vindo até ali. A porta deles estava um tantinho aberta. Não rangeu. A mãe dela estava deitada de lado, de costas para o pai dela. O pai dela estava deitado de costas. O braço da mãe estava jogado por cima da barriga e do flanco do pai dela. A respiração da mãe dela era firme e tranquila. Ela não conseguia ouvir a respiração do pai, mas podia ver o peito dele se movendo sob a coberta então ele definitivamente não estava morto. Eles pareciam felizes dormindo. Brooke pensou em outra coisa para dizer. Quem foi o conquistador dos legumes? Qual é a forma musical mais perigosa do mundo? Lá estava o pai de Brooke, perto da janela da cozinha com as duas cartas na mão. *Ultrapassou limite de vinte por cento de faltas preocupados com comportamento de Brooke sem duvidar da inteligência de Brooke no entanto sua atitude deixa muito a desejar* é o que dizia a carta do diretor. Lá estava a mãe dela dando tapinhas na cadeira ao seu lado. Diga pra gente. ESPERTOLINA A MAIS ESPERTA. Alexandre o Grão-de-Bico. Átila o Hino. Tudo bem, o sr. Warburton gritou. Podem guardar os cadernos. Podem pegar os mapas de história. Daniel. Distribua aí essas fotocópias. Obrigado. Um vibrador, Brooke disse baixinho para si própria, é um negócio que vibra.)

As notinhas O fato é vão ficar *aqui*. Brooke está sentada num dos bancos de madeira perto do rio ali perto de onde você desce para o túnel e está contando as páginas em branco do Moleskine de História. As notinhas O fato é vão entrar depois do bilhete sobre ser vegetariano, que veio antes no tempo real, e aí vai ter o bilhete sobre a sra. Young, e aí as notinhas O fato é. As notinhas O fato! Engraçado com dois artigos. Então tem vezes que você não precisa do artigo, e tem outras vezes que você precisa de um quase grudado em outro. Tem dezesseis notinhas cheias de a o as os — ! tanto artigo junto parece um gado — tem dezesseis notinhas O fato é. Vai precisar de trinta e duas páginas ou dezesseis páginas duplas. E aí vai chegar a parte em que ela vai escrever os registros históricos de ir visitar o sr. Garth quarta-feira, e isso vai pegar uma página ou até duas, então provavelmente (ela conta as páginas) isso vai ficar *nesta* página, e aí o fato de que o sr. Garth foi embora do quarto vai ter que ser escrito *aqui*. E aí isso vai ser o fim desta história, pelo menos do pedaço que de fato tem o sr. Garth. Apesar de que de repente era uma boa ideia deixar umas páginas em branco no fim caso mais alguma coisa aconteça, caso a história não tenha acabado. Definitivamente vai ter página pra isso. Um monte. Ela deixa o dedo no lugar certo do caderno e pega o lápis. Começa no alto da página, com a melhor letra que consegue. *Na quarta-feira dia 7 de abril de dois mil e dez cerca de duas e meia da tarde 1430 num relógio de 24 h Brooke Bayoude entrou e ficou sentada no quarto do sr. Garth depois de ter batido na porta e perguntado se ele queria uma xícara de chá e ele ter dito que sim. O chá era chá Earl Grey da Marks & Spencer aquele que vem numa caixinha preta. O Leite era do tipo Desnatado. Brooke Bayoude fez o chá na Cozinha dos Lee. Ao subir a escada ela não derramou chá no carpete dos degraus. Quando deu o chá para ele ele não queria açúcar e melhor assim porque ela não tinha levado açúcar. O sr. Garth estava muito bem e Brooke Bayoude disse que era bom vê-lo e ele disse que era bom vê-la. Brooke Bayoude perguntou se ele lembrava dela e ele disse que lembrava sim. Ele lhe contou umas piadas engraçadas inclusive uma de avôs e avós e também tinha outra piada astronomicamente comprida que era uma variação daquelas piadas tipo Toc! Toc!, sobre "você não vai esquecer" (ver depois em História). Brooke Bayoude perguntou então ao sr. Garth se ele queria uma bolachinha porque ela sabe onde elas ficam na Cozinha dos Lee. O sr. Garth declinou da oferta. Aí o tempo da visita lamentavelmente chegava ao fim e Brooke Bayoude disse tchau e o sr. Garth também e eles trocaram um aperto de mãos. Brooke Bayoude então fechou a porta quando saiu e levou a caneca para o térreo ela lavou a caneca na pia*

e não colocou na lavadora porque a lavadora estava cheia
de coisas Limpas. Foi a caneca que tem um tigre a que o sr.
Garth usou para beber naquele dia histórico. Brooke Bayoude
enxugou a caneca e guardou a caneca de volta no armário. Ela
relê o que escreveu até aqui e aí olha se está fazendo as linhas
bem retinhas. Não está tão ruim pra um papel sem pauta,
só sobe um pouquinho no fim onde as letras têm que ficar
menorzinhas pra fazer caber mais palavras, o que é mais que
natural. Ela relê tudo mais uma vez. Quando chega à última
linha ela risca a palavra histórico. Isso não precisa ser dito,
porque está implícito, por estar num caderno que tem a palavra
História na capa. Aí ela pensa que podia gostar de dizer mesmo
estando implícito. Aí fica feliz de ter escrito a lápis para poder
decidir definitivamente sobre a palavra mais tarde.

(Brooke Bayoude Dez Anos De Idade Dali A Quatro
Dias Corredora Mais Veloz Categoria Subida De Escadas
No Mundo chegou à porta da entrada quando a senhora da
limpeza que vem às quartas estava saindo e despejando as
coisas dela na van e Brooke se esgueirou por ela e aproveitou
a porta enquanto ainda estava aberta e correu escada acima
super-rápido como cabe a uma corredora tão veloz. Ela estava
com a última notinha O fato é para entregar. Pra falar a
verdade fazia semanas que ela não levava nenhuma. Brooke
não andava com vontade de entregar nada a ninguém. Mas
aí ela viu esse fato num programa de antiguidades na TV e
pensou que era bem legal e de repente merecia ser divulgado.
Ela parou na frente da porta e tirou a notinha do bolso da
frente do casaco e desdobrou e estava prestes a se abaixar para
passar a notinha por baixo da porta de madeira quando disse
isso, em voz alta, para a porta, assim, tipo, simplesmente disse.
Escuta só o senhor quer ouvir uma piada de porta? Aí a voz
lá de dentro do quarto disse as palavras por que não. Beleza,

então, Brooke disse. Como é que se chama a campainha incompetente que foi rebaixada a trinco? A voz não disse nada. (A voz era do sr. Garth.) Desiste?, Brooke disse. Desisto, a voz disse. É uma má-sineta, Brooke disse. Aí a voz disse: Toc-toc. Quem está aí?, Brooke disse. O Seu, a voz disse. Seu o quê?, Brooke disse. Seu ou não seu, eis a questão, a voz disse. Brooke riu de verdade porque era sobre o Hamlet. Aí ela começou ela também a contar uma piada de toc-toc, mas quando ela disse Toc-toc, a voz respondeu Entra. Então Brooke virou a maçaneta e a porta abriu. Não está trancada!, Brooke disse. O sr. Garth estava sentado na bicicleta ergométrica com um pé num pedal e um pé no quadro. Faz meses que não está mais trancada, desde o verão passado, o sr. Garth disse, mas ninguém bateu até agora. Eu trouxe uma notinha para o senhor, Brooke disse. Legal, o sr. Garth disse, é uma notinha com fato? Eu estava pensando aonde elas tinham ido parar. Qual é o fato de hoje, então?

O fato é que um relógio misterioso é um tipo antigo de relógio que parece funcionar sozinho sem precisar aparentemente de alguém dar corda ou cuidar dele. O sr. Garth leu em voz alta o que estava escrito no papelzinho. É, esse é legal, ele disse, obrigado. Obrigado por me mandar os fatos nessas semanas, eu fiquei pensando quem seria que estava sendo tão simpático de pensar que eu ia gostar de saber coisas. Eu achei que o senhor ia precisar, enquanto estivesse aqui, Brooke disse, caso estivesse ficando meio entediado. É igual a um jornal que eles entregam, só que melhor, o sr. Garth disse. Eu fico muito agradecido pelo tempo que você gastou para achar os fatos e anotar pra mim. Tudo bem, Brooke disse, não demorou muito. É isso que eu gosto nessa coisa de escrever à mão, o sr. Garth disse, tem a ver com tempo. Como assim?, Brooke disse. Bom, o sr. Garth disse, demora pra escrever as coisas, colocar uma palavra depois da outra. E ainda, as cartas que você me manda vêm com a sua letra, o que é como me mandar um artefato exclusivo que só você podia ter feito, então, obrigado. Isso é bem legal!, Brooke disse. Se bem que tem um fato que me deixou querendo te fazer uma pergunta, o sr. Garth disse. O sr. Garth desceu da bicicleta e foi até aquela coisa tipo uma cômoda e mexeu na pilha de notinhas O fato é e segurou uma. Esta aqui, ele disse. *O fato é que só os bidês sabem com quem você vai casar.* Eu acho que é fato mesmo, Brooke disse, é o que diz naquela música. Que música?, o sr. Garth perguntou. Aquela de quem sabe aonde vai, Brooke disse. Acho que eu não conheço essa música, o sr. Garth disse. Brooke cantou para ele: *Eu sei aonde vou. Eu sei quem vai comigo. Eu sei quem é meu amor. Mas só o bidê sabe com quem eu vou casar.* O sr. Garth começou a rir. Não não, eu não estou rindo de você, ele disse no meio da risada, você cantou lindo mesmo. É só a ideia, a ideia de um monte de bidês parados numa encosta e que sabem com quem a gente vai casar. Ele riu mais um pouco e aí enxugou os olhos. Ai ai, ele disse. Sabe Deus. Faz de fato um tempão que o senhor está aqui, Brooke disse. É bem pequeno aqui pra tanto tempo, o senhor não quer sair? E dava?, o sr. Garth disse. E por que não daria, Brooke disse, quer dizer, eu acho. O que eu queria dizer era que, que não é que tenha muita coisa pra alguém fazer pra ficar ocupado aqui. Ah, não sei, eu ando bem ocupado, o sr. Garth disse e mostrou para ela quantos quilômetros tinha feito na bicicleta ergométrica speedo, que marcava 4853,73 quilômetros, então eram quase 4854. É mas essa bicicleta estava no quarto antes do senhor entrar e provavelmente já estava com *alguns* quilômetros marcados, Brooke disse. Juro dizer a verdade, toda a verdade e nada além da verdade, o sr. Garth disse, tinha nove quilômetros e meio na bicicleta quando eu sentei nesse selim pela primeira vez, eu não sei mentir. Aí Brooke disse, engraçado o senhor ter feito essa milhagem toda, e se chamar Miles, Miles no nome e milhas nas pernas! É verdade, o sr. Garth disse. A camisa dele estava com os punhos puídos e um rasgo na bainha. Agora eu também sou vegetariana, Brooke disse para ele não achar que ela estava achando alguma coisa ruim dele por causa das roupas meio detonadas, porque ela tinha quase certeza que ele percebeu que ela tinha visto que estavam. Aí ela lhe perguntou se ele queria uma xícara de chá. Eu ia gostar muito, ele disse, faz meses que eu não tomo chá. Quer descer até a cozinha enquanto eu faço?, Brooke disse mas ele disse não, eu fico aqui se não for incômodo, mas obrigado. Fecho a porta?, ela disse e ele disse feche por favor. Mas quando ela chegou ao alto da escada com a caneca de chá ele tinha aberto a porta de novo sozinho e estava de fato parado no limiar da porta aberta, ele estava de fato praticamente já no corredor. Estava com uma cara meio cansada. Atrás dele ela podia ouvir o barulhão das pessoas lá fora. Soava engraçado na escada agora que a porta estava aberta. Eles voltaram para o quarto e o sr. Garth simplesmente meio que ficou parado com os braços colados ao corpo. Brooke disse: fecho a porta de novo? e o sr. Garth fez que sim. Aí ele sentou na bicicleta de novo e segurou o chá com os braços apoiados no guidão e Brooke sentou no chão e lhe falou daquela vez que ela e a mãe e o pai tinham ido para a Grécia e ficado num hotelzinho numa ilha e de como o velho cuja família era dona do hotelzinho sempre ficava sentado na calçada bem perto da rua principal o dia inteiro numa cadeira de plástico branco, e que ele sempre dizia oi quando eles passavam indo para a cidade e voltando da cidade. Mas teve um dia que a gente saiu de manhã, Brooke disse, e lá estava um cachorro morto na rua que tinha sido atropelado por um carro, e era um cachorrão bem grande. E o homem estava sentado ali olhando a rua, só que agora era como se ele estivesse olhando o cachorro morto ali deitado na rua bem na frente dele. Então ele quem sabe até viu o cachorro ser atropelado, mas agora estava só sentado olhando, assim, por que ele não tirava o cachorro da rua e colocava do lado, até pra pararem de atropelar o bicho? Porque quando a gente voltou da cidade depois de ir ao supermercado o cachorro estava todo achatado na rua numas partes tipo as patas e o rabo. É esquisito as coisas que as pessoas fazem. É, o sr. Garth disse. É muito misterioso. O sr. Garth falou bem devagar. Assim, eu sei que o cachorro obviamente já estava morto mesmo, dã, Brooke disse, mas é meio horroroso pensar nele sendo atropelado sem parar por aqueles carros todos o dia inteiro. E se fosse um cachorro que ele conhecia? Eu não estou falando assim de um cachorro dele, mas tipo se fosse um cachorro em que ele tinha feito carinho ou que ele sabia o nome dele? O sr. Garth concordou com a cabeça e deu de ombros. Ele tomou um gole da caneca e se encolheu um pouco. Ah! Eu esqueci de perguntar se o senhor queria açúcar, Brooke disse e levantou correndo para ir pegar lá embaixo. Não quero não, mas muito obrigado mesmo, o sr. Garth disse, é muita bondade sua, mas eu acho que eu só me surpreendi porque estava quente. Brooke sentou no chão de novo. Eu estou falando demais, ela disse, porque já me disseram que às vezes eu falo demais, sabe? Não, o sr. Garth disse. Por favor continue falando comigo. Beleza, Brooke disse. Às vezes eu tenho um sonho, por acaso o senhor já teve aqueles sonhos que o senhor não sabe se está dormindo ou acordado no sonho? Já, o sr. Garth disse. Eu sempre tenho desses sonhos, me conte o seu. Certeza?, Brooke disse, porque às vezes pode ser bem chato ouvir os sonhos dos outros, pelo menos é o que a minha mãe diz pro meu pai na hora do café às vezes. Eu não estou achando chato, o sr. Garth disse, e te digo se estiver.

Beleza, bom, então tem esse sonho, eu tive o sonho tipo faz semanas, tipo faz um tempão quando eu só tinha nove aninhos, Brooke disse, é tipo um sonho histórico, e tem um menino e é lá na história antiga só que eu também estou lá, e ele é da minha idade. Ele está com umas roupas rasgadas, bem mais rasgadas que as suas e bem mais sujas tipo como se ele fosse uma pessoa bem pobre lá do passado, e ele está parado tipo com uma galera atrás dele, tipo a galera ali na frente da sua janela só que tipo com umas roupas históricas, e atrás da galera, o que a galera está toda olhando, tem tipo um palco com um poste alto com uma corda na ponta e a corda tem um laço na ponta. E aí o menino vem onde eu estou e me mostra um pão e diz, olha, ele aponta por cima do ombro pra galera e diz, eles vão me executar à pena de morte porque eu roubei *isso* aqui, e ele mostra o pão. Eu estava com fome e peguei, ele diz, e agora olha, não é justo isso que está acontecendo. Aí eu acordei, e aí eu não conseguia pegar no sono de novo, o senhor tem uns sonhos assim? Não exatamente o mesmo, mas acho que é um sonho muito salutar, o sr. Garth disse. Mesmo?, Brooke disse, porque assim quando eu acordei eu sabia que tinha acontecido, e se fosse de verdade tinha acontecido lá no antigamente da história e eu não podia fazer nada, e mesmo que não tivesse acontecido na vida real e só estivesse acontecendo no meu sonho eu ainda não podia impedir que acontecesse. Eu acho, o sr. Garth disse, que o menino no seu sonho simplesmente queria que você concordasse com ele que o que estava acontecendo não era justo. Não era mesmo, Brooke disse. Não, o sr. Garth disse, não era. Aí ele disse, foi um sonho muito esperto esse seu. Foi, Brooke disse, mas de repente foi esperto demais? Não, o sr. Garth disse, não mesmo, e nem existe isso de esperto demais pra começar. Brooke olhou pelo quarto e ficou pensando se de repente ali não era um lugar legal pra vir

275

nos dias em que ela não ia à escola. Aí ela perguntou ao sr. Garth se ele achava mesmo que não tinha nada de errado em ser experta com xis. Topo do monte Evesperto, o sr. Garth disse. Brooke riu. Aí o sr. Garth disse bem devagarinho:

 o fato é que no topo de qualquer montanha você vai se sentir meio tonta por causa do ar lá de cima. Esperteza é uma coisa ótima. É uma coisa bem bacana, quando você tem. Mas só ter não faz sentido. Você tem que saber usar. E quando você sabe usar a esperteza, não é que você seja a mais experta, ou que você esteja tentando ser mais esperta que todo mundo como se fosse uma competição. Não. Em vez de ser *a* mais esperta, o negócio é virar *uma* experta, com xis. Aí o sr. Garth contou uma piada genial de toc-toc que o que você faz é que você diz toc-toc e a outra pessoa diz quem é? e você diz Vovó, e a outra pessoa diz Vovó quem? e aí você diz de novo toc-toc, e a outra pessoa diz quem é? e você diz Vovô, e a outra pessoa diz Vovô quem? e aí você diz toc-toc, e a pessoa diz quem é? e você diz Vovó de novo, e fica repetindo exatamente isso, dizendo Vovó e Vovô mais umas vezes, e aí você diz toc-toc e a pessoa diz quem é, e você diz Tia, e a pessoa diz Tia quem e você diz Tiavisei que o vovô e a vovó iam passar aqui? Brooke riu até quase sufocar. Aí ela disse, o lance é que eu entendo qual é o lance de uma piada, e eu entendo qual é o lance de um fato, mas qual que é o lance de um livro, assim do tipo que conta histórias? Se uma história não é um fato, mas é uma versão inventada do que aconteceu, tipo aquele que é um livro inventado sobre o homem de verdade que tentou explodir o Observatório, assim, qual que é o *lance* dessas histórias? O sr. Garth apoiou a cabeça no guidão. Pense como um livro fica tranquilinho na estante, ele disse, só paradão ali, fechado. Aí pense o que acontece quando você abre o livro. Tudo bem, mas o que *exatamente* acontece?, Brooke disse. Eu tenho uma ideia, ele disse, eu vou te contar o comecíssimo de uma história que ainda não foi escrita, e aí você escreve a história pra mim, e a gente pode ver o que acontece no caminho. Beleza, Brooke disse. É uma ideia bem interessante mesmo. Vamos?, o sr. Garth disse. Beleza. Ó. Lá estava um dia um homem que morava num quartinho pequeno e sem sair desse quarto conseguiu andar quatro mil quilômetros de bicicleta. Eu tenho que lembrar exatamente palavra por palavra, Brooke disse, ou pode ser aproximado? Pode ser aproximado tanto quanto você quiser, o sr. Garth disse. Tá mas o negócio, Brooke disse, é que se eu escrever o senhor tem que escrever uma também, que eu vou dizer pro *senhor* como que começa. Beleza, o sr. Garth disse, mais do que justo. Fechado. Qual que é o meu começo? Eu acho que é mais uma ideia que um começo, Brooke disse. Beleza, o sr. Garth disse, eu sou todo ouvidos. Todo ouvidos! Isso foi engraçado. Brooke lhe falou da figura do homem no livro do telescópio que era só olhos. É esse o meu começo?, o sr. Garth disse, um homem coberto de olhos que nem borboletas? Não, Brooke disse. É isso aqui. O senhor tem que imaginar se o senhor estivesse sentado bem aí onde está, na bicicleta, e também aqui no quarto com o senhor tivesse outra versão do senhor, tipo, digamos o senhor mas três ou quatro dias antes do senhor fazer dez anos, assim tipo se fosse pertinho do seu aniversário de dez anos. Assim tipo o senhor aqui no quarto e o senhor tem exatamente a minha idade, e ao mesmo tempo o senhor está no quarto também, velho que nem agora. Assim, mais velho, porque o senhor não é velho que nem gente velha de verdade, mas o senhor é bem velhinho. Entendi, o sr. Garth disse. Está certo, eu antes e eu hoje, sei. Então se isso acontecesse de verdade na realidade que história o senhor ia se contar e que história o senhor ia se ouvir contar?, Brooke disse. O sr. Garth fechou os olhos por um tempinho. Aí ele os abriu bem. Quase seu aniversário, então?, ele disse. É domingo dia 11, Brooke disse. Eu vou escrever pra você pro seu aniversário, o sr. Garth disse, mas você vai ter que me trazer papel em branco, será que dá? Dá, Brooke disse, e o senhor quer uma bolachinha também, o lance é que eu sei onde a sra. Lee guarda as bolachas. Não, o sr. Garth disse, eu não estou precisando de bolacha. Mas eu posso comer uma, Brooke disse. Pode, o sr. Garth disse. Obrigada, Brooke disse. Ela desceu a escada para o que era o escritório do sr. Lee antes de ele se mudar para Bloomsbury. Ainda tinha umas coisas e uns móveis que ele ainda não tinha ido pegar. Ela achou papel A4 na bandeja da fotocopiadora em cima da mesa. Ela pegou duas folhas porque não sabia se ia ter que ser comprida ou curta aquela história. Aí ela entrou na cozinha e abriu a porta do armário em cima do micro-ondas e subiu no balcão perto do dispositivo da lixeira e abriu a caixa de plástico e pegou um dos biscoitos e colocou a tampa de novo na caixa e a caixa exatamente onde estava, como se ninguém tivesse mexido em nada. E enfim um adulto tinha dito que tudo bem, então ela podia.)

    O fato é. O fato aparentemente é. O fato parece ser. Reza a lenda. Era uma vez um homem que jogou um relógio de uma janela do primeiro andar. Por que o homem jogou o relógio da janela do primeiro andar? Pra poder ver o tempo voar. Mas essa piada não é exatamente uma maravilha, porque pra ser verdade tinha que terminar assim: pra poder ver o tempo cair. Brooke vai até o finzinho do Moleskine de História, que é onde ela decidiu que vai colocar a piada genial que o sr. Garth lhe contou depois que ela subiu com o papel pra ele. Ela escreve em cima: *Piada Contada Por Sr. Garth A Brooke Bayoude Quarta-Feira 7 de Abril cerca de 3h30 ou 1530 em um relógio de 24 h.* Ela sublinha isso. Aí escreve o seguinte.
Sr. Miles Garth — Você vai lembrar de mim daqui a um mês.
Brooke Bayoude — Vou

MG — *Você vai lembrar de mim daqui a seis meses.*
BB — *Vou*
MG — *Você vai lembrar de mim daqui a um ano.*
BB — *Vou*
MG — *Você vai lembrar de mim daqui a dois anos.*
BB — *Vou*
MG — *Você vai lembrar de mim daqui a três anos.*
BB — *Vou*
MG — *Toc-toc*
BB — *Quem é*
MG — *Viu você já me esqueceu.*

É engraçado ficar aqui sentada hoje pensando aonde foi parar o sr. Garth. Ele pode estar em qualquer lugar! É engraçado pensar naquele pessoal todo olhando pra janela, e na sra. Lee indo ela mesma domingo até a janela pra mexer um tanto a persiana e aí pular para longe da janela por causa do barulho de empolgação que só de ela mexer a persiana aquele tantinho o pessoal faz. A sra. Lee tinha parado completamente de chorar depois disso e tinha saído do quarto com uma cara bem feliz e fazendo todo mundo jurar de novo por tudinho nessa vida que ninguém ia falar pra ninguém que o sr. Garth não estava mais lá.

Mas o fato é que ia ser incrível se o sr. Garth estivesse, nesse exato momento, ali parado com o pessoal e olhando para a janela atrás da qual ele supostamente está. E imagine se ele visse a persiana se mexer junto com todo mundo e ela supostamente tivesse sido mexida por ele!

(O que é que você está fazendo, Brooksie?, o pai dela disse quinta à noite. Eu estou ocupada, Brooke disse. Ela estava no tapete de costas para o aquecedor. Fazendo o quê?, o pai dela disse. Estou escrevendo uma história, Brooke disse. O que é que você está fazendo, Bernie?, o pai dela disse para a mãe dela. Me deixe em paz aqui, estou corrigindo prova, a mãe dela disse. O pai dela pegou uma folha de papel da mesa perto da mão da mãe. A mãe dela tentou apanhar de volta a folha que ele tinha pegado. Ele saiu dançandinho até o outro lado da sala. Que nada é bom ou mau senão na ideia: Discuta, ele disse. Queria era que eles não tivessem usado isso como a pergunta do Hamlet, a mãe dela disse, ia ser uma pergunta de filosofia geral tão boa pro primeiro ano. Pode ser ano que vem, o pai dela disse. Ano que vem, é, a mãe dela disse, não me deixe esquecer, Brooke, de usar essa citação ano que vem. Beleza, Brooke disse. O pai dela pegou o exemplar do Hamlet em que a mãe dela estava verificando informações e folheou. "Como os filhos da terra indiferentes", ele disse. Hah — como se houvesse um só filho indiferente da terra. Quem é que diz isso mesmo?, a mãe dela perguntou. Rosencrantz, Brooke disse. Ahm... você tem razão, é ele, o pai dela disse. Ela tem razão. Como é que ela sabe isso? Ela é um gênio. Puxou a mim. Sobre o que escreves, ó rebento de Terence Bayoude? É sobre um homem num quarto que fica no quarto e nunca sai mas aí no quarto tem, tipo, uma bicicleta, e ele anda quatro mil quilômetros na bicicleta, Brooke disse. Que história mais virada do século, o pai dela disse. Que nem o sr. Garth?, a mãe dela disse. Pra mim parece mais kafkiana que *fin-de-siècle*. Fin-de-ciclo!, o pai dela disse. Alguém obrigou ele a fazer isso?, a mãe dela disse, será que, tipo, que ele tem que gerar eletricidade pro prédio inteiro rodando sem parar que nem um rato numa rodinha de hamster numa gaiola? Não, Brooke disse. Ele gosta e ninguém está obrigando. E por mais que ele nunca saia do quarto, mesmo assim ele vai de bike por Greenwich quando aquilo tudo é só uma floresta, e ele sobe uma montanha até o pico, onde aprende a respirar mesmo que seja difícil lá em cima, aí ele vai de bike pelo tempo e passa pela rainha que causa a revolta e incendeia Londres, por todas as pessoas que construíram a cidade de novo e pela rainha que está se protegendo da chuva embaixo da árvore, e ele desce da bicicleta e tira a capa de chuva e estende em cima de uma poça pra ela. Que cavalheiro!, o pai dela disse. Aí ele passa de bike tão pertinho da janela de uma prisão que consegue ouvir os sapos originais conversando com o St. Alfege original, Brooke disse. O que é que os sapos estão dizendo?, o pai dela perguntou. Eles estão falando na língua de sapo lá deles, do tempo, e de como é difícil pôr girinos no mundo, e que experiência mais interessante que é criar pernas quando você começa sem, e como é bacana e úmido aqui na cela e como eles estão felizes por estar aqui, apesar de lamentarem por ele, porque ele está preso com manilhas e não é sapo que nem eles, e eles respondem às perguntas filosóficas dele com coaxos, Brooke disse. Mas St. Alfege entende eles. E ele diz pro homem da bicicleta o que eles estão dizendo. O que é que vai acontecer no fim?, o pai dela disse. Não sei, Brooke disse. Mas o que eu quero é que a bicicleta possa passar por todos os telhados de Londres no fim, mas não sei como fazer ela chegar lá de um jeito realista. Parece que esses sapos falam mais que o homem da cobra, então quem sabe eles podiam convencer umas asas a ir pra bicicleta, o pai dela disse. Podiam mesmo, Brooke disse, boa ideia! Mas não serve, porque o negócio é que eu quero que a história seja de verdade também e tipo um fato além de uma coisa inventada. Então você quer miraculosos sapos falantes *e* realismo, o pai dela disse, uma história com mais de um fim, quem sabe. Ela quer dizer que quer uma obra da imaginação que seja ao mesmo tempo rigorosamente verdadeira, a mãe dela disse sem tirar os olhos do trabalho. Olha como a nossa filha puxou a mim. Pelo contrário, o pai dela disse, ela puxou a mim, está escrevendo uma história com certa sutileza, bem diferente das que a sua mãe estava defendendo pra mim ontem de noite. O pai dela começou a cutucar a mãe dela como sempre faz para deixar ela com cócegas. Bem diferente do quê, exatamente?, Brooke disse. Terence, eu estou tentando trabalhar, a mãe dela disse, mas ela estava rindo. A sua mãe e eu estávamos tendo uma discussão intelectual ontem à noite sobre a masculinidade da virada do século, o pai dela disse. Era porque o seu pai estava chateado porque eu estava assistindo na TV um filme chamado *Ronin* e não queria largar o filme e ir pra cama, a mãe dela disse. Era porque a sua mãe disse que ser arremessado através de uma parede por um herói de filmes de ação ou, naquele caso, ser perseguido até quase morrer de medo por um cara armado num estacionamento era tão empolgante que ela não podia ir pra cama antes do filme acabar, e quando eu disse que ia contar pra todos os alunos e colegas e pra quem dava emprego pra ela na universidade que ela prefere, como exemplos da masculinidade da virada do século, Arnold Schwarzenegger e Al Pacino em vez do Swann de Proust e do Bloom de Joyce, ela ficou bem violenta comigo e até começou a me golpear com certa força na região do peito, o pai dela disse. Se pelo menos você fosse um homem de verdade, a mãe dela disse, e o Schwarzenegger nem *está* no *Ronin*. É, mas aparece um monte na *Recherche*, o pai dela disse, e a gente só pode é agradecer aos grandes escritores por eles nos darem esses modelos tão bons de comportamento. Sylvester Swann. Leopold Schwarzenegger. Robert de Bloom. Os pais dela estavam rindo. Brooke ergueu os olhos da folha de papel e ficou olhando os dois jogarem palavras estranhas um em cima do outro como se estivessem jogando pedras embrulhadas para presente. Ela olhou para todos os livros em todas as estantes em volta da sala. Um livro fechado numa estante estava ali tranquilo, sem dizer nada. A mãe dela estava gritando alguma coisa sobre Wesley Snipes.

O pai dela estava com as mãos para cima e ria. Vocês querem ouvir uma piada superbacana?, Brooke disse. Vai em frente, o pai dela disse ainda olhando para a mãe com amor. Queremos, a mãe dela disse ainda olhando com a mesma satisfação para o pai dela. Aí os dois viraram ao mesmo tempo e olharam para Brooke. Beleza, Brooke disse. Lá estava uma vez um homem. Que homem?, o pai dela disse. Eu não vou dizer se você ficar com essas interrupções bocós, Brooke disse. Beleza, beleza, o pai dela disse, conta. Lá estava uma vez um homem, Brooke disse, que não conseguia parar de cantar. Essa piada é sobre o seu pai?, a mãe dela disse. *Não* interrompam, Brooke disse. Puxa vida sinto muito, a mãe dela disse. Anda. Conta. Beleza, Brooke disse. Bom, esse homem só cantava o tempo todo. Uma hora isso deixou todo mundo tão puto com ele, ali cantando o tempo todo, que eles disseram que ele ia ser colocado diante do pelotão de fuzilamento se não parasse. Mas ele continuou. Aí os soldados chegaram com as armas, e o homem foi levado para ser executado e foi amarrado a um poste e colocaram uma venda nele. E o capitão disse, você pode fazer um último pedido. Aí o homem disse, beleza, o meu último pedido é cantar uma música. Permissão concedida, o capitão disse. Aí o homem começou a cantar. 99999 quilômetros. Para um pouquinho, descansa um pouquinho, 99999 quilômetros. O pai de Brooke riu. A mãe dela riu. Boa, o pai dela disse. Nada má, a mãe dela disse. Já ouvi piores.)

 O fato é, imagine. Brooke fecha o Moleskine de História e fica de pé. Ela olha para o relógio É Pra Você. São 4h16, ou 1616 num relógio de 24 h. Imagine se todas as civilizações do passado não tivessem tido a imaginação de erguer os olhos pro céu e pra lua e pras estrelas e entender que as coisas estavam ligadas, que aquelas coisas bem na frente delas podiam estar ligadas ao tempo e a o que o tempo é e como funciona. Ela põe

o Moleskine no bolso de trás com todas as notinhas O fato é dobradas dentro dele. Ela tira o avião de papel de dentro da parte da frente da blusa. Está meio amassado, mas provavelmente vai voar e ela redobrou três vezes e não está tão gasto, e enfim se ela desdobrar de novo e aí esquecer como redobrar, a história vem com as instruções de como fazer isso direito. Então ela pode desdobrar facinho e ler a estória e aí dobrar igual de novo. Na história que ela escreveu para o sr. Garth, no primeiro fim, o homem da bicicleta aprende com os sapos, que sabem se desenvolver de girinos em sapos, a transformar a bicicleta dele num balão Montgolfier, um tipo de balão que existiu de fato na realidade, e aí ele pedala pelo céu nublado por cima dos telhados de Londres, passa até pelo relogião dourado Big Ben que fica mais rio abaixo se você vai de barco, e na TV eles mostram as imagens dele que filmaram com câmeras de segurança enquanto a bicicleta desaparece na curva do rio. No segundo fim a bicicleta ergométrica virou uma bicicleta comum de verdade (é a única coisa imaginária que acontece nesse fim) e o homem simplesmente carregou a bicicleta porta afora e escada abaixo e saiu com ela pela porta da frente até a calçada e subiu nela e pedalou pela avenida e por entre todas as outras pessoas que são o tráfego geral da cidade de Londres. Segurando na mão o avião que tem escrito na asa com a letra do sr. Garth
para:
a Brooke Bayoude
Experta
ela corre sob a luz do sol até a cerca. Ela sobe e se inclina para ver o rio. O Tâmisa está marrom e verde hoje. Ele troca o que é todo dia. Não: todo minuto. Todo segundo. Ele é um outro rio diferente a cada segundo, e imagine todo mundo embaixo d'água caminhando até o outro lado e voltando para este lado

no túnel neste exato momento, porque sob a superfície tem todo um outro lance acontecendo sempre. Brooke olha para a água lá embaixo e aí para o céu lá no alto, que hoje está azul com nuvens. Aí, com o rio histórico correndo atrás de si, Brooke senta no murinho ao pé da cerca. Ela desdobra a folha de papel que tem nas mãos e lê de novo a história escrita ali.

Agradecimentos

Para as fontes de algumas das histórias que se referem a canções neste livro eu tenho uma dívida para com *America's Songs* de Philip Furia e Michael Lasser (Routledge, 2006). Também tenho dívidas para com *Human Cargo: A Journey Among Refugees* (Chatto and Windus, 2005), de Caroline Moorehead, no que se refere a informações usadas na primeira parte do livro.

Obrigada, Cherry. Obrigada, Lucy.
Obrigada, Xandra, e obrigada, Becky.
Obrigada, Sarah e Laurie.
Obrigada, Mary.

Obrigada, Kasia.
Obrigada, Andrew, e obrigada, Tracy, e todo o pessoal da Wylie.

Obrigada, Simon.

Um agradecimento muito especial a Kate Thomson.

Obrigada, Jackie.
Obrigada, Sarah.

ESTA OBRA FOI COMPOSTA PELO GRUPO DE CRIAÇÃO EM ELECTRA E IMPRESSA PELA GRÁFICA BARTIRA EM OFSETE SOBRE PAPEL PÓLEN SOFT DA SUZANO PAPEL E CELULOSE PARA A EDITORA SCHWARCZ EM JULHO DE 2014